Von Elmore Leonard sind als
Heyne-Taschenbücher erschienen:

*Glitz* · Band 01/7673
*Die Mafia-Erbin* · Band 01/7744
*Banditen* · Band 01/7899
*Freaky Deaky* · Band 01/7938
*Stick* · Band 02/2314
*Beruf: Killer* · Band 01/8131
*Florida-Fieber* · Band 01/8258

ELMORE LEONARD

# EIN SCHLECHTER ABGANG

*Roman*

Deutsche Erstausgabe

WILHELM HEYNE VERLAG
MÜNCHEN

HEYNE ALLGEMEINE REIHE
Nr. 01/8346

Titel der Originalausgabe
THE BIG BOUNCE
Aus dem Amerikanischen übersetzt
von Peter Pfaffinger


Printed in Germany 1991
Umschlagillustration: Dia-Express/J. Rauch, Grainau
Umschlaggestaltung: Atelier Ingrid Schütz, München
Satz: IBV Satz- und Datentechnik GmbH, Berlin
Druck und Bindung: Elsnerdruck, Berlin

ISBN 3-453-05275-7

# 1

Sie sahen sich an, wie Ryan den mexikanischen Kolonnenführer zusammenschlug. Zu dritt saßen sie im Keller des Gerichtsgebäudes von Holden County – der Stellvertretende Staatsanwalt, der den Sechzehnmillimeter-Ektachromfilm mitgebracht hatte, ein Streifenbeamter in Uniform, der das Vorführgerät bediente, und Mr. Walter Majestyk, der Friedensrichter von Geneva Beach.

Sie verfolgten, wie Ryan seinen Baseballschläger über die Schulter hob. Ihm gegenüber, auf der anderen Leinwandseite, duckte sich Luis Camacho und wich zur Seite aus. Ryan ließ ihn nicht aus den Augen. Es sah so aus, als tastete Camacho sich an Ryan heran.

»Der Typ macht einen Film über Wanderarbeiter«, erklärte der Stellvertretende Staatsanwalt. »Zufällig war er in dem Moment gerade da und hat das alles mitgedreht.«

»In der Zeitung war ein Foto«, sagte Mr. Majestyk.

»Das war derselbe Typ. Auf seinem Film war nicht mehr viel Platz, aber zum Glück hatte er noch eine Rollei dabei.«

Auf der Leinwand folgte Ryan jeder Bewegung von Camacho und schien jetzt blitzschnell zuzuschlagen. Camacho machte einen Ausfallschritt und wich zurück. Ryan folgte ihm aufs neue. »Standbild!« rief der Stellvertretende Staatsanwalt.

Der Streifenbeamte drückte auf einen Schalter am Vorführgerät, und die Schlägerei auf der Leinwand kam zum Stillstand. Die Schärfe stimmte nicht mehr ganz.

»Sehen Sie irgendwo ein Messer?«

»Er ist hinter ihm«, meinte Mr. Majestyk. »Da kann man nichts sagen.«

Die Schlägerei ging wieder weiter. In normaler Schärfe war zu sehen, wie Camacho weiter zurückwich. Den linken Arm drückte er fest an den Körper. Ryan bewegte sich synchron mit ihm. Erneut hob er den Schläger, hielt beide Hände über die Schulter. »Jetzt!« rief der Stellvertretende Staatsanwalt. »Damit hat er ihm den Kiefer gebrochen.«

Das Bild wurde wieder angehalten. Ryan legte sich mit dem ganzen Körper in den Schlag. Die kräftigen Armmuskeln waren angespannt, die Handgelenke hatten sich mit dem Schlag gedreht, der Luis Camacho seitlich im Gesicht traf. Das Gesicht hatte mit einem menschlichen Antlitz nichts mehr gemeinsam, sondern eher mit einer aus Holz geschnitzten Aztekenskulptur ohne Augen – oder bevor ihr die Augen aufgemalt wurden. Camachos verwegene Sonnenbrille hing im Nichts, wenn auch ein Bügel noch hinter dem Ohr verhakt war. Das Bild zeigte zwar nicht Camachos Füße, doch es sah so aus, als schwebte er mit hochgezogenen Schultern in der Luft.

»Larry«, rief der Stellvertretende Staatsanwalt dem Streifenpolizisten zu, »lassen Sie es so stehen, aber schalten Sie doch bitte das Licht an! Walter, ich lese Ihnen jetzt Luis Camachos Aussage vor.«

Im grellen Licht von der Decke verlor das Bild an Schärfe. Die Details waren nicht mehr zu erkennen, doch es blieb klar, was auf der Leinwand geschah. Mr. Walter Majestyk mußte zweimal blinzeln, behielt aber trotz der plötzlichen Helligkeit Jack Ryan im Auge.

»Er gibt seine Personalien an«, erklärte der Stellvertretende Staatsanwalt, »und die Tatzeit, nämlich den sechsundzwanzigsten Juli, gegen neunzehn Uhr. Und dann sagt Officer J. R. Coleman: ›Erzählen Sie uns doch in Ihren eigenen Worten, was passiert ist‹. Walter, hören Sie mir zu?«

»Aber klar. Lesen Sie weiter.«

»Camacho: ›Nach dem Abendessen bin ich zum Bus hinausgegangen, weil Ryan mir versprochen hatte, ihn für mich zu reparieren. Er kam aber nicht. Also habe ich mich auf die Suche gemacht und ihn auf dem Sportplatz gefunden, wo ein paar Männer und Jugendliche Baseball spielten. Die Männer hatten Bier dabei, und fast alle spielten Baseball. Ryan war auch da, aber er spielte nicht mit, sondern unterhielt sich mit ein paar Mädchen. Ich habe ihn gefragt, warum er sich nicht um den Bus kümmere, da hat er etwas nicht gerade Druckreifes gesagt. Ich habe ihn daran erinnert, daß auch die Wartung des Busses zu seinen Pflichten gehört, doch er hat schon wieder dieses Wort verwendet. Ich...‹«

»Moment bitte«, schaltete Mr. Majestyk sich ein. »Hat der Typ das etwa so ausgedrückt?«

Der Streifenbeamte zögerte. »Wissen Sie... die formulieren das nun mal so in einem Bericht.«

»Was hat Ryan ihm gesagt?«

»Daß er ihn am Arsch lecken soll.«

»Was soll daran nicht druckreif sein?«

»Walter...« Der Staatsanwalt sah Mr. Majestyk kurz an und fuhr fort. »Camacho sagte weiter: ›Ich habe ihn vor allem deshalb in San Antonio angeheuert, weil er angegeben hat, er ist Mechaniker und kann den Bus reparieren, wenn etwas kaputtgeht. Trotzdem war ich die ganze Zeit mißtrauisch, weil ich mir schon dachte, daß es ihm nur auf eine kostenlose Mitfahrgelegenheit nach Detroit ankam...‹«

»Er ist aus Detroit?« Mr. Majestyk wirkte überrascht.

»Aus Highland Park«, erklärte der Staatsanwalt. »Das ist ja dasselbe. Also, Camacho sagt dann noch: ›Ich habe ihn noch einmal gebeten, den Bus zu reparieren. Da hat er den Schläger in die Hand genommen und gedroht, mir den Schädel einzuschlagen, wenn ich nicht gleich verschwinde. Ich habe ihn aufgefordert, den Schläger wegzulegen, damit wir die Sache besprechen können, aber er ist damit auf mich losgegangen. Bevor ich mich verteidigen oder ihn entwaffnen konnte, hat er mich erst am Arm und dann im Gesicht getroffen.‹« Der Staatsanwalt hielt inne. »Das wäre es bis dahin, Walter. Hören Sie sich das genau an: ›Bevor ich mich verteidigen oder ihn entwaffnen konnte...‹«

»Wurde er flachgelegt«, vollendete Mr. Majestyk.

»›...hat er mich erst am Arm und dann im Gesicht getroffen. Ich bin zu Boden gegangen, aber das Bewußtsein habe ich nicht verloren. Ich weiß noch, daß die meisten Leute über mir standen und auf mich geschaut haben. Die Polizei ist dann gekommen und hat einen Krankenwagen gerufen. Der hat mich ins Krankenhaus von Holden, Michigan gebracht.‹« Den Rest las der Staatsanwalt schneller. »›Ich habe diese Aussage vor Zeugen zu Protokoll gegeben. Mit meiner Unterschrift bestätige ich, daß sämtliche Angaben der Wahrheit entsprechen und alles sich so zugetragen hat, wie hier angegeben.‹« Der Staatsanwalt richtete sich auf. »Walter, was halten Sie davon?«

Mr. Majestyk blickte nickend auf das verschwommene Bild auf der Leinwand. »Seine Schlagtechnik ist nicht von schlechten Eltern, nur holt er zu weit aus.«

Bob Rogers junior brachte Ryans Lohntüte erst spät am Sonntag vormittag. Auf seine Erklärung, was es damit auf sich habe und für wen sie bestimmt sei, meinte J. R. Coleman, der diensthabende Polizeibeamte, sie hätte doch schon am Samstag eintreffen sollen. Extra deswegen hätten sie diesen Ryan einen Tag länger dabehalten müssen. Bob jr. gab an, er hätte gestern keine Zeit gehabt. Außerdem würde ein Tag mehr im Gefängnis Ryan ganz bestimmt nicht schaden. Er legte den Umschlag auf den Schreibtisch und verließ sogleich den Raum. Im Gehen rückte er seinen breitkrempigen Strohhut zurecht. Sein giftgrüner Lieferwagen stand direkt vor dem Gerichtsgebäude. Er sprang hinein, wendete scharf und fuhr die Hauptstraße hinunter zum Supermarkt, um sich eine Schachtel Zigaretten und die Sonntagsausgabe der *Detroit Free Press* zu kaufen. Insgesamt nahm er sich eine Viertelstunde Zeit. Inzwischen schnürte sich Ryan seiner Einschätzung nach wohl die Schuhe. Er fuhr wieder zum Gerichtsgebäude, wendete gleich, so daß er sofort nach Norden davonbrausen konnte, stellte sich mitten ins Halteverbot und wartete. Bestimmt forderten die Polizisten Ryan gerade dazu auf, sich nie wieder bei ihnen blicken zu lassen.

»Da unten unterschreiben«, bellte J. R. Coleman und wartete, bis Ryan seine Unterschrift auf das Formular gesetzt hatte. Dann nahm er Ryans Brieftasche, Gürtel und die Lohntüte aus einem Bürokorb und legte sie auf den Tisch.

Ryan öffnete seinen Geldbeutel und zählte die Dreidollarscheine einzeln nach. J. R. Coleman sah mit ausdrucksloser Miene zu. Ryan zog nun den Gürtel durch die Laschen seiner Khakihose, schnallte ihn zu und steckte den Geldbeutel in die Gesäßtasche. Dann nahm er den Umschlag in die Hand und sah ihn erst einmal an.

»Er ist von der Gesellschaft. Wurde hier abgegeben«, beschied ihn J. R. Coleman.

»Er ist ja gar nicht versiegelt.«

»Er wurde so gebracht.«

Ryan verglich die Auszahlungsbestätigung mit dem auf dem Umschlag angegebenen Betrag. Dann zog er die Scheine heraus und zählte fünfundsiebzig Dollar.

»Damit kommen Sie locker heim. Der Greyhound fährt zwei Straßen weiter um die Ecke ab.«

Ryan faltete den Umschlag zusammen und steckte ihn in die Hemdtasche. Er zögerte und fing an, in seinen Hosentaschen herumzuwühlen. Sein Blick glitt über die Tischplatte. Er sah wieder zu J. R. Coleman auf. »Ich hatte einen Kamm.«

»Hier ist kein Kamm.«

»Das sehe ich. Wozu klaut man denn Kämme?«

»Sie hatten keinen Kamm dabei.«

»Doch. Ich habe immer einen Kamm dabei.«

»Wenn keiner da ist, hatten Sie keinen dabei.«

»Für zehn Cent bekommt man doch einen neuen. Einen ganz sauberen! Da klaut man doch keine Kämme!«

»Wenn Sie es darauf anlegen, stecke ich Sie persönlich in den Bus«, meinte J. R. Coleman.

»Ist schon gut«, erwiderte Ryan. »Bis bald mal wieder.«

»Riskieren Sie's lieber nicht«, drohte J. R. Coleman.

Bob Rogers junior rechnete damit, daß sein Lieferwagen Ryan als erstes ins Auge springen würde. Er konnte ihn ja gar nicht übersehen. Zu auffällig prangte der Firmenname auf der Tür: RITCHIE FOODS, INC., GENEVA BEACH, MICH. Aber Ryan blickte beim Verlassen des Gerichtsgebäudes erst einmal um sich, sah zu den Bäumen hinauf und die Straße hinunter, tat ganz locker. Bob junior blieb, den Ellbogen lässig zum Fenster hinausgelehnt, in seinem Wagen sitzen. Als Ryan auf ihn zutrat, rückte er den Strohhut wieder zurecht, hob die Krempe über der Stirn an und bog sie gerade. Dann legte er die Unterarme auf das Lenkrad und ließ die Hände herunterbaumeln. Er wußte, daß Ryan gleich die Tür aufmachen würde. So weit wollte er es auch kommen lassen.

»Du willst wohl mitgenommen werden?«

Ryan sah zu ihm auf. »Fahren Sie denn nicht in Richtung Norden?«

»Stimmt«, sagte Bob jr. »Aber du fährst nach Süden. Nach Detroit sind es hundertfünfzig Meilen.«

»Erst muß ich meine Sachen holen.«

»Die brauchst du nicht. Du brauchst nichts als einen

Fahrschein. Du kannst von mir aus auch auf die andere Seite rübergehen und den Daumen rausstrecken.«

Ryan blinzelte in Richtung Norden, sah auf die im Sonnenlicht liegenden Häuser und die schräg geparkten Wagen. Dann sah er wieder Bob junior an. »Haben Sie eine Zigarette für mich?«

»Nein.«

»Was bedeutet dann die rechteckige Beule in Ihrer Hemdtasche?«

»Eine rechteckige Beule eben.«

»Na gut, bis später dann.« Ryan knallte die Tür zu und setzte sich in Bewegung.

Bob junior blickte ihm nach. Er wartete, bis Ryan fast um die Ecke verschwunden war, dann warf er das Lenkrad mit den Fingerspitzen herum und fuhr Ryan haarscharf die Bordsteinkante entlang nach. Als er mit ihm auf gleicher Höhe war, rief er: »Hey, ich war noch nicht fertig mit dir.« Er überholte ihn und stellte sich ihm in den Weg, so daß Ryan stehenbleiben mußte.

»Ich will dir mal was sagen.«

»Schießen Sie los.«

»Komm ein bißchen näher. Ich will nicht schreien.« Bob junior faltete seine Sonntagszeitung zusammen und lehnte sich zum Fenster hinaus. Den Arm stützte er auf der Beifahrerlehne ab.

»Was ist denn?« fragte Ryan.

»Hör mal zu. In den zwei Wochen, die du bei den Spaniolen gelebt hast, haben wir uns ja kaum unterhalten...«

»Da haben Sie recht.«

»Eben. Und darum kennst du mich auch nicht.«

Ryan schüttelte den Kopf. Er wartete.

»Wir haben uns nie unterhalten, weil ich keinen Grund sah, warum ich dich kennenlernen sollte. Aber jetzt sag' ich dir was: Fahr heim! Ich sag's dir im guten. Wenn du schon kein Weißer bist, dann siehste wenigstens wie einer aus, und das will ich dir zugute halten.«

Ryan starrte den Hünen mit dem in die Augen gezogenen Cowboyhut wortlos an. Ein cholerischer Bauerntrampel, sagte er sich, mit gewaltigen Armen und gute dreißig Pfund schwerer als er. Er hatte wohl zehn Jahre mehr an Erfahrung auf dem Buckel. Und wahrscheinlich eine makellos weiße Stirn, weil er nie diesen Cowboyhut abnahm. Ryan hatte Bob junior noch nie ohne Hut gesehen.

»Du hast die längst Zeit bei uns gearbeitet«, dröhnte Bob junior, »ich habe also keinerlei Recht, dir vorzuschreiben, was du zu tun und zu lassen hast. Aber ich sag' dir den besten Grund, warum du hier so schnell wie möglich abhauen solltest. Hast du schon eine Ahnung?«

O Mann, dachte Ryan. Laut sagte er: »Nein, wieso?«

»Lou Camacho.« Bob junior machte eine Kunstpause. »Man schlägt seinen Kolonnenführer nicht so einfach vor der versammelten Mannschaft zusammen. Wenn er spitzkriegt, daß du noch da bist, sorgt er dafür, daß dir einer sein Messer schneller in den Rücken rammt, als du laufen kannst.«

»Daran hatte ich gar nicht gedacht«, murmelte Ryan.

»Und wenn das passiert, hab' ich nur noch den Sheriff mit seinen Leuten und die Staatsanwaltschaft auf dem Hals, und vor Weihnachten seh' ich dann garantiert keine Gurken mehr. Hast du jetzt kapiert?«

Ryan nickte. »An die Gurken hatte ich auch nicht mehr gedacht.«

»Und nur aus dem Grund bist du heute ein freier Mann!« rief Bob junior.

Ryan nickte erneut. »Ich verstehe.«

Bob junior funkelte ihn wütend an. »Du verstehst überhaupt nichts, weil du zu dämlich bist, aber ich erklär's dir. Ritchie Foods hat dich losgeeist, weil Ritchie Foods Gurken macht. Süße Gurken mit Dill, belegte Brötchen und diese kleinen Essiggurken. Die kommen in Gläser und werden verkauft. Aber eins kommt nicht in die Gläser und wird auch nicht verkauft, junger Freund: die großen ausgewachsenen Gurken. Das heißt, die Dinger müssen geerntet werden, sonst werden sie zu groß. Und das heißt, wir müssen aufs Tempo drücken. Aber keiner bringt die Ernte ein, wenn die gottverdammten Pflücker vor irgendwelchen Gerichten rumsitzen. Hast du's jetzt kapiert?«

»Gut. Je schneller ich also mein Zeug hole, um so früher bin ich weg.« Ryan schenkte Bob junior sein gewinnendstes Lächeln. »Warum nehmen Sie mich nicht mit zum Camp, wenn ich dann viel schneller von hier wegkomme?«

Bob junior schüttelte angewidert den Kopf. Der andere sollte spüren, was für eine Mühe es ihn kostete, sich mit ihm abzugeben. »Also gut. Hol dein Zeug, und dann haust du ab. Okay?«

Ryan grinste: »Jawohl, Sir! Und vielen Dank auch.«

Unterwegs las Ryan die Vorderseite der Witzbeilage von Bob juniors Sonntagszeitung: Dick Tracy und die Peanuts. Aufblättern durfte er sie nicht, denn Bob junior wollte sie sich nicht zerfleddern lassen. Er mußte sie noch Mr. Ritchie bringen. Ryan war es egal. Es waren ohnehin nur sechs Meilen zum Camp – den Highway kurz hinunter und dann links. Er erwartete, daß Bob junior ihn an der Abzweigung zum Camp absetzen und dann gleich nach Geneva Beach zwei Meilen weiter nördlich fahren würde, wo der Highway einfach am Lake Huron endete. Doch dann bog Bob junior in den Feldweg zum Camp ein, ohne allerdings den Fuß vom Gaspedal zu nehmen. Er hielt nur das Lenkrad etwas fester, damit der Wagen nicht im Graben landete. Davon ließ sich Ryan aber auch nicht stören. Sollte er doch angeben, wenn er das brauchte. Er fühlte sich blendend. So ging es ihm immer, wenn er etwas hinter sich hatte. Nach sieben Tagen im Gefängnis sahen sogar die Gurkenfelder toll aus, die sich zu beiden Seiten des

Wegs erstreckten, so weit das Auge reichte. Er wollte es gemütlich angehen lassen – sich in aller Ruhe frisch machen, seine Sachen packen und dann zu Fuß zum Highway gehen. In Detroit war er wahrscheinlich bis vier, fünf Uhr. Er überlegte, was er als erstes nach seiner Ankunft tun wollte. Sich heiß duschen? Und dann ein paar Bier trinken. Vielleicht legte er sich aber auch gleich ins Bett. Zur Abwechslung mal wieder ein richtiges Bett.

Vor ihm tauchte das Camp auf. Irgendwie erinnerte es ihn an ein Foto in *Life* aus dem Zweiten Weltkrieg von einem verlassenen Feldlager. Genauso verwittert standen die Wohnbaracken, das Waschhaus und die Latrinen in der freien Landschaft, graue Mauern, die sich selbst überlebt hatten. Die Fenster waren hinter Brettern oder ausgestellten Jalousien versteckt. Im Unkraut, das bis dicht an die Gebäude heranwucherte, hatten sich alte Zeitungen und Bonbonpapiere verfangen. Komisch, daß er keine Kinder auf der Straße gesehen hatte. Sonst tollten hier immer Kinder herum. Erwachsene ließen sich selten im Freien blicken, es sei denn, sie gingen auf die Felder hinaus oder kehrten von dort zurück. Aber ihn wunderte, daß keine Kinder da waren. Zur Erntezeit lebten hier doch siebenundachtzig Familien, und die brachten Hunderte von Kindern mit. Dann fiel ihm ein, daß Sonntag war. Die Kinder waren jetzt bestimmt in der Messe oder wurden gerade dafür herausstaffiert.

Genau. Jetzt sah er sie auch aus den Hütten kommen und die Straße zu den Ulmen überqueren. In deren Schatten stellte der Priester jeden Sonntag seinen improvisierten Altar aus Pappe auf. Er parkte gerade sein Oldsmobile weiter unten und legte seine Robe hinter dem Wagen an, während zwei Frauen den Karton mit einem weißen Tuch, einem Kruzifix und dem Meßbuch schmückten.

»Da ist es!« rief Ryan.

»Was?«

»Der Schuppen.«

Bob hielt grinsend an. »Das Junggesellenquartier.« Ryan stieg aus. »Denk dran...!« rief Bob ihm nach.

Aber Ryan war schon auf dem Weg zum Schuppen. Er hörte den Motor aufheulen. Im nächsten Moment quietschten die Bremsen schon wieder. Ryan drehte sich nicht mehr um. Von dem Choleriker hatte er die Nase voll. Der sollte nur aus seinem Leben verschwinden und sich nie wieder blicken lassen. Er machte die Tür auf und trat in den düsteren, nach abgestandener Luft riechender Raum. Einst hatte man dort Maschinen untergestellt, jetzt bedeckten Zeitungen den schmutzigen Boden, auf denen eine alte Strohmatte und Sackleinenfetzen lagen. Zu dritt hatten sie hier gehaust. Von nun an mußten Billy Ruiz und Frank Pizarro ohne ihn auskommen. Er war froh, sie jetzt nicht anzutreffen.

Im durch die offene Tür hereinflutenden Licht erblickte er als erstes sein Foto an der Wand. Sie hatten es aus der *Free Press* geschnitten und zwischen die Bilder von Al Kaline und Tony Oliva geheftet. Es zeigte Ryan mit dem Schläger in der Hand und den auf dem Boden liegenden Camacho. Darunter stand ein kurzer Bericht:

WANDERARBEITER SCHLÄGT KOLONNENFÜHRER NIEDER

*In einem Streit ließ sich der Gelegenheitsarbeiter Jack C. Ryan provozieren und schlug Luis Camacho, den Kolonnenführer der Gruppe von Wanderarbeitern aus Texas, die derzeit bei der Gurkenernte in der Umgebung von Geneva Beach aushelfen, krankenhausreif. Ryan wurde auf der Stelle verhaftet. Gegen ihn wird wegen Tätlichkeit und erheblicher Körperverletzung ermittelt.*

Zum Foto wurde noch erklärt, daß irgendein Typ, der an einem Film über Wanderarbeiter drehte, zufällig danebengestanden hatte, aber das interessierte Ryan nicht mehr. Er zog sich das Hemd aus und schlenderte zu seiner Pritsche hinüber. Seine Seife und sein Rasierzeug standen auf einem Regal. Er nahm sie, hängte sich ein Handtuch über die Schulter und ging wieder hinaus.

Der Lieferwagen war immer noch da. Bob junior stand davor und unterhielt sich mit dem Fahrer eines dunkelgrünen Lincoln Cabriolet. Er deutete in Ryans Richtung. Ryan hatte den Wagen noch nie mit offenem Verdeck gesehen, und erst recht nicht aus der Nähe. Bislang war es immer ein dunkelgrüner Wagen gewesen, der in der Ferne eine Staubwolke aufgewirbelt hatte. Die Arbeiter auf den Feldern hatten sich dann stets aufgerichtet, und einer hatte gerufen: »Da fährt der Ritchie!« Und alle hatten dem Wagen nachgeschaut, bis er nicht mehr zu sehen war.

Im Vorbeilaufen bekam er nun Gelegenheit, Mr. Ritchie etwas genauer in Augenschein zu nehmen. Er war etwa fünfundvierzig und sah gar nicht so übel aus. Trug eine Sonnenbrille über der hohen gebräunten Stirn. Das Haar fiel ihm langsam aus. Und dann bemerkte er das Mädchen neben Mr. Ritchie. Sie trug eine große, runde Audrey-Hepburn-Sonnenbrille und las die Witzbeilage der Zeitung, die sie auf dem Schoß liegen hatte. Unter Ryans Blicken strich sie sich mit einer Fingerspitze das Haar aus dem Gesicht. Dunkles, glattes Haar, das ihr bis über die Schultern fiel. Sie hätte Mr. Ritchies Tochter sein können. So jung sah sie aus, aber sein Instinkt sagte Ryan sofort, daß das nicht stimmte.

Mr. Ritchie und Bob junior sahen ihn unverwandt an. Und dann befahl Bob junior ihn mit einer Kopfbewegung zu sich. Eine Hand hatte er in die Hüfte gestemmt, die andere ruhte auf der Wagentür. Aus dem Lincoln war Musik zu hören. Weiter hinten sah Ryan den Priester in seiner Robe stehen, während die Leute vor dem Pappaltar knieten.

»Ich soll dich daran erinnern, daß Mr. Ritchie dich hier nicht mehr brauchen kann«, sagte Bob junior.

»Ich räume nur noch auf. Dann bin ich weg.« Er spürte die Blicke des Mädchens auf sich, sah aber weiter Bob junior an. Als Mr. Ritchie den Mund aufmachte, drehte er sich in seine Richtung. Dabei nahm er das Handtuch an einem Zipfel in die Hand und drückte ihn fest gegen die Brust, damit das Mädchen seinen sonnengebräunten muskulösen Arm sehen konnte.

»Du bist doch kein Pflücker, oder?« rief Mr. Ritchie.

»Bis vor wenigen Wochen war ich es nicht.«

»Warum bist du dann zu uns gekommen?«

»Ich brauchte Arbeit.«

»Hattest du in Texas keine?«

»Ich habe eine Zeitlang Ball gespielt.«

»Baseball?«

»Richtig. Sir. Das spielt man nun mal im Sommer.«

Mr. Ritchie musterte ihn. »Wie ich gehört habe, bist du nicht zum erstenmal verhaftet worden. Weswegen?«

»Na ja, einmal habe ich mich der Verhaftung widersetzt.« Ryan zögerte.

»Und? Weiter?«

»Und einmal wegen ED.«

»ED? Was ist denn das?« ließ sich das Mädchen aus dem Wageninneren vernehmen.

Erst jetzt sah er sie direkt an. Unter der großen runden Sonnenbrille hatte sie eine hübsche Nase. Das Haar hing ihr ins Gesicht.

»Einbruch und Diebstahl«, klärte Bob junior sie auf.

Das Mädchen wandte die Augen nicht von Ryan ab. »Oh«, sagte sie und strich sich erneut mit einer Fingerspitze das Haar aus dem Gesicht. Fast sah es so aus, als liebkoste sie sich.

Ryan schätzte sie auf neunzehn oder zwanzig. Sie war schlank und braungebrannt, trug weiße Shorts und ein blaugelb gestreiftes Top, das aussah wie das Oberteil eines altmodischen Badeanzugs. Sie schob nun die Witzbeilage beiseite, so daß Ryan, Bob junior oder wer sonst es darauf anlegte ihre hübschen, braungebrannten Schenkel bewundern konnte.

»Wir fahren mit dem Boot raus«, ließ Mr. Ritchie Bob junior wissen. »Kann sein, daß wir es am Strand lassen. Ich weiß noch nicht.«

Bob junior nahm Haltung an. »Gut. In dem Fall werde ich es holen lassen.«

»Um halb fünf muß ich dann wieder nach Detroit. Von da an können Sie sich jederzeit um das Boot kümmern.«

»Gut!« rief Bob junior. »Kommen Sie nächsten Freitag wieder?«

Mr. Ritchie sah schon wieder Ryan an. »Wir haben nicht vor, dich hierzubehalten. Pack deine Sachen und verschwinde.«

»Ich wußte nicht, ob Sie schon mit mir fertig sind«, verteidigte sich Ryan.

»Wir sind fertig mit dir.«

»Nicht vergessen!« schärfte Bob junior ihm ein.

Ryan sah weiter Mr. Ritchie an. »Sie fahren doch nach Detroit. Wäre es da nicht möglich...?«

Die durchgebogene Krempe von Bob juniors Cowboyhut fegte auf Ryan zu. »Was hab' ich dir gesagt? Sofort, habe ich gesagt. Weißt du, was das heißt? Das heißt, du verschwindest auf der Stelle – kapiert? Oder muß ich dir Beine machen?«

Ryan spürte, daß das Mädchen ihn beobachtete. Er wandte den Blick von Mr. Ritchie, der ihn streng musterte, und schenkte ihr das lässige Jack-Ryan-Grinsen, zuckte mit den Schultern und wartete so lange, bis sie den Mund zu einem Lächeln verzog. Dann wandte er sich ab und verschwand im Waschhaus.

Frischgewaschen und -rasiert trat er wenig später wieder ins Sonnenlicht. Er fühlte sich ganz gut. Das Cabriolet und der Lieferwagen waren weg. Drüben, im Schatten der Ulmen, zelebrierte der Pfarrer in seiner

Robe immer noch die Messe, und die Leute knieten weiter vor dem Pappdeckelaltar. Er kam sich etwas komisch vor, weil er mit nacktem Oberkörper an ihnen vorbeispazierte. Erst wollte er schnell vorbeihuschen, ließ sich dann aber doch Zeit. Verdammt noch mal, *er* war ja nicht in der Kirche. Wenn der Pfarrer die Straße als Kirche benutzte, dann war das seine Sache. Gedämpft hörte er ihn *»Sursum Corda«* murmeln. Und die anderen antworteten in tiefem Baß *»Habemus ad Dominum«*. Da der Pfarrer kein Spanisch konnte, hatten ihn die anderen dazu überredet, die Messe auf lateinisch zu feiern. *»Gratias agamus Domino, deo nostro«*, murmelte der Pfarrer.

*Dignum et iustum est.* Ryan wartete innerlich schon auf diese Worte. Er hatte etwa eine Viertelstunde zum Packen und Verschwinden. Solange dauerte die Messe noch mindestens. Mit ein paar von den Leuten dort draußen hatte er sich angefreundet. Wenn sie ihn antrafen, würden sie noch eine Ewigkeit in der Sonne stehen und miteinander reden. Marlene Desea erblickte er nicht, aber sie mußte auch irgendwo unter den Ulmen knien. Besser, sie sahen sich nicht mehr. Er hatte sich auf nichts eingelassen, aber wahrscheinlich würde er nicht wissen, was er ihr sagen sollte, und am Ende ließ er sich noch zu irgendwelchen blödsinnigen Versprechungen hinreißen, er wolle sie in San Antonio besuchen. Wegen Billy Ruiz und Frank Pizarro machte er sich keine Gedanken. Sie kamen ihm erst wieder in den Sinn, als er Pizarros Kleinlaster vor dem Schuppen erkannte, einen ehemals blauen Ford, Baujahr '56, der inzwischen zur Rostlaube verkommen war.

Sie warteten im Schuppen auf ihn. Frank lag mit Sonnenbrille und Stiefeln auf seiner Pritsche, und Billy bleckte seine gräßlichen Zähne zu einem Grinsen.

»Hey, Frank!« rief Billy Ruiz. »Schau mal, wer da kommt!«

Pizarro hob den Kopf und sah Ryan unverwandt an.

»Mann, gerade noch rechtzeitig, was?« Er tat ganz überrascht.

»Als ob er gewußt hätte, was wir gefunden haben!« rief Billy Ruiz.

»Klar«, meinte Pizarro. »Er hat 'nen Riecher dafür.«

Ryan breitete seine Habseligkeiten auf der Pritsche aus. Ein Hemd zog er an, den Rest stopfte er in seine Leinentasche.

»Der meint wohl, er reist ab!« rief Pizarro. »Sagen wir ihm lieber, was wir gefunden haben.«

## 2

»Das da ist es«, flüsterte Billy Ruiz. »Das braune, das von den Bäumen halb versteckt ist.«

»Jetzt kann ich's sehen«, sagte Ryan.

»Und die Leute sind alle vorm Haus. Ich glaube, sie machen da ein Lagerfeuer.«

»Was meinst du, wie viele es sind?«

»Weiß nicht. Ich hab' zwanzig Autos gezählt. Frank sagt, die sind alle heute vormittag gekommen.«

»Bis jetzt schaut es ja ganz gut aus«, meinte Ryan. Er ließ eine dünne, halb zu Ende gerauchte Zigarre lässig zwischen den Lippen hin- und herwandern. Weil er nicht albern damit herummachte und nicht nur in die Luft paffte, wirkte es auch nicht angeberisch.

Barfuß und mit bis zu den Knien hochgekrempelten Hosenbeinen wateten sie am Ufer entlang, wo die Wellen um ihre Füße plätscherten und der Sand weich und glatt war. Die Sandalen hatten sie in den Gesäßtaschen stecken. Beide trugen sie eine Sonnenbrille und eine Fischermütze mit Schirm. Gemächlich trotteten sie vor sich hin, zwei Burschen aus einem der Ferienhäuschen oder vom Badestrand, die sich ein bißchen Bewegung verschafften und zum Zeitvertreib die Boote und die anderen Leute begutachteten. Inzwischen war fast niemand mehr im Wasser. Die meisten Sonnenanbeter hatten die Liegewiese ebenfalls geräumt, nur ein paar Kinder spielten noch zwischen vereinzelten Spaziergängern oder bauten eine Sandburg.

»Wie würde dir die gefallen?« wollte Billy Ruiz wissen. »Die im roten Zweiteiler.«

»In zwei Jahren vielleicht«, meinte Ryan.

»Mensch, blutjung und schlank!«

»Die da wär' was.«

Das Mädchen kam gerade aus dem Strandladen. Über dem Badeanzug trug sie ein weißes Sweatshirt, das ihr bis weit über die gebräunten Schenkel reichte.

»Sie zeigt ja gar nicht, was sie hat«, beschwerte sich Billy Ruiz.

»Schau dir nur an, wie sie sich bewegt – einfach toll.«

»Jetzt haben wir einen guten Blick auf das Haus«, flüsterte Billy Ruiz.

Das Haus, ein zweistöckiges Gebäude mit braunen Dachschindeln, wirkte genauso zeitlos alt wie die Kiefern davor. Ein großer weißer Fleck beeinträchtigte ein wenig den Blick – ein zwischen zwei Masten aufgespanntes Stofftransparent, wie sich beim Näherkommen herausstellte.

ALUMNI ALPAHA CHI – GROSSER BETRIEBSAUSFLUG prangte es in roten Buchstaben auf dem Tuch. Ein paar Leute saßen auf der Veranda, aber die meisten Mitarbeiter der Alumni und ihre Frauen waren am Seeufer. Dort hatten sie eine Art Zigeunerlager aus Liegestühlen und Luftmatratzen aufgeschlagen und standen nun in Grüppchen vor den Segelbooten oder um das Lagerfeuer herum. Wer keinen Pappbecher hielt, hatte eine Bierflasche in der Hand.

»Sieht gut aus«, brummelte Ryan. Mit zusammengekniffenen Augen blickte er auf das Haus. Dabei kaute er auf dem Zigarrenstummel herum.

»Gehen wir lieber nicht zusammen hin«, meinte Billy Ruiz.

»Ach was. Wir schlendern einfach dran vorbei, und dann schlagen wir uns in die Büsche und gehen von hinten rein.«

»Trinken wir lieber erst noch ein Bier.«

»Nur keine Aufregung.«

Sie näherten sich der Gruppe vor dem Segelboot. Billy Ruiz wollte weiter ins Wasser waten und einen Bogen um sie machen, aber Ryan ergriff ihn am Arm, so daß ihm nichts anderes übrigblieb, als mit ihm genau auf die Leute zuzusteuern. Und dann blieb Ryan auch noch stehen, um einen Blick auf den Fiberglasrumpf des Katamarans zu werfen. Mein Gott, jetzt redet der auch noch mit denen, dachte Billy Ruiz, dann gingen sie aber doch wortlos an ihnen vorbei.

»Müssen die uns unbedingt sehen?« flüsterte er, sobald sie außer Hörweite waren.

»So ein Boot hab' ich ja noch nie gesehen«, schwärmte Ryan. »Man könnte glatt meinen, es hat einen doppeltverstärkten Rumpf!«

»Warum fragst du nicht gleich, ob du mitfahren darfst?«

Ryan drehte sich grinsend mit der Zigarre im Mund zum Haus um. »Hab dich nicht so. Wir sind ja weit genug weg.« Jetzt erst verließen sie den Strand und erklommen eine kleine, mit Gebüsch und jungen Föhren bewachsene Anhöhe. Dort zogen sie sich wieder die Schuhe an und liefen im Schutz der Bäume zur kleinen Privatauffahrt hinter dem Gebäude. Sie konnten den Verkehrslärm von der Uferstraße her hören, aber keine Autos sehen. Die Privatauffahrt war wirklich sehr privat. Keine Wagen parkten hier, außer denen der Gäste. SIE SIND HIER verkündete ein Holzschild.

»Netter Ausflug«, meinte Ryan. »Lauter nette, aktive Leute.«

Billy Ruiz spähte über die Auffahrt. »Dieser verfluchte Pizarro!« zischelte er.

Ryan hatte ein flaues Gefühl in der Magengrube. Aber das gehörte nun mal dazu und ließ sich durch nichts ändern. Lässig stand er mit in den Taschen vergrabenen Händen da und musterte Billy Ruiz. Der hatte die Schultern hochgezogen und kniff angestrengt die Augen zusammen. Erst ging er ein paar Schritte vor, dann wieder zurück, trat einen Stein in die Luft und zog sich schließlich eine Zigarette aus der Brusttasche. Um sie anzuzünden, benötigte er drei Streichhölzer.

Inzwischen war es Viertel nach vier. Hätte er um ein Uhr den Bus genommen, könnte er längst in Detroit sein. Aber Pizarro und Ruiz hatten es ihm ausgeredet. Als sie sich gegen Mittag in einem Laden Zigaretten besorgt hatten, waren ihnen die Leute aufgefallen, die zusammen kistenweise Bier, alle möglichen Mixgetränke und Eis gekauft hatten. Pizarro und Billy Ruiz waren ihnen bis zum Haus gefolgt. Menschenskinder, es wartete direkt auf sie. Genau so etwas hatten sie sich jeden Samstagabend bei Wein und Tequila ausgemalt. Da konnte er doch nicht heimfahren! Danach vielleicht. Zumindest mußte er es sich anschauen. Also hatten sie einen Kasten Bier mitgenommen und waren auf dem Weg zum Park daran vorbeigefahren. Im Park hatten sie dann jeder drei Flaschen getrunken und dabei alles durchgesprochen. Ryan hatte Pizarro dazu bringen wollen, mit ihm ins Haus zu gehen, aber der hatte auf stur geschaltet und gesagt, er sei der Fahrer, weil ihm der Laster gehörte. (»Du kannst doch auch noch danach fahren«, hatte Ryan gemeint, doch Pizarro hatte nur immer nein gesagt: »Ich fahre, und sonst keiner.« – »Mensch, Frank«, hatte Ryan versprochen, »wenn Billy die Kiste zu Schrott fährt, geben wir dir das Geld.« Davon hatte Pizarro aber nichts wissen wollen. »Ich fahre, basta!«) Na gut, hatte Ryan sich gesagt. Wozu sich streiten? Er hätte ihm gern eine geknallt, um ihn zur Raison zu bringen, aber es war wohl das Beste, die Sache schnell abzuwickeln und sich dann aus dem Staub zu machen. Darum waren nun er und Billy Ruiz über den Sand getrottet.

»Irgendwo wird er schon stecken«, meinte Ryan.

»Er konnte nicht wissen, daß wir so lange brauchen.«

»Dann können wir ihm auch keine Vorwürfe machen.« Kaum hatte Ryan das gesagt, hörten sie eine Wagentür zuknallen und sahen einen Wagen rückwärts die Auffahrt hinunterfahren, allerdings in die entgegengesetzte Richtung.

Billy Ruiz erstarrte. »Was macht denn der da?« entfuhr es ihm.

»Fährt wohl noch Senf kaufen«, mutmaßte Ryan. »Die Hamburger, das Pappgeschirr und die Grillkohle haben sie, aber den Senf hat seine Frau vergessen.«

Der Wagen fuhr rechts an den Straßenrand heran, so daß Pizarros Laster daran vorbei konnte. »Da kommt ja unser Freund!« rief Ryan. Deutlich hörbar stieß Billy Ruiz den Zigarettenqualm aus. Beide sahen sie regungslos dem Laster entgegen.

»Wo wart ihr denn?« meckerte Pizarro. »Ich bin schon mal dran vorbeigefahren, und ihr wart nicht da!«

»Hat eben länger gedauert als geplant«, erklärte Ryan. »Zufrieden?« Mit dem ist es das erste und das letzte Mal, dachte er. »Du wartest hier draußen«, befahl er Pizarro. »Wenn jemand kommt, bleibst du trotzdem da.«

»Und wenn es die Bullen sind?«

»Und wenn wir das Ganze einfach vergessen?«

»Hör doch – ich will nur auf Nummer Sicher gehen, mehr nicht.«

»Was ist denn schon sicher?« meinte Ryan. Von der Ladefläche holte er den leeren Bierkasten. Die Flaschen, die vollen wie die leeren, hatten sie zuvor schon herausgenommen. Er warf einen kurzen Blick auf Billy Ruiz, und gemeinsam marschierten sie auf das braune Haus zu. Ryan hatte immer noch den Zigarrenstummel im Mund hängen.

»Und wenn uns jemand sieht?« fragte Bily Ruiz.

Nie wieder, nahm Ryan sich vor. Laut sagte er: »Was machen wir denn schon, Billy? Wir sind die Bierkutscher.«

Mitten zwischen den geparkten Wagen liefen sie zum Hintereingang. »Du bleibst hier und wartest auf mein Zeichen«, befahl Ryan. »Wenn ich keins gebe, gehst du nicht rein. Aber wenn du es siehst, kommst du sofort, verstanden?«

Billy Ruiz nickte. Er sah Ryan nach, der allein weiterging. Den Kasten hielt er mit beiden Händen, als wäre er voll. Dann trat Ryan auf die Veranda, stellte den Kasten ab, klopfte an die Jalousie und wartete. Nach einer Weile drückte er die Nase gegen die Lamellen, zog sie auseinander und spähte hinein. Dann hob er den Kasten hoch und ging hinein.

Billy Ruiz wartete. Das war das Schlimmste für ihn. Von der Uferstraße her hörte er den Verkehrslärm. Er drehte sich um und sah Frank Pizarro neben dem Laster stehen. O Gott, der Idiot starrte ihnen nach! Er gestikulierte wild: Rein mit dir, du Arsch! Er konzentrierte sich wieder auf das Haus. Jetzt durfte er wirklich keinen Gedanken an Frank Pizarro verschwenden! Ryan stand in der Tür und winkte ihn zu sich. Er huschte vorbei an den Wagen zur Veranda. Von nun an war alles Vertrauenssache. Er war voll und ganz auf Ryan angewiesen.

Ryan nahm den Zigarrenstummel aus dem Mund und zog Billy näher zu sich.

»Im Wohnzimmer sind Leute«, flüsterte er. »Aber es müßte klappen. Der Raum ist ganz hinten am Flur, und die Treppe ist weiter vorn. Ich geh' als erster rauf. Du kommst ein bißchen später mit dem Kasten nach. Wenn du mich mit jemand reden hörst, dann gehst du weg. Du *gehst*, kapiert?«

So einfach war das also. Wie beim Football, wenn der Trainer seine Leute vor dem Match einschwor: Du rennst in der Mitte durch. Und du bleibst an der Außenlinie. Wer nicht gedeckt wird, kriegt den Ball. Vielleicht klappt's, vielleicht nicht.

Billy Ruiz folgte Ryan durch die Küche zum Korridor. Von innen hatte er das Haus noch nie gesehen, und jetzt hörte er aus dem Wohnzimmer am anderen Ende eine Stimme – die einer Frau – und dann Gelächter. Im Flur war es halbdunkel, aber die Treppe lag im Sonnenlicht, das durch zwei Fenster oben hereinflutete. Er sah

Ryan hinaufsteigen und um die Ecke verschwinden. Dann ging er ihm nach. Ryan hatte bereits das Zimmer gefunden, in dem die Männer der Alpha Chi Alumni ihre Hosen auf das Bett, die Kommode und die Stuhllehnen gelegt und sich die Badehosen angezogen hatten. Ryan trat ein und blickte sich um.

»Schau du im Bad nach«, raunte Ryan. Er nahm Ruiz den Bierkasten aus der Hand und stellte ihn auf das Bett. Seinen Zigarrenstummel legte er in einen Aschenbecher, und dann machte er sich daran, sämtliche Hosentaschen zu durchwühlen. Die Geldbeutel nahm er heraus und warf sie in den Bierkasten, die losen Scheine steckte er ein, und nur die Münzen ließ er zurück. Mit einem Seitenblick vergewisserte er sich, daß die Fenster an der Rückfassade offenstanden. Gut. So konnte er jederzeit auf das Terrassendach springen.

»Da ist noch ein Zimmer«, zischelte Billy Ruiz. Er wirkte überrascht, doch zum Großteil hatte er Angst. »Ich hab' die Sachen von den Frauen gefunden.«

»Ich kümmere mich drum«, sagte Ryan. »Du wartest hier.« Er huschte durch das Bad in das Zimmer nebenan, sperrte die Tür zum Flur zu und durchforstete die Frauenkleider, die teils säuberlich zusammengefaltet, teils in unordentlichen Haufen auf dem Bett lagen. Wer geht wohl mit wem? fragte sich Ryan. Er hätte sich brennend dafür interessiert und auch versucht, die Paare einander zuzuordnen, wenn die Zeit nicht gedrängt hätte. Schließlich lagen sieben Handtaschen auf der Kommode. Er ging damit in das Männerzimmer, warf sie auf das Bett und fing an, in den Handtaschen nach Scheinen und Geldbeuteln zu suchen. Die Geldbeutel wollten sie mitnehmen, um sie später in aller Ruhe zu leeren.

Nach beendeter Durchsuchung brachte er die Handtaschen in das Zimmer der Frauen zurück. Sie sollten alle an einer Stelle liegenbleiben. Das wäre was! Sieben Handtaschen hier, und die übrigen im ganzen Haus verstreut. Und wenn es Zeit zum Aufbruch war, würden ein paar Frauen schwer bepackt mit ihren Siebensachen herumlaufen und schreien: »Ich kann meinen Geldbeutel nicht finden.« Und ihr Macker, der natürlich schon etwas beschwipster wäre als sie, würde versuchen, systematisch an die Sache heranzugehen: »Tja, wo hast du sie denn hingetan, meine Liebe?« Rasch griff er noch in ein paar Jackentaschen, fand aber außer Taschentüchern und Kämmen nichts.

Im Badezimmer fiel ihm ein, daß er auch im Medizinkästchen nachschauen könnte. Irgendwie fand er das lustig. So viel Zeug, von Tabletten bis hin zu Kosmetiksachen, die er nicht einmal dem Namen nach kannte. Er nahm eine Flasche ›Jade East‹ aus dem Fach und studierte das Etikett auf dem Weg ins andere Zimmer.

Billy Ruiz starrte ihn mit weit aufgerissenen Augen an. »Was machst du denn da?« Als Antwort rieb sich Ryan mit dem Rassierwasser das Kinn ein.

Plötzlich hielt er den Zeigerfinger vor den Mund. Nach einer Pause schraubte er das Rasierwasser leise zu und warf die Flasche auf das Bett. Von der Treppe her kam ein Geräusch, Schritte auf dem Flur. Der Türgriff drehte sich.

Ryan sah gleichzeitig den Türgriff und Billys entsetztes Gesicht. Geh sofort zu ihm! schoß es ihm durch den Kopf. Der dreht mir durch! Lautlos huschte er an Ruiz Seite, packte ihn am Arm, ließ ihn nicht los.

Der Türgriff drehte sich wieder, hin und her. Jemand drehte, zerrte, rüttelte an der Tür.

»Hey, wer ist da drin?« Pause. »Was soll denn das? Laß mich rein!«

Ryan wartete. »Sekunde bitte!« rief er schließlich und huschte zum Schrank, um in den Taschen der Sweater, Sportmäntel und Hosen herumzuwühlen. Drei Scheine fand er noch und legte sie in den Bierkasten.

»Was soll das? Ich muß ins Bad!«

»Geh doch ins andere.«

»Hey, wer bist du überhaupt?«

»Hör mal, wir... wir kommen ja raus, wenn keiner uns sieht.«

»Wie bitte? *Wir?*«

Schweigen. Das soll er erst mal verdauen, dachte Ryan. Er will was sagen, aber jetzt ist er erst mal total durcheinander.

Ryan wartete, bis er wieder Schritte auf dem Flur hörte. Eine Tür schlug zu – vermutlich das andere Bad. Jetzt wird er die Tür wohl ganz leise wieder aufmachen, überlegte Ryan. Der Dreckskerl will schauen, wer da rauskommt. Leute gibt's...

»Gehen wir lieber«, raunte er. Er ging zum Fenster über dem Terrassendach, zog die Jalousie hoch und gab Ruiz ein Zeichen, mit dem Bierkasten nachzukommen. Sie kletterten hinaus. Ryan legte sich auf den Bauch und blieb reglos liegen. Er lauschte. Blitzschnell rollte er sich dann zur Dachrinne und sprang hinunter. Billy Ruiz reichte ihm den Bierkasten und sprang ebenfalls. Im Schutz der Büsche, die bis ans Haus heranreichten, eilten sie zur Privatauffahrt, wo Pizarros Laster wartete. Jetzt hatten sie es nicht mehr eilig, sie gingen ganz gemächlich. Sie gingen, weil Ryan sagte, daß es so gemacht würde.

## 3

Frank Pizarro bog links in die Uferstraße ein und schaltete bei sechzig Stundenkilometern in den dritten Gang. Nach Geneva Beach waren es vier Meilen. Ryan saß hinter ihm auf seiner Segeltuchtasche. Er tippte ihm auf die Schulter.

»Hey, immer langsam mit den jungen Pferden.«

Pizarro warf einen Blick in den Rückspiegel, dann einen auf die zweispurige Straße vor ihm. Er mußte vom Gas gehen, denn der Ausflugsverkehr wurde dichter. Ryan sah ihm eine Weile schweigend zu. Nur nichts überstürzen. Und nie die Ruhe verlieren. Er blickte hinter sich. Nichts. Die anderen Wagen krochen wie sie dahin. Billy Ruiz rückte näher an ihn heran, weil Ryan nun den Bierkasten leerte. Die Geldbeutel und Scheine kippte er einfach auf den Boden. Billy Ruiz breitete sie genüßlich aus, er liebkoste sie geradezu mit den Händen.«

»Was meinst du, wie viele es waren?« wollte Ruiz wissen.

»Keine Ahnung. Fünfunddreißig vielleicht.«

»Dann haben wir ein paar übersehen.«

»Kann schon sein. Hat sich vielleicht nicht jeder umgezogen. Oder es gab noch ein anderes Zimmer.«

»Ich würde ja zu gern das Gesicht von dem Typen sehen – dem vor dem Bad«, meinte Billy Ruiz grinsend.

Nacheinander entleerten sie die Geldbeutel. Damit ihnen auch nichts entging, prüften sie alle Seiten- und Klarsichttaschen. Nur die Scheine interessierten sie. Die leeren Geldbeutel legten sie wieder in den Bierkasten. Billy Ruiz gab Ryan, was er gefunden hatte. Ryan ordnete die Scheine dem Wert nach, stapelte sie und machte sich ans Zählen.

»Ein guter Tag«, meine Ryan.

»Wieviel?« fragte Pizarro über die Schulter.

»Ein guter Tag«, sagte Ryan noch einmal.

Es waren genau siebenhundertsiebzig Dollar. Keine schlechte Ausbeute. Trotz seines mulmigen Gefühls davor hatte es geklappt. Außerdem hatten sie eine Schnapszahl erwischt. Siebenhundertsiebzig Dollar. Das mußte einfach Glück bringen.

Er zählte zweihundert Dollar ab. »Für Frank.« Dann aber zögerte er und behielt das Geld zurück. Er zählte noch einmal und teilte Pizarro nur noch hundert zu. Anschließend zweigte er für Billy Ruiz zweihundert Dollar ab. »Das ist für dich.«

»Hey!« Pizarro drückte seine Scheine gegen das Lenkrad. »Was soll das sein?«

»Dein Anteil«, erwiderte Ryan.

»Wieviel sind es?«

»Siebenhundert.«

»Und ich krieg' bloß hundert?«

»Das reicht doch. Du hast ja bloß im Laster gewartet.«

»Menschenskinder, ich hab' dir doch gesagt, daß ich Camacho vierhundertfünfzig schulde.«

»Stimmt«, entgegnete Ryan, »das hast du mir gesagt.«

Billy Ruiz stierte Ryan an. Ryan spürte den Blick. Er sah dem Mann mit dem hohlwangigen, gelblichen Gesicht in die großen, verhangenen Augen.

»Aber ich hab' in keinem Wagen gesessen!« rief Billy Ruiz.

»Soll das eine Beschwerde sein, Billy?«

»Ich bin mit dir reingegangen.«

»Wärst du ohne mich reingegangen?«

Ruiz gab keine Antwort. Er starrte wortlos durch die Windschutzscheibe auf den Wagen vor ihnen. Ryans Blick senkte sich auf das Geld. Er faltete die Scheine nun zusammen, beobachtete aber Ruiz weiter aus den

Augenwinkeln. Dieser Dummsack. Dieser dämliche Gurkenpflücker. Allein hätte er sich nicht einmal in die Nähe des Hauses gewagt. In die Hosen hätte er sich geschissen! Dieses erbärmliche Klappergestell. Diese Ratte warf sich in Pose und wollte einem weismachen, wo er überall gewesen war und wie viele Frauen er gebumst hatte. Und jetzt saß er in seiner viel zu langen Hose da und zog den Kopf ein. Der wußte ja nicht einmal, wie dämlich er war. Dieser häßliche, dürre Affenarsch!

Er zweigte noch einmal zwei Zwanziger und einen Zehner von seinem Haufen ab und stieß Ruiz in den Arm. Ruiz sah ihn mit seinen ausdruckslosen Augen an. Sah auf das Geld hinunter und grinste von einem Ohr zum anderen. Er war glücklich. Weitere fünfzig Bucks. Gott, wie herrlich!

Und Pizarro sollte ihn am Arsch lecken. Er war fertig mit ihnen. Ihr Geld hatten sie ja. Was wollten sie mehr?

Aber er kam nicht los davon. Du hättest sie nie mitmachen lassen dürfen, schalt er sich. Dann wieder versuchte er das Ganze zu vergessen. Bald war es ja ausgestanden, und er brauchte keinen Gedanken mehr daran zu verschwenden. Mensch, du hast doch noch viel mehr Blödsinn hinter dir und denkst auch nicht mehr dran, redete er sich ein.

»Hey, das da ist es!« rief Billy Ruiz. Er beugte sich über den Beifahrersitz und deutete nach links. »Siehst du den Golfplatz? Danach...«, er unterbrach sich und wartete, bis sie an der gepflegten Anlage vorbeigefahren waren. »Und jetzt hier rauf. Da, wo die Straße abzweigt. Siehst du das Schild?« Es war ein altenglisch aussehendes Zeichen, mit einer Kette war es an zwei Pfosten befestigt. Ganz oben standen in weißen Buchstaben die Worte THE POINTE und darunter etwas kleiner PRIVAT.

»Weißt du's nicht mehr?« rief Billy Ruiz. »Ich hab' dir doch davon erzählt. Hier wohnen die ganzen reichen

Leute. Die haben Häuser, sag' ich dir. Im Vergleich dazu ist das von vorhin ein Hühnerstall.«

Sie fuhren an der Privatstraße vorbei. Mit einem Blick durch das Heckfenster stellte Ryan fest, daß dieselben Wagen ihnen noch folgten.

»Warst du letzthin wieder mal dort?«

»Ich hab's dir doch gesagt«, erwiderte Billy Ruiz. »Letztes Jahr haben sie uns rausgeschmissen, als wir uns umsehen wollten.«

»Wer hat euch rausgeschmissen?«

»Weiß nicht. Irgendein Typ.«

»Polizei?«

»Nein, nein. So eine Art Parkwächter. Da, wo die Straße den Knick macht, hatte er ein Häuschen. Er ist uns nachgegangen.«

»Tja, was soll ich dazu sagen«, brummte Ryan. »Ich muß mir das erst mal ansehen.«

»Ich hab's dir doch gesagt, es gibt nichts Besseres.«

»Wenn du meinst.« Ich lass' die Sache einfach auslaufen, nahm Ryan sich vor. Er beugte sich vor, um die Straße besser zu begutachten. Ein paar Minuten noch, dann war es vorbei. Er brauchte nur seine Tasche zu nehmen und sie stehenzulassen. Aber eines durfte er nicht vergessen.

Er wartete, bis sie die Hotels an den Randbezirken von Geneva Beach hinter sich gelassen hatten. Der Golfplatz kam in Sicht und rechts von ihnen der IGA-Supermarkt.

»Da!« rief Ryan. »Siehst du den IGA?«

»Er hat doch zu«, sagte Pizarro.

»Denk dran.« Ryan sah aufmerksam auf die Häuser. Linkerhand erkannte er das Schild der ›Pier Bar‹ und dahinter die weißen Häuser vor dem Anlegepier. Vielleicht trank er noch ein, zwei Bier und aß noch einen Bissen. Dann erreichte er Detroit eben erst um neun.

»Halt hier an«, befahl er Pizarro.

»Was?«

»Ich steige hier aus.«

»Menschenskinder, wie kannst du jetzt gehen?« rief Billy Ruiz. »Jetzt geht es doch erst richtig los!«

Sie fuhren auf die große Kreuzung in der Ortsmitte zu. Die Ampel schaltete auf Rot, und Pizarro ging vom Gas. »Du fährst nachher um den Häuserblock zum Lieferanteneingang vom IGA«, bestimmte Ryan. »Dort siehst du einen Abfallhaufen mit lauter Schachteln und altem Zeug. Auf den wirfst du den Bierkasten, nirgendwo anders, kapiert?«

»Hör mal«, protestierte Pizarro, »ich hab' dir doch gesagt, daß ich mehr Geld brauche.« Der Laster kam nun endgültig zum Stehen.

Billy Ruiz hatte sich noch nicht beruhigt. »Wieso willst du gehen? Das können wir ja noch diese Woche abwickeln.«

»Das schafft ihr auch ohne mich«, brummte Ryan. Er riß die Tür auf und sprang aus dem Laster. Die Tasche zog er hinter sich her.

Billy Ruiz rutschte zur Tür. »Hey! Warte doch. Darüber sollten wir uns noch mal bei 'nem Glas Bier unterhalten.«

»Paß auf deine Finger auf!« schrie Ryan und knallte die Tür zu. Auf dem Weg zur ›Pier Bar‹ hörte er Pizarro ihm etwas nachrufen. Er achtete nicht darauf. Eine Hupe dröhnte los, dann eine andere, aber er drehte sich nicht um. Nein danke, das hatte er hinter sich.

Bob junior hatte noch nicht begriffen. »Was soll das heißen, er hat dir die Schlüssel weggenommen?«

»Er will nicht, daß ich mit seinem Mustang rumfahre«, erwiderte das Mädchen.

»Klar, wegen der Sache letzte Woche.«

»So ein Schleimscheißer«, schimpfte das Mädchen.

»Er will eben nicht, daß du dir noch mehr Ärger einhandelst.«

»Süß, wie du dich für ihn einsetzt.«

»Na ja«, meinte Bob junior, »es ist ja auch sein Wagen.«

»Stimmt nicht. Er ist auf meinen Namen gemeldet. Dafür hab' ich schon gesorgt, mein Bester.«

»Dann hat er ihn dir geschenkt?«

»Da kannst du Gift drauf nehmen.«

»Wann geht deine Verhandlung los?«

»Keine Ahnung. Nächsten Monat, nehme ich an.«

»Einem von den Jungen soll es ziemlich schlecht gehen.«

»Sein Pech.«

»Na ja, wahrscheinlich war er selbst dran schuld.«

»Was denn sonst?«

Bob junior ließ sich im weißen Clubsessel zurücksinken. »Weißt du was? Setz dich doch neben mich«, schlug er dem Mädchen vor. Sie hieß Nancy und wohnte seit Anfang Juni bei Mr. Ritchie. »Beruhig dich erst mal, und dann unterhalten wir uns weiter.«

»Ich geh' rein und hol' mir einen Pullover.«

»Bring mir auch einen.«

»Ich glaube nicht, daß dir die von Ray passen.«

»Es war nur ein Scherz. Mir ist nicht kalt.«

Mit den Blicken folgte er Nancy ins Haus. Zehn Pfund mehr hätten ihrer Figur gutgetan, aber auch so war sie ein verdammt scharfes Ding in den weißen Shorts und dem gestreiften Oberteil. Wenn sie sich bückte, konnte man alles sehen, und das wußte sie selber ganz genau. Sie schob nun die Glastür auf und verschwand im Wohnzimmer, in dem auch die Bar war. Vielleicht brachte sie ein paar Drinks mit raus.

Das wäre was! Er mußte sie doch soweit bringen können, daß sie auftaute. Draußen herrschte jetzt Stille. Nur hin und wieder drang aus der Ferne ein gedämpftes Motorbootgeräusch an seine Ohren. Auf der Terrasse hier fühlte man sich wirklich angenehm privat. Zu beiden Seiten schützte ein hoher Zaun das Grundstück vor unerwünschten Blicken. Der Swimming-pool und der größte Teil des Rasens lagen zudem im Schatten. Nach vorne hin erstreckte sich der Rasen bis hin zu einer steilen Böschung; dort führten zweiundvierzig Stufen zum Ufer und zum Anlegeplatz hinunter. Er mußte es ja genau wissen, denn er hatte die Stufen Ende Juni mit zwei Gurkenpflückern zusammen angelegt. Nancy hatte in ihrem winzigen zweiteiligen Badeanzug herumgelegen, so daß sie ständig ihren hübschen Bauchnabel sehen konnten. Seitdem kam er hier immer wieder mal vorbei.

Heute hatte er bis halb sechs gewartet. Bis dahin war Mr. Ritchie sicher längst nach Detroit gefahren. Wäre er wider Erwarten noch dagewesen, hätte Bob junior sich immer noch eine Ausrede einfallen lassen können. Er hatte ja den Auftrag, sich um das Boot zu kümmern. Sonntags vergnügte sich Mr. Ritchie mit Nancy in der Regel auf dem Boot und legte dann nicht vor dem Jachtclub, sondern vor dem Haus an, weil er sich umziehen und heim nach Detroit fahren mußte. Bob juniors Aufgabe war es immer, am Abend beim Jachtklub anzurufen, damit jemand das Boot holte. Ein prächtiges Gefährt von gut zehn Metern Länge, das da vor Anker lag. Die Farben waren weiß und dunkelgrün, wie bei allem, was Mr. Ritchie gehörte, weiß und gurkengrün: das weiße Haus mit der grünen Sonnenterrasse, dahinter die Grünfläche, grüne Büsche, grüne Bodenfliesen im Swimming-pool, grüner Mustang, grüner Lincoln, sogar grüne Gartengeräte sowie eine weißgrüne Jagdhütte hinter den Feldern, die nach Schweizer Vorbild gebaut war. Das hätte Bob junior auch gar nicht gestört, wenn Weiß und Grün seine Lieblingsfarben gewesen wären. Er aber bevorzugte Blau und Gold. Die Farben seiner Uniform beim Holden Consolidated.

Sie kam nun wieder in einem hellblauen Rundkragenpullover heraus. Die Kombination mit ihrem dunklen Haar gefiel ihm. Gemächlich schlenderte sie auf ihn zu – eine Flasche hatte sie nicht dabei. Komisch, daß sie so langsam ging, wo sie doch sonst so flippig war.

»Ich dachte, ich hätte noch irgendwo einen Ersatzschlüssel, aber da hab' ich mich getäuscht«, meinte Nancy.

»Weißt du was? Du kannst meinen Lieferwagen haben.«

»So ein Dreckskerl. Meint der denn, ich sitze die ganze Woche hier rum und warte bloß auf ihn?«

Bob junior starrte sie unentwegt an. »Habt ihr's nicht so ausgemacht?«

»Was wir ausgemacht haben, geht dich einen Scheißdreck an.«

»Hol uns doch was zum Trinken.«

»Ich will lieber was tun.«

»Was hältst du davon, wenn wir mit dem Boot rausfahren?«

»Ich bin heute schon draußen gewesen.«

»Und was macht ihr da immer so?«

Nancy stand mit verschränkten Armen da und blickte über den Rasen auf den See hinaus. Sie machte sich nicht erst die Mühe, ihm eine Antwort zu geben.

»Habt ihr geangelt?«

Sie sah ihn wortlos an.

»Jetzt hab' ich's! Du schwimmst ohne alles, und er jagt dir nach, immer ums Boot rum.«

»Erraten!« rief Nancy. »Wie bist du nur draufgekommen?«

»Fahren wir doch ein bißchen raus. Bis zum Abend wenigstens.«

»Deine Frau wird sich sorgen wegen dir.«

»Sie ist in Bad Axe, ihre Mutter besuchen.«

»Mit allen euren Kinderchen? Und in der Zeit macht ihr lieber Daddy ... Was erzählst du ihr denn, was der Daddy gemacht hat?«

»Komm schon, fahren wir raus.«

»Ich hab' aber keine Lust!«

»Dann trinken wir doch was. Hey, wie wär's mit Cold Ducks?«

»Ich will was unternehmen.«

»Das ist doch was.«

»Ich will ausgehen.«

»Und ein paar Jungs zusammenfahren?«

Sie sah ihn herausfordernd an. »So weit reicht dein Mut wohl nicht, was?«

»Ich wüßte was Besseres.«

»Du bist ja viel zu feige, um mit mir auszugehen, oder stimmt das etwa nicht?« rief sie. »Wenn Ray nicht da ist, traust du dich hier rein, aber dann ist es schon vorbei mit deinem Mumm.«

»Wohin willst du überhaupt?«

»*Raus*. Was weiß ich wohin.«

»Das ist doch gar nicht nötig. Du hast hier doch alles, was du brauchst.«

»Ich will aber raus hier«, maulte Nancy. »Willst du nun mit mir ausgehen, oder willst du heimfahren?«

Gegen sieben Uhr kamen sie in Geneva Beach an. Bob junior forderte sie auf, ihm zu sagen, worauf sie Lust hatte, wenn sie schon unbedingt etwas unternehmen wolle. Nancy beschied ihn, daß sie es ihn rechtzeitig wissen lassen würde.

»Na schön. Aber wenn wir mit dem Auto rumfahren, muß ich mir noch ein paar Zigaretten holen.« Bob junior hielt vor der Drogerie an und ging in den Laden.

Nancy blieb im Lieferwagen sitzen. Träge musterte sie die Leute, die auf dem Gehweg vorbeiflanierten. Nach gut einer Minute setzte sie sich auf und fing an, sich vor dem Rückspiegel zu kämmen. Mit einem Mal hielt sie inne. Neben dem eigenen Spiegelbild erkannte sie noch etwas anderes. Einen Augenblick blieb sie reglos sitzen – dann drehte sie sich um, damit sie die beiden direkt beobachten konnte. Auf der anderen Straßenseite vor dem Restaurant standen Jack Ryan und ein untersetzter Mann. Gemeinsam gingen sie zur Fußgängerampel, warteten, bis sie auf Grün zeigte und liefen dann auf die ›Pier Bar‹ zu.

Als Bob junior wieder aus dem Laden kam, hatte sie sich fertig gekämmt. »Ich weiß jetzt, worauf ich Lust habe!« rief sie ihm entgegen.

# 4

Mit sechzehn war Nancy Hayes gerne Babysitten gegangen. Dabei hatte sie so etwas gar nicht nötig, denn die Verehrer standen Schlange bei ihr, um ein Rendezvous zu bekommen. Auf das Geld war sie auch nicht angewiesen. Von ihrem Vater bekam sie jeden Monat einen Schreck über hundert Dollar zugeschickt. Der Brief war mit der Aufschrift PERSÖNLICH versehen und traf immer am selben Tag ein wie die Alimente an ihre Mutter. Nancy ging Babysitten, weil es ihr Spaß machte.

Gemeinsam mit ihrer Mutter lebte sie in einem dreihunderttausend Dollar teuren Haus mit Mosaikboden, Klimaanlage und einem kleinen bumerangförmigen Swimming-pool im Garten – das Ganze knapp sieben Meilen vom Meer entfernt. Nicht weit von ihnen, auf der anderen Seite des Ocean Mile Shopping Center, direkt an den Kanälen, waren die Häuser noch größer. Vor einigen lagen sogar Jachten vor Anker. Ihre Bewohner blieben nicht das ganze Jahr, sondern kamen nur für die Wintersaison von Januar bis Ostern. Alle gingen mehrmals pro Woche auf Partys, und die Ehepaare mit Kindern schätzten sich glücklich, wenn sie Nancy Hayes als Babysitter bekamen. Sie mochten sie, denn sie war ein süßes kleines Ding mit dunkelbraunen Haaren und braunen Augen und sah in ihrem Röckchen und T-Shirt bezaubernd aus. Zudem hatte sie gute Manieren. Sie blieb immer wach und brachte sich ein Buch mit.

Das mit dem Buch war eine blendende Idee. In der Regel war es ein russischer Roman oder eine Autobiographie. Sie ließ es auf dem Kaffeetisch liegen, und wenn es Zeit zum Gehen war, legte sie das Einmerkzeichen dreißig, vierzig Seiten weiter ein, noch bevor die Leute zurückkamen. Die ersten Male sah Nancy sich immer gern im Haus um. Sie wartete, bis die Kinder eingeschlafen waren, dann machte sie sich an die Durchsuchung. Mit dem Wohnzimmer fing sie an und arbeitete sich durch bis zum Schlafzimmer der Eltern. Schreibtische verachtete sie nicht, wenn Briefe darauf lagen oder ein Terminkalender. Die Küchen und Eßzimmer langweilten sie. Salons konnten mitunter interessant werden, aber den größten Spaß machten ihr die Schlafzimmer.

Auf etwas wirklich Aufregendes, wie Briefe von verheirateten Männern unter der Wäsche der Frau oder schmutzige Fotos im Nachtkästchen des Mannes, stieß Nancy nie. Ihr größter Fund waren ein Männermagazin unter einem Stoß gestärkter weißer Unterhemden und einmal – zwischen weißen Socken und Handtüchern – ein Revolver. Allerdings waren keine Patronen in der Schublade. Meistens wurde sie in ihren Erwartungen nur enttäuscht, dennoch machte ihr die Suche an sich Spaß, die Vorfreude darauf, vielleicht doch einmal etwas wirklich Dramatisches zu entdecken.

Nancy zerbrach zudem für ihr Leben gern Gegenstände. Hin und wieder ließ sie in der Küche ein Glas oder einen Teller fallen. Noch besser gefiel ihr das Zerschmettern von etwas richtig Wertvollem, einer Lampe, einer Porzellanfigur oder einem Spiegel. Die Nummer konnte sie freilich nicht zweimal im selben Haus oder in unmittelbar benachbarten Häusern bringen. Und wenn das Kind schon Sprechen konnte, war sie auch nicht möglich. Am schönsten war es, wenn sie mit einem Zwei- oder Dreijährigen den Ball auf dem Boden hin und her rollte, ihn dann in die Hand nahm und kräftig gegen eine Lampe schleuderte. Traf sie nicht, probierte sie es eben noch einmal. Irgendwann gelang es ihr schließlich doch, und für den kleine Greg setzte es Prügel. (»Es tut mir ja so schrecklich leid, Mrs. Peterson. Er hat am Kabel gezogen, und ehe ich ihn erwischen konnte...«) Ach Gott ja, wie schrecklich leid es ihr tat!

Auch das, was sie mit den Vätern im Auto anstellte, wenn sie sie heimbrachten, machte ihr einen Heidenspaß. Sie tat es nicht immer, und auch nicht mit jedem. Um dafür in Betracht zu kommen, mußten sie zwischen Mitte Dreißig und Anfang Vierzig sein, sich toll anziehen, blendend aussehen, und vor allem mußten sie einen sitzen haben, wenn sie mit ihr ins Auto stiegen. Über Monate hinweg waren auf diesen Fahrten äußerste Geduld und Sorgfalt vonnöten. Das konnte zwölf Fahrten und länger dauern. Beim erstenmal gab sie sich einfach lieb und nett. Das Buch hatte sie auf dem Schoß liegen und machte den Mund nur auf, wenn er etwas von ihr wissen wollte. Meistens redeten sie über das Buch oder die Schule. Irgendwie ließ sie dann immer bei der Beschreibung ihrer Schulklasse oder des Buchs, das für ein junges Mädchen noch sehr schwierig zu verstehen war, beiläufig ihr Alter mit einfließen – sie sei bald siebzehn. Von Mal zu Mal gab sie sich dann immer lockerer, war freundlich, aufmerksam, aufrichtig. Sie glänzte als eifrige Leserin, als ein aufgeschlossenes Mädchen, das sich für alles mögliche interessierte, vor allem aber für die ständig wechselnden Modeströmungen und Denkweisen der Teenager. Manchmal unterhielten sie sich so angeregt, daß sie in der Einfahrt vor Nancys Haus stehenblieben und noch zehn, fünfzehn Minuten weiterredeten. Früher oder später – es geschah meistens zwischen der fünften und der achten Fahrt – hatte sie ihn dann soweit.

Es ging mit einer scheinbar unschuldigen Frage los, die sie so nebenher ins Gespräch mit einflocht. Etwa: »Finden Sie es richtig, wenn Teenager es schon machen?« Er tat dann ganz naiv und erkundigte sich, was sie denn damit meine. »Sie wissen schon, irgendwo im Wagen...«

»Na ja, wenn sie einfach sitzen bleiben und Musik hören...«

»Ich meine was anderes. Wenn sie verliebt sind oder sich zueinander hingezogen fühlen...«

»Ach, du willst wissen, was ich von ein bißchen Rumschmusen halte?«

»Mmhmm. Sie müssen ja nicht gleich Sex miteinander haben, aber er darf sie vielleicht streicheln und sie anfassen... Sie wissen schon, wo – hier...«

Danach mußte das Timing genau stimmen. In dem Augenblick, in dem er ein gedehntes »Tjaa« brummte, sah sie plötzlich auf die Uhr und rief: »O Gott, jetzt ist es aber höchste Eisenbahn!« Und mit einem »Tausend Dank!« knallte sie die Wagentür zu.

Beim nächsten Mal lenkte sie das Gespräch wieder dahin oder wartete ab, ob er wieder auf das Schmusen oder Petting, wie er es nannte, zu sprechen käme. Und dann ließ sie blitzschnell die Falle zuschnappen.

»Warum sind eigentlich die Jungs immer so scharf auf... Sie wissen schon, was?«

»Sie sind nun mal physiologisch so beschaffen. Und psychologisch wahrscheinlich auch.«

Ganz unschuldig fragte sie weiter – ein Mädchen auf der Suche nach den Antworten des Lebens: »Sind ältere Männer auch so?«

»Die auch, klar... wenn sie nicht zu alt sind.«

»Das beschäftigt mich nämlich, weil junge Frauen immer ältere Männer heiraten und nicht umgekehrt.«

»Na ja, wenn sie viel zu alt sind...«

»Neulich hab' ich das von einem Filmstar gelesen. Mir fällt jetzt bloß sein Name nicht ein. Aber er ist fünfzig, und das Mädchen ist zweiundzwanzig. Mensch, das sind achtundzwanzig Jahre Unterschied!«

»Warum nicht? Wenn sie sich gut verstehen, gleiche Interessen haben...«

»Mmhmm, wahrscheinlich haben Sie recht. Wenn sie sich lieben...«

Den ernsten und immer vernünftigen Familienvater mußte man dann einmal gesehen haben. Im dunklen Wagen überlegte er es sich bei Musikgesäusel hin und her. Von draußen schien das Laternenlicht auf ihre braungebrannten Beine in den kurzen, knappen Shorts. »Wie alt bist du? Siebzehn? Das wären ja nur achtzehn Jahre Altersunterschied zwischen uns.« Natürlich machte er sich im Schnitt um drei bis sechs Jahre jünger als er war. »Könntest du dir so etwas denn zwischen dir und mir vorstellen – sagen wir mal in zwei Jahren – und natürlich dürfte ich nicht verheiratet sein.«

»Daran hatte ich jetzt echt nicht gedacht.«

»Aber es könnte doch passieren.«

»Mensch, ja, das wär' schon möglich, echt.«

Zwischen Dezember und April ließen sich in einer einzigen Saison sechs Väter soweit betören, daß sie mit dem Gedanken spielten, die süße kleine Nancy Hayes mit der umwerfenden Figur könnte mehr sein für sie als nur ein Babysitter. Sie alle hatten nach einer Party einen sitzen, wohnten keine Meile voneinander entfernt, waren aber nicht miteinander bekannt. Letzteres hatte sie zuvor genau ausgekundschaftet. Drei entgingen ihr. Sie ließen es einfach nicht soweit kommen. Interessiert schienen sie zu sein, unterhielten sich gerne mit ihr und fühlten sich wohl geschmeichelt, weil sie anscheinend ein Abenteuer mit ihnen nicht ausschloß, aber sie gingen eben nicht auf ihre Avancen ein.

Drei entrannen ihr nicht.

Anstatt sie unverzüglich heimzubringen, bog einer in eine verlassene Nebenstraße ein und hielt unter einer Weide an einem Kanalufer. Während Frank Sinatra leise aus der Musikanlage schmachtete, zog er sie zu sich herüber, blickte ihr wehmütig in die Augen und küßte sie zärtlich und behutsam auf den Mund. Als er sich zurückzog, schmiegte Nancy ihren Kopf an seine Schulter.

Der zweite lief ihr eines Spätnachmittags zufällig vor der Taschenbuchhandlung im Ocean Mile-Einkaufszentrum über den Weg und fragte sie, ob er sie heimbringen solle. Im Wagen schlug er dann vor, sie könnten nach Bahia Mar hinausfahren und den Fischerbooten bei der Rückkehr in den Hafen zuschauen, der Nachmittag sei einfach zu herrlich. Sie hielten im Ort nur, um einen Sechserpack Bier zu kaufen. Dann fuhren sie weiter den Strand entlang fast bis Pompano. Neue Apartmentblocks befanden sich überall im Bau, leere Betonschalen, die sich im Licht der tiefstehenden Sonne über das gerodete Land erhoben. Sie blieben im Schatten des noch nicht ganz fertiggestellten *The Castile* stehen. Der Vater machte drei von den Bieren auf und reichte ihr eine Dose immer öfter und zu immer größeren Zügen hinüber. Er erzählte ihr, wieviel lustiger und angenehmer die Gespräche mit ihr seien als mit seiner Frau, wie weitaus besser sie ihn zu verstehen schiene. Liebevoll legte er den Arm um sie und hob ihr Kinn ganz behutsam an. Sein Kuß war zärtlich, aber zurückhaltend. Er streichelte ihr mit der Handfläche die Wange. Danach ließ sie den Kopf auf seine Schulter fallen. Mit warmen, liebevollen Blicken sah sie zu ihm auf.

Der dritte kam kurz nach Mittag vom Golfspielen heim. Seine Frau war beim Einkaufen, statt ihrer paßte Nancy auf das Kind auf. In einem weißen Bikini saß sie am Swimming-pool und ließ den Vierjährigen im Wasser herumplanschen. Eigentlich konnte sie jetzt gehen, aber er bat sie, noch zu bleiben und den Kleinen ins Bett zu bringen, damit er sich umziehen könne. Vorher genehmigte er sich drei Cocktails und schwamm eine Runde im Pool. Nancy sah ihm vom Liegestuhl aus zu. Er kam aus dem Wasser und trocknete sich vor ihren Augen ab. Den Bauch zog er dabei ein. »Hey, du bist ja noch gar nicht im Wasser gewesen!« rief er. Sie müsse jetzt gehen, erklärte Nancy. »Ach, sei doch kein Hasenfuß«, neckte er sie und zog sie zum Wasser. Nancy wehrte sich lachend, aber nur der Form halber. So konnte er sie scheinbar ohne Absichten betatschen, ehe er sie ins Wasser warf. Als sie zum Umkleiden ins Haus zurückging, folgte er ihr. In der Küche mixte er sich erst einmal einen vierten Cocktail. Nancy verschwand im Gästezimmer, wo sie ihre Sachen liegen hatte. Sie machte die Tür zu, zog das Oberteil ihres Bikinis aus und rieb sich die Haare ab. Lange brauchte sie nicht zu warten. »Kann ich reinkommen?« fragte er und machte im selben Moment die Tür auf. Quietschend wirbelte Nancy herum. Im Spiegel beobachtete sie, wie er sich ihr von hinten näherte. Sie spürte seine Hände auf den Hüften. Langsam glitten sie über ihre Lenden. Sie ließ den Kopf nach hinten gegen seine Schulter sinken.

Und während ihr Kopf so an seiner Schulter ruhte, sagte sie zu ihm dasselbe wie zu den anderen, die ihr nicht entronnen waren: »Wissen Sie, was ich jetzt tun werde?«

Und jeder von den dreien raunte: »Nein, was denn?«

Ihre Antwort lautete: »Ich werde jetzt Ihrer Frau einen Brief schreiben und ihr sagen, daß Sie ein sechzehnjähriges Mädchen mißbraucht haben, damit Sie's wissen.«

Und sie hielt ihr Versprechen.

Ray Ritchie, der Vater Nummer Zwei, derjenige, der Nancy zum Ausflug nach Pompano mitgenommen hatte, überflog den Brief nur kurz und sagte zu seiner Frau: »Du weißt ja, daß ich nichts gegen Mädchen habe, aber soweit gehe ich nie.« Mehr äußerte er zu dem Thema nicht. Ray Ritchie hatte fast immer etwas nebenher laufen, sei es ein Seitensprung bei Wochenendausflügen aufs Land, sei es etwas Festeres irgendwo in der Stadt. Er wußte auch, daß seine Frau ihm wegen dieser Sache keine Szene machen würde. Er hatte viel Arbeit auf dem Hals, er war ständig unterwegs, er hatte neben Ritchie Foods auch in zig anderen

Firmen Anteile. Seine Frau hatte ein hundertfünfzigtausend Dollar teures Haus, ein Hausmädchen, Clubs, Kreditkarten auf seinen Namen, und ihr einziger Sohn war in einer guten Schule untergebracht. Sie konnte glauben, was sie wollte.

Nancy sah Ritchie erst wieder in der Saison danach, erneut rein zufällig. Sie war nicht mehr Babysitter, sondern arbeitete in einer Boutique im *Ocean Mile*. Diesmal fuhr Ray Ritchie nicht mit ihr nach Bahia Mar oder Pompano hinaus – vielmehr nahm er sie für ein verlängertes Wochenende von Samstag bis Dienstag mit ins Lucayan Beach Hotel auf Grand Bahama.

Wenig später, am Unabhängigkeitstag, hieß Nancy Miß Perky Pickle. Beim Festumzug in Geneva Beach fuhr Ray Ritchies Continental hinter der Band der Holden Consolidated her. In einem gurkengrünen Badeanzug und gurkengrünen Stöckelschuhen stand sie auf dem Dach und winkte der Menge zu. Im August schrieb sie ihrer Mutter, sie hätte einen Job in der PR-Abteilung von Ritchie Foods. Den Brief verfaßte sie in ihrem Vierhundert-Dollar-Apartment mit Blick auf den Detroit River.

Als Miß Perky Pickle nahm sie an Ausstellungen, Werbefeldzügen und Geschäftseröffnungen teil. Sie fuhr mit Ray zusammen nach Cleveland, Chicago und Minneapolis. Sie stand vor dem Firmenlogo von Ritchie Foods Modell und verteilte Kostproben. Sie wartete in Hotelsuiten auf Ritchie. Sie raste mit Ray zusammen zu allen möglichen Flughäfen. Sie saß neben Ray in Clubs mit Oben-Ohne-Bedienung, meistens als einziges Mädchen am Tisch. Sie hörte den ganzen Tag Platten oder Radio, wenn sie allein im Apartment war. Sie schwor erst auf die Hermits, dann die Loving Spoonful, die Blue Magoos und hielt zum Schluß den Mamas and Papas unverbrüchliche Treue. Sie las *Vogue*, *Bazaar* und *Teen*. Sie lief im Apartment auf und ab und betrachtete sich im Spiegel. Sie sah zum Fenster hinaus auf den friedlich durch die Winterlandschaft fließenden Detroit River und die Silhouetten der Fabriken von Windsor, Ontario dahinter. Sie flirtete mit einem von Ritchies Vertretern, der sich überaus cool gab, aber in einem fort Blicke zur Tür warf. Sie verbrachte die Wochenenden, an denen Ray zu seiner Familie nach Fort Lauderdale gefuhr, ganz allein im Apartment. Sie spielte mit dem Gedanken, mal selbst runterzufahren und zu schauen, was die liebe Mama so machte, doch da schlug Ray ihr vor, den Sommer in seinem Ferienhaus am See zu verbringen – er habe dort recht oft zu tun, außerdem sei der Streß nicht so groß wie in Detroit.

Das war Ende Mai gewesen. Die Nachmittagssonne schien durch die Fensterfront auf den blaßblauen Teppichboden. Es war ruhig im Apartment, denn Ray hatte gleich beim Eintreten das Radio ausgeschaltet. Er hatte zehn Minuten Zeit, sich umzuziehen und seinen Handkoffer für Chicago zu packen und vierzig Minuten für die Fahrt zum Flughafen. Während er im Bad war, mixte sie ihm einen Scotch mit Soda und setzte sich auf die Couch. Zwischen Schlaf- und Wohnzimmer hetzte er dann mehrmals hin und her, führte mit dem Cocktailglas in der Hand ein Telefongespräch und fand schließlich soviel Zeit, das mit dem Haus am See zu erwähnen.

»Was ist mit deiner Frau? Fährt sie da nie raus?«

»Zweimal im Jahr vielleicht. Normalerweise bleibt sie zu Hause und spielt Golf. Am Morgen spielt sie immer Golf, und am Nachmittag trinkt sie Gin mit Tonic.«

»Und was soll ich tun, wenn sie anrückt?«

»Dann gehst du in die Jagdhütte. Oder du kommst hierher, wenn dir das lieber ist.«

»Ich soll zum Hintereingang rausschleichen, wenn sie vorne reinkommt?«

»Wenn es dir so nicht paßt, wie ich es eingerichtet habe«, meinte Ray Ritchie, »kann ich dich jederzeit zum Flughafen fahren lassen.«

»Gut zu wissen, daß du auch ohne mich leben kannst.«

»Hab' ich dir je Versprechungen gemacht? Ich schulde dir nichts, du schuldest mir nichts.«

»Aha, der große Geschäftsmann...«

»Richtig, es ist ein Geschäft. Ich hab' nie was anderes behauptet.«

»Du hast nie gesagt, daß es eins ist.«

»Du bist ein scharfes Ding, Nancy«, sagte Ritchie. »Um einen passenden Ersatz zu finden, müßte ich wahrscheinlich eine ganze Woche suchen.«

Als er ging, blieb sie auf der Couch sitzen. Sie spürte die Stille um sich herum, spürte, wie allein sie war. Mittlerweile jettete Ray mit seinen Leuten zu irgendeinem dämlichen Treffen in Chicago, schaute sich irgendeine dämliche Fabrik an und traf irgendwelche wichtigen Entscheidungen über seine dämliche Firma.

Wow, wie aufregend! Und sie hockte da und wartete auf ihn.

Morgen wollte er sie im Laufe des Nachmittags anrufen und später gegen sieben mit zwei von seinen Leuten zu ihr kommen. Sie würde ihnen Steaks grillen, während sie weiter unheimlich wichtige Sachen sagten und eine bedeutende Entscheidung nach der anderen fällten. Um elf etwa wäre sie mit Ray dann allein. Mit etwas leiserer Stimme würde der Firmeninhaber ihr etwas unheimlich Aufregendes zuraunen, etwas in der Art von: »Komm her, Schätzchen. Hast du mich auch vermißt?« O Gottogott! Und dann würde sich eine leidenschaftliche Szene hier abspielen. Sie würde ihm zublinzeln, die Gläser in die Küche tragen und überall die Lichter löschen. Er würde im Schlafzimmer auf sie warten. Sein von einem Italiener maßgeschneiderter blauer Anzug würde auf dem Boden liegen, er würde mit eingezogenem Bauch auf dem Bett sitzen und nach Scotch und Lea & Perrins stinken.

Ja, unglaublich!

Und der konnte in einer Woche Ersatz für sie finden. Hat der Mensch Töne!

Na schön. Sie konnte ja den Koffer packen und auf der Stelle gehen.

Sie konnte sämtliche Lampen, Gläser und Teller zerschlagen und dann gehen.

Sie konnte eine Firma kommen lassen und ihr sämtliche Möbel verkaufen.

Aber das wollte sie nicht. Sie stellte das Radio wieder an und machte sich über das Haus am Strand Gedanken. Vielleicht gefiel es ihr dort, und sie mußte sich nicht so langweilen. Nach einem Jahr mit Ritche mußte er ihr den Abschied mit mehr als nur Möbeln und ein paar Klamotten versüßen. Darauf konnte er seinen Arsch verwetten, dieser Raymond Ritchie.

In der ersten Junihälfte genügte es ihr, in der Sonne zu braten und sich gleichmäßig bräunen zu lassen. Ende des Monats hatte sie allerdings die Nase voll davon, das Heimchen für Ray zu spielen.

Die Pistole machte ihr etwa eine Woche lang Spaß. Sie hatte die 22er Woodsman in Florida gekauft, weil sie sie schick fand, oder aber vielleicht auch nur, weil es ein tolles Gefühl war, eine Waffe zu haben. Ihr erstes Ziel wurde das Schaufenster eines Gemüseladens an der Uferstraße. Früh am Abend fuhr sie daran vorbei, wendete und fuhr mit sechzig Stundenkilometern zurück. Zu ihrer Linken erblickte sie den Laden wieder. Er war geschlossen, aber drinnen brannte Licht. Im Fahren hielt sie die Pistole mit der linken Hand. Sie streckte den Arm aus und stützte sie auf dem Fensterrahmen ab. Von Zielen konnte nicht die Rede sein, sie hielt die Waffe nur in die Richtung des Ladens. Sie feuerte dreimal und hörte im Vorbeirauschen die Scheibe bersten. Jetzt aber nichts wie weg! Sie trat das Gaspedal bis zum Boden durch. Ihr Ehrgeiz war es, ein Fenster zu zerschießen, ohne wirklich darauf zu zielen. Ob mit links, oder mit rechts, war egal. Als Zielscheiben dienten Wohnhäuser, Schaufenster, Leuchtreklamen – ihre Art von Schießbuden. Mit Geschwindigkeiten von bis zu hundert Stundenkilometern raste sie daran vorbei und schoß. Zuvor hatte sie es mit Booten versucht. Von Bäumen oder einsamen Grundstücken aus hatte sie darauf geschossen, aber meistens waren sie zu weit weg, oder es ließ sich aus der Entfernung nicht erkennen, ob sie getroffen hatte. Offiziell ging Nancy diesen Juni nur viermal auf Schießtour. Das reichte jedoch schon für Schlagzeilen vom ›Phantomschützen‹ mit darunter prangenden Fotos in den Lokalblättern von Geneva Beach und Holden. In der Detroiter Presse fand sie zu ihrer Enttäuschung keine einzige Zeile.

Einmal hätte sie Bob junior fast davon erzählt, riß sich dann jedoch in letzter Sekunde noch zusammen. Das hätte er nie verstanden. Mit einem Stirnrunzeln hätte er ihr nur vorgehalten, wie dumm so etwas war. Dafür hielt sie sich schadlos, indem sie ihn aufgeilte. Eine Weile wenigstens machte ihr das Spaß.

Bob junior legte in dieser Zeit die Treppe bis zum Ufer hinunter an. Während er die Stützbalken in den Boden trieb und die Stufen festnagelte, sonnte sich Nancy am Seeufer. Für eine Arbeit, die er ihrer Meinung nach in zwei, drei Tagen hätte erledigen können, benötigte er über eine Woche. Nancy lag die ganze Zeit in ihrem blaßblauen Bikini auf einer Strohmatte und sah hin und wieder zu ihm auf. Er hatte den Cowboyhut auf, arbeitete aber ansonsten mit entblößtem Oberkörper. Seine Haut war überall rotbraun verbrannt, und die Brusthaare und der Bizeps glänzten in der Sonne. Er sah alles andere als schlecht aus, ein Urvieh von Mann. Allerdings zeichneten sich die ersten Rettungsringe über den Hüften ab. Ein paar Jahre noch, und er war ein Fettsack. Am Nachmittag des dritten Tages ging Nancy nicht zum Ufer hinunter. Statt dessen kam sie gegen drei Uhr mit einer Flasche Bier in der einen Hand und einem teuren Kristallglas in der anderen zur Böschung. Mit etwas gespreizten Beinen stellte sie sich über ihm hin. Er kletterte sofort nach oben, und sie gingen gemeinsam zum Pool, wo sie sich unterhielten, während er das Bier trank. Nancy tändelte mit irgendwelchen Gegenständen herum, zog sie mit den Zehen zu sich heran und sah lächelnd zu ihm auf. Einmal verlor sie fast das Gleichgewicht am Beckenrand. Sie mußte sich an ihm festhalten und spürte, wie er die Muskeln anspannte. Was für ein Trottel! Er rauchte zwei Zigaretten. Das Bier trank er in langsamen, kleinen Zügen. Er ließ sich Zeit.

Am nächsten Nachmittag trug er ein sauberes Sporthemd. Er hatte seine Wasserwaage verlegt. Garantiert hatte er sie hier oben liegen lassen. Nachdem er mit großem Trara jede einzelne Treppenstufe und das Gestein daneben abgegrast hatte, rief er, nein, er müsse sie doch im Laster vergessen und nur nicht richtig nachgeschaut haben. Aber jetzt sei er schon mal hier oben. Ob sie nicht vielleicht Lust auf einen kleinen Ausflug mit ihm hätte?

»Wohin?« wollte Nancy wissen.

»Ich weiß nicht. Ein bißchen ins Grüne vielleicht?«

»Warum bleiben wir nicht hier?« meinte Nancy. Sie setzte ihren Schlafzimmerblick auf. »Wir sind hier ganz allein.«

»Du hast mich überredet!« rief Bob junior grinsend.

Zu diesem Zeitpunkt war sie sich noch nicht sicher, was sie von ihm wollte. Trotzdem nahm sie ihn mit zum Haus, servierte ihm auf der Veranda Bier und ließ ihm die Grundbehandlung angedeihen: den schrägen Blick von unten, wobei ihr das dunkle Haar über ein Auge fiel. Dazu stellte sie ein Bein auf seinen Stuhl, so daß es das seine fast berührte, lehnte sich weit vor und gewährte ihm Einblick in ihre Bluse. Beim dritten Bier ließ er eine Bemerkung über seine Kinder fallen. Warum hatte sie nicht gleich daran gedacht? Natürlich war er verheiratet. War zwei- oder dreiunddreißig und hatte sein ganzes Leben in Geneva Beach verbracht, was sonst?

»Kommt deine Frau auch aus Geneva Beach?«

»Nein, aus Holden.«

»Aber ihr seid zusammen zur Schule gegangen.«

»Richtig. Woher weißt du das?«

»Und wie lange seid ihr verheiratet? Zehn Jahre?«

»Neun.«

»Laß mich weiterraten. Drei Kinder?«

»Zwei Jungen, einer sechs, der andere acht.«

»Und du bist so ihr Kumpel? Nimmst sie mit zum Angeln und gehst mit ihnen campen?«

»Na ja, hin und wieder nehm' ich sie schon mit raus. Vor zwei Jahren hab' ich mir ein Boot gekauft, nur sechs Meter lang, aber es hat einen mächtigen Motor – fünfundneunzig Pferde.«

»Klingt ja toll.«

»Wir können mal rausfahren, wenn du Lust hast. Ich meine, richtig raus.«

»Und was sollen wir da tun?«

»Angeln. Oder was du sonst willst.« Er glotzte sie an. »Wir müssen unbedingt mal zusammen rausfahren.«

»Wann?« fragte Nancy. Aufs Geratewohl, einfach, um ihn festzunageln.

Die ersten beiden Male erkannte sie sein Boot nicht. Sie schwamm hinaus, und er mußte es an sie herantreiben lassen. Er bewunderte ihre lockeren, regelmäßigen Schwimmzüge. Dann zog er sie an Bord. Seine Bauchmuskeln spannten sich an, und der Bizeps sprang hervor.

Mit Volldampf hielt er sodann auf die Mitte des Sees zu. Bob junior saß seitwärts vor dem Steuerrad, Nancy lag ausgestreckt in einem Plastikstuhl neben dem fünfundneunzig PS starken Motor und zeigte ihm etwas, an das er denken konnte in den Stunden allein mit seiner Frau aus Holden und seinen Jungen, einer sechs, der andere acht.

Was sie ihm bei ihrem dritten Ausflug zeigte, ging ihm wohl den ganzen Rest seines Lebens nicht mehr aus dem Kopf. Während er auf den Bug vorne achtete, zog sie das Oberteil aus und lehnte sich mit geschlossenen Augen wieder zurück.

Sie hätte seine Reaktion nur zu gerne gesehen, aber so wurde es nicht gemacht. Es ging nämlich so: die Augen blieben geschlossen, ganz beiläufig mußte es aussehen – ein Bild der Unschuld. Endlich wurde der Motor gedrosselt. Sie spürte, wie das Boot schaukelte und hörte seine Schritte näher kommen.

»O Mann, du willst überall gleichmäßig braun werden, was?«

Sie schlug die Augen auf. »Mmhmm.«

»Ich hab' ja schon von Oben-Ohne gehört... aber du... o Mann...«

Er stand über sie gebeugt da. Langsam ließ er sich auf ein Knie nieder und stützte einen Arm auf der Lehne ab. »Wie braun jemand ist, das merkt man wohl erst, wenn man den Unterschied gesehen hat, hmm?«

»Ich möchte bis Sommerende eben überall gleichmäßig braun sein.«

»Mach ruhig weiter so. Hier draußen sieht dich keiner.«

»Das geht glaube ich nicht.«

»Wieso? Wer sollte dich denn sehen?«

»Du zum Beispiel.«

»Ich? Meinst du etwa, ich hätte noch nie ein Mädchen ohne Kleider gesehen?«

»Doch, doch«, erwiderte Nancy. »Deine Frau.«

»Ein paar andere auch noch«, lachte Bob junior und wurde gleich wieder ernst. »Hab dich nicht so.«

»Laß mich dich noch ein bißchen besser kennenlernen«, bettelte Nancy. Sie lächelte ihn fast schüchtern an, schloß die Augen und lehnte sich wieder zurück.

Den Kopf ließ sie gegen den Aluminiumrahmen sinken, so daß er vom Nabel bis zur Nase ihre Front zu sehen bekam.

Nach einer Minute war ihr klar, daß er sie nicht betatschen würde. Er wollte es einfach nicht riskieren. Was er hier vor sich hatte, war bis dahin immer unerreichbar für ihn gewesen. Und jetzt wollte er sich nicht alles vermasseln, indem er sie bei der ersten besten Gelegenheit begrabschte.

Gemeinsam schwammen sie eine Weile im See, und auf dem Rückweg fragte Bob junior, ob sie Lust hätte, morgen wieder rauszufahren. Nancy bedauerte, aber sie erwartete einen Anruf von Ray. In den Tagen darauf ging sie ihm aus den Weg. Von der Böschung oben sah sie nur zu, wie sein Boot über den Wellen auftauchte und immer näher kam. Sobald er den Motor drosselte und anlegte, ging sie jedoch in Deckung und lief davon.

Eine Woche später hielt sie an einer Ampel neben seinem Lieferwagen. Sein leerer Gesichtsausdruck ging nahtlos in ein dümmliches, breites Grinsen über.

»Hey, Fremde! Wo hast du denn die ganze Zeit gesteckt?«

Am nächsten Tag fuhren sie wieder mit dem Boot hinaus. Bob junior gab sich locker, grinste die ganze Zeit und rauchte eine Zigarette nach der anderen. Er zeigte ihr alle möglichen Orientierungszeichen am Ufer und schwärmte ihr von seinem hübschen, pflegeleichten Boot vor.

»Soll ich dir was sagen?« meinte er schließlich und stellte den Motor ab. »So ein Mädchen wie dich hab' ich noch nie erlebt.«

»Das ist ja vielleicht nur so ein Gefühl«, sagte Nancy.

»Klar ist das ein Gefühl, und zwar ein ziemlich gutes.«

»Vielleicht, weil ich dich besser verstehe als deine

Frau«, meinte Nancy und dachte: Jetzt sagt er bestimmt gleich...

»Das hast du gemerkt?«

»Ich kenne keinen Mann, der ganz genauso ist wie du«, sagte sie.

Bob junior zog an seiner Zigarette und schnippte sie in hohem Bogen über die Reling, dann sah er sie wieder an.

»Ziehst du dein Top wieder aus?«

»Heute nicht.«

»Warum nicht?«

»Es ist zu kalt.«

»Zu kalt? Menschenskinder, wir haben dreißig Grad!«

»Ich weiß auch nicht«, meinte Nancy. »Ich muß mich wohl irgendwo verkühlt haben. Hast du einen Pullover?«

Auf dem Heimweg sagte er nicht viel. Er musterte sie nur unentwegt. Ihrerseits saß sie stumm mit angezogenen und bis zu den Knien unter seinem Sweatshirt verpackten Beinen auf dem Liegestuhl. Hin und wieder lächelte sie ihm zu, damit er begriff, daß er sich schon ein bißchen mehr ins Zeug legen mußte, wenn er es wirklich nicht mehr ohne sie aushielt. Eine Bootsfahrt reichte da bei weitem nicht aus.

Während Bob junior nun immer noch hin und her überlegte, was er ihr denn nur bieten mußte, hatte Nancys Interesse sich schlagartig verlagert.

Vor Augen hatte sie das Bild von Ryan, der vor Rays Wagen stand und ihr seine Muskeln zeigte. In Florida hatte sie schon eine ganze Reihe von Jack Ryans kennengelernt, und so konnte sie ihn sich gut vorstellen, wie er sich vor der Kommode kämmte, sich im Spiegel betrachtete oder in der Küche eine Bierdose aufmachte. Dunkelbraun über der Gürtellinie, weiße Streifen an der Taille und darunter wieder dunkelbraun, harte Muskeln, schlank, langsame Bewegungen – kurz, ein toller Hecht.

Aber da war noch mehr an ihm. Mehr als seine Posen und das Strafregister – mehr als sein Widerstand bei der Festnahme, seine Einbrüche und was er mit dem mexikanischen Aufseher gemacht hatte. Dieser Ryan zog Nancy an. Nicht daß Gefühle mit im Spiel wären. Mit einem vielleicht möglichen Techtelmechtel hatte das rein gar nichts zu tun. Nein, sie brauchte ihn nur einmal zu sehen, und schon fiel es ihr wie Schuppen von den Augen: Das war er. Jack Ryan, oder einer von seiner Sorte, war die Antwort! Mit ihm kam sie hier raus und nahm tausendmal mehr mit als Möbel und ein paar Klamotten.

Der Gedanke war ihr blitzartig gekommen, nachdem sie ihn im Camp gesehen hatte. Zuallererst hatte sie nur gelächelt bei der Vorstellung, Ray eins auszuwischen. Der Gedanke war ihr zu verwegen, zu abwegig erschienen. Aber je länger er ihr im Kopf umherging, desto mehr begeisterte sie sich dafür. Das würde alles in den Schatten stellen, was sie bisher gemacht hatte – und sie käme hier raus. Die Sache hatte nur einen Haken: Sie würde von Ryan abhängen. Erstens stand ja noch in den Sternen, ob Ryan wirklich in Geneva Beach blieb, und selbst wenn er nicht heim nach Detroit fuhr, war noch lange nicht gesagt, daß er genügend Mumm hatte. Ihr Gefühl sagte ihr allerdings, daß er es nur richtig wollen müsse und einen wirklich guten Grund brauchte, und dann blieb er auch.

Und wenn er keinen triftigen Grund hatte, konnte sie ihm ja einen verschaffen. Das dürfte ihr ja nicht allzu schwer fallen. Und dann konnte sie ein bißchen mit ihm spielen und schauen, aus welchem Holz er geschnitzt war.

Aber der ganze Coup hing dann immer noch einzig und allein davon ab, wieviel Mumm er hatte.

Wieviel, das würde sich ja wohl herausfinden lassen.

# 5

»Hey, hast du Zeit für ein Bier mit mir?« Mr. Majestyk saß breitbeinig und mit in den Eisenringen verhakten Absätzen auf seinem Barhocker.

Er war Ryan, der ja nur drei Hocker weiter saß, schon vorher aufgefallen. Der Typ war ihm vorgekommen wie ein ehemaliger Gefängniswärter. Über die Bar gebeugt, hockte er da und stützte sich mit seinen stämmigen Armen ab. Eine Weile hatte er sich mit dem Barmixer über das Angeln unterhalten, z. B. daß die Flußbarsche heute den ganzen Tag nicht aufgewacht seien. Ryan hatte zugehört, weil er nahe genug saß und weil sie nicht zu überhören waren. Gegen ein weiteres Bier hatte er nichts einzuwenden. Wenn der Typ es spendierte, sollte es ihm recht sein. Er konnte ja jederzeit gehen. Der Typ setzte sich neben ihn und redete gleich drauf los. Schon komisch, wie schnell das ging. Mr. Majestyk erwähnte das Bild von ihm mit dem Baseballschläger in der Zeitung und erzählte, daß er Luis Camacho erkannt habe.

»Den Spaniolen hab' ich vorher schon mal gesehen«, sagte Mr. Majestyk.

Vor zwei Wochen hatte er Camacho und seine Begleiterin von seinem Grundstück vertrieben. »Wenn die Leute am Wasser unten vorbeilaufen, hab' ich ja nichts dagegen. Aber dieser Typ da hat einfach seine Decke ausgebreitet und sich mit seiner Freundin auf meinem Privatgrundstück hingelegt. Ich hab' ihm ganz freundlich gesagt, er möchte bitte gehen, weil das kein öffentlicher Park sei. Da wird der glatt ausfallend. Menschenskinder, die Worte hättest du mal hören sollen. Na ja, du kennst die Typen, ja, aber ich hatte Gäste, und die mußten das alles mit anhören... Ich wollte dem Dreckskerl eine Lektion erteilen, aber wie sieht denn das aus? Dann heißt es gleich, unser Vermieter läßt sich auf Schlägereien ein... Das muß man schon anders aus der Welt schaffen.«

»Was vermieten sie denn?« wollte Ryan wissen. »Hütten?«

»Hütten? Mir gehört das Bay Vista an der Uferstraße.« Es klang wie ›bist du noch zu retten? Hütten!‹ »Wir haben vier Wohnungen mit Wohnzimmer, zwei Schlafzimmern, Bad und Kochnische inklusive umzäunter Veranda, dazu noch sieben Einzimmerapartments und außerdem noch einen Swimmingpool und einen Kinderspielplatz.«

»Und was haben Sie jetzt mit Camacho gemacht?«

»Tja, das Mädchen war so nervös wie eine Hure in der Kirche. Sie hat irgendwas gesagt, und sie haben sich verzogen. Aber im Gehen dreht er sich noch mal um und zeigt mir den Stinkefinger. Als ob man das einfach so mit mir machen kann. Fast wär' ich ihm nach.«

»Er hat's nicht anders gewollt«, meinte Ryan. »Wenn ich es nicht gewesen wäre, dann hätte ihn ein anderer verdroschen.«

»Genau das hab' ich mir auch gedacht!« rief Mr. Majestyk. »Noch ein Bier?«

»Ich denke schon.«

»Wollen wir uns nicht an den Tisch da setzen? Da kann man die Füße besser ausstrecken.«

Ryan folgte ihm. Es war nett hier. Zwar roch es nach Bier, aber diese Bar war keine von diesen Säuferkneipen. Sie war wie eine Seemannsbar aufgemacht. Über ihnen hing ein Fischnetz, und an den weiß gestrichenen Wänden waren Rettungsringe angebracht. Das Fenster ging auf die Anlegestelle. Es war ruhig hier, aber nicht zu ruhig. Im Hintergrund spielte Musik, und die Leute unterhielten sich angeregt. Aufgetakelt war niemand. Wahrscheinlich waren die meisten mit dem Boot draußen gewesen und waren auf ein, zwei Drinks hier eingekehrt. Wirklich eine nette Kneipe. Er hatte schon die Kellnerin ausgemacht, und die sah auch nett aus: blonder Pferdeschwanz und knallenge rote Hosen. Sie war unmittelbar an ihm vorbeigegangen und stellte sich gerade an die Zapfhähne, deren Messinggriffe an das obere Ende der Leitern in einem Schwimmbecken erinnerten.

Sie setzten sich an den mit zwei Beuteln Kartoffelchips und einer Schale Erdnüsse gedeckten Tisch. Mr. Majestyk bombardierte ihn mit Fragen über Camacho und wie er sich als Kolonnenführer gemacht hatte. Er plauderte ganz locker und sehr viel.

Dann sagte er eine Minute lang überhaupt nichts. Ryan blickte in die Runde und nippte an seinem Bier. Schließlich brach Mr. Majestyk das Schweigen. »Soll ich dir mal was sagen?«

»Schießen Sie los.«

»An der Theke wollte ich nicht damit anfangen. Und dann hab' ich mir gesagt, ach was, es ist ja auch egal.«

»Was?«

»Wußtest du, daß sie gefilmt haben, wie du den Typen niedergeschlagen hast?«

»Ich hab' was davon gehört.«

»Ich hab' mir den Film neulich angeschaut. Dreimal.«

Ryan sah ihn verblüfft an. »Und wie kommen Sie dazu?«

»Na ja, wenn sie nicht die Klage fallengelassen hätten, wärst du vor Gericht gekommen. Und das wäre dann meine Kammer gewesen.« Mr. Majestyk machte eine Kunstpause. »Ich bin der Friedensrichter hier.«

Ryans Blick blieb weiter fragend auf ihn gerichtet.

»Ich will dir nur erklären, wie es kommt, daß ich den Film gesehen habe.«

»Und wie komme ich zum Bier?«

»Ich bin hier auch so was wie ein Arbeitgeber.«

Ryan lächelte nicht. »Ich darf hier nicht bleiben.«

»Junge, wenn es dich nervös macht, solltest du tatsächlich nicht bleiben.«

»Mich macht überhaupt nichts nervös.« Ryan trank wieder einen Schluck.

»Aber sie haben dir gesagt, du sollst verschwinden. Dabei liegt nichts gegen dich vor. Was können sie dir anhaben, wenn du nicht gehen willst?«

»Die hängen mir was an. Landstreicherei oder so was.«

»Hast du Geld?«

Ryan sah auf. »Genug.«

»Dann können sie dir wegen Landstreicherei nichts anhaben. Bist du deswegen schon mal verhaftet worden?«

»Nein.«

»Es heißt, du seist schon ein paarmal verhaftet worden. Autodiebstahl?«

»Nur für Spazierfahrten. Bewährung.«

»Wie war das mit dem Widerstand gegen die Staatsgewalt?«

»Da hat mir einer übel mitgespielt. Ich hab' ihm eins über die Birne gegeben.«

»Dem Cop?«

»Nein. Vorher.«

»Womit?«

»Mit einer Bierflasche.«

»Einer zerbrochenen?«

»Nein. Der Typ wollte mich übers Ohr hauen. Wegen ihm bin ich aber nicht verhaftet worden, sondern erst danach, als der Cop mich aufgefordert hat, die Flasche fallen zu lassen.«

»Du hast sie eben nicht schnell genug fallen lassen.«

Ryan betrachtete die Kellnerin. Sie hatte den in ihrem Beruf typischen ausdruckslosen Blick. Keiner sollte sich einbilden, er käme bei ihr zum Zug. Wahrscheinlich war sie zu kurz gekommen und zu dumm, um es zu merken. Frauen von der Sorte kotzten ihn an. Sie sah aber toll aus in ihrer gestärkten Rüschenbluse und der knallengen roten Hose. Die richtige Aufmachung für eine Degenfechterin. Sie kam mit zwei Gläsern Bier zu ihnen. Mr. Majestyk spielte mit ihrem Pferdeschwanz, was ihr nichts auszumachen schien.

»Wie heißt du, Mädchen?« Seine Pranke umfaßte nun ihre Hüfte.

»Mary Jane.«

»Mary Jane, ich möchte dich mit Jack Ryan bekannt machen.«

»Ich habe ihn schon gesehen«, erklärte sie und warf beim Absetzen des Bierkruges einen Blick auf Ryan. Er sah ihre Augen und bekam ein ganz komisches Gefühl. Sie hatte ihn schon einmal angesehen. Sie wußte über ihn Bescheid. Sie hatte ihre Meinung über ihn. Er blickte ihr nach, als sie wieder zur Theke ging. Ihre Figur in der engen roten Hose hatte es ihm angetan.

»Es gibt Leute, denen ich nur zu gerne eins mit einer Bierflasche übergezogen hätte«, ließ sich Mr. Majestyk vernehmen. »Ich hatte früher eine Kneipe in Detroit, ach ja, das ist jetzt auch schon wieder fünfzehn Jahre her. Und da sind diese Typen immer nach Schichtende bei der Dodge Main hingekommen. Sind reingekommen, und jeder wollte einen Schnaps und ein Bier. Saßen an der Theke, und nacheinander hab' ich jedem von ihnen eingeschenkt. Kaum war ich mit dem letzten fertig, wollte der erste nachgeschenkt haben, und es ging von vorne los.«

Ryan folgte der Kellnerin mit den Augen. Den Pferdeschwanz hatte sie mit einem hübschen schwarzen Band festgebunden. Die Kombination schwarzes Band und blondes Haar gefiel ihm.

»Und dann hat es die Reihe lang nacheinander bum bum bum gemacht, da haben sie das Geld auf die Theke gelegt. Wenn einer danach noch was bestellt hätte, ich glaube, ich hätte ihn verprügelt. Einmal hat so ein Typ gemeint, ›Menschenskinder, wie merken sie sich nur, was die Leute getrunken haben?‹ Der war total von den Socken. Und ich hab' nur mit den Schultern gezuckt. Dabei ist nichts einfacher als das. In der Gegend kriegt kein Polacke sein Bier ohne zwei Schnäpse runter. Fünfundsechzig Cents, und dann ist Schluß.«

Ryan ließ seine Reisetasche hinter der Theke stehen, und sie gingen zusammen ins Restaurant auf der anderen Straßenseite. ›Estelle's‹ hieß es. Eine Theke, und mehrere Nischen mit Resopaltischen und Plastikuntersetzern, auf denen Michigan als winterliches Wunderland dargestellt war. Ryan gewann die Wette, daß sie keine Salzkartoffeln zur Auswahl hätten. So bestellten sie Steak mit Pommes frites.

Mr. Majestyk sah ihn prüfend an. »Magst du Salzkartoffeln?«

»Gekocht und mit nichts als Petersilie gewürzt«, erklärte Ryan. »Sonst haben sie nicht den richtigen Kartoffelgeschmack.«

»Richtig!« Mr. Majestyks Ton verriet, daß Ryan die korrekte Antwort gefunden hatte.

»Bei uns zu Hause«, fuhr Ryan fort, »hat meine Mutter am Sonntag immer Kalbsbraten oder Schweinebraten mit Salzkartoffeln gemacht. Keine Bratkartoffeln, kein Kartoffelbrei. In Salzwasser gekocht. Jeder hat sich zwei, drei Stück genommen, so daß der Teller halb voll war. Dann kam die Sauce drüber. Aber versuchen Sie mal, in einem Restaurant eine Salzkartoffel zu bekommen.«

»Wo in Detroit bist du aufgewachsen?«

»Highland Park. Ford Tractor war dort ganz in der Nähe. Bei Sears oben.«

»Ich kenne es. Hat dein Vater bei Ford gearbeitet?«

»Nein, bei DSR. Er ist gestorben, als ich dreizehn war.«

»Freunde von mir haben beim DSR gearbeitet. Die haben dort angefangen, als es noch Straßenbahnen gab. Sind jetzt alle in Pension oder machen was anderes.«

»Ich glaube nicht, daß mein Vater auch Straßenbahnfahrer war. Aber ich kann mich noch gut erinnern, wie er einen Woodward Bus gefahren hat. Wenn er zur Innenstadt fuhr, stand RIVER oben drauf, wissen Sie das noch? Und auf dem Rückweg war die Aufschrift FAIRBANKS.«

»Klar weiß ich das noch. Ich bin ja auch damit gefahren.«

Beim Essen redeten sie nicht viel. Ryan mußte an die Sonntage zu Hause denken, das Mittagessen im Eßzimmer, das auch sein Schlafzimmer war. Seine Mutter hatte dagesessen, seine zwei älteren Schwestern und oft auch der jeweilig aktuelle Freund. Sein Vater war nicht immer dabeigewesen. Oft hatte er am Sonntag Dienst gehabt. Sie hatten in einer kleinen Altbauwohnung ganz oben im vierten Stock gelebt, die Eltern im einen, die Schwestern im anderen Zimmer. Meistens herrschte ein heilloses Durcheinander: Kleider, Zeitschriften, Lockenwickler und irgendwelcher Schund. Er schlief auf der Eßzimmercouch. Seine schmutzigen Hemden, Socken und Unterhosen legte er in die unterste Schublade des Wohnzimmersekretärs. Tagsüber hockte er am Eßtisch und erledigte seine Hausaufgaben. Aus dem Wohnzimmer dröhnte der Fernsehapparat. Hin und wieder kam sein Vater mit der Wechselkasse herein. Die blaugraue Dienstmütze hatte er immer schief auf dem Kopf sitzen wie ein Bomberpilot aus dem Zweiten Weltkrieg. Wenn er auf dem Heimweg halt gemacht hatte, und war es auch nur auf zwei Drinks, merkte man es sofort. An seinen freien Tagen saß er in einem sauberen Freizeithemd mit nach hinten gebürstetem Haar und auf Hochglanz polierten Schuhen am Eßtisch und legte eine Patience nach der anderen. Eine Zigarette hing ihm dabei aus dem Mundwinkel, die

Augen blieben halb geschlossen. Außer der Zeitung las er nichts.

»Möchtest du etwas Senf?«

»Nein danke, nur Ketchup.«

Sein Vater sah gar nicht wie ein Busfahrer aus. Er sah richtig gut aus. Dunkles Haar. Eigentlich ein toller Hecht. War bestens gekleidet, aber schon über vierzig. Er verdiente mit dem Busfahren hundertfünfundzwanzig Dollar pro Woche und wohnte mit seiner Frau und drei Kindern in einer Mansardenwohnung, in der es ständig nach Küche roch und wo im Wohnzimmer der Putz abbröckelte. Er konnte seine Mütze schief aufsetzen und so tun, als steuerte er eine Boeing 707 oder einen Lastwagen mit Sprengstoff, aber es war und blieb ein Bus von der DSR.

»Lust auf eine Nachspeise?«

»Eigentlich nicht.« Ryan nippte an seinem Wasser. »Mein Vater ist übrigens mit sechsundvierzig gestorben.«

»Tja...« Mr. Majestyk betrachtete seine Hand, mit der er das Wasserglas hielt. Nun senkte auch Ryan den Blick auf diese Hand, eine dicke, schwielige Pranke mit geschwollenen Knöcheln und gelblichen, abgebrochenen Fingernägeln, eine Hand, in der das Glas überaus zart und zerbrechlich wirkte. »Tja, ich weiß auch nicht. So ist es halt mit dem Leben und Sterben.«

»Ja, ja, irgendwann müssen wir wohl alle dran glauben.«

»So habe ich es nicht gemeint«, widersprach Mr. Majestyk. »Ich wollte sagen, es *heißt*, daß wir sterben. Keiner sollte sich umbringen, aber aus diesem Grund sind wir nun mal auf der Welt: um zu sterben. Bist du Katholik? Bei deinem Namen, ich meine...«

»Ich war mal einer.«

»Verstehst du denn nicht, worauf ich hinaus will?«

»Ich war nie Ministrant oder so was.«

»Menschenskinder, dafür muß man doch kein Ministrant sein. Sie haben dir doch sicher den Glauben beigebracht. In die Kirche biste ja auch mal gegangen.«

»Lassen wir das Thema lieber.«

Mr. Majestyk betrachtete ihn versonnen, dann ging ein Ruck durch ihn, und er entblößte seine perfekt aussehenden falschen Zähne zu einem Lächeln. »Was schwätzen wir da über den Tod? Gehen wir lieber noch mal in die ›Pier Bar‹.«

Die Kellnerin in der roten Hose sah er nicht mehr. An ihrer Stelle bediente ein plumpes, wie eine Indianerin aussehendes Mädchen. Mehr Frauen waren jetzt da, aber keine schien allein zu sein. Es war lauter geworden, die Lichter waren eingeschaltet, und das Lokal hatte sich gefüllt. An einem langen Tisch saß eine Gruppe lärmender, Bier trinkender junger Burschen, Studenten am College wahrscheinlich, die mit ihren Jachten auf einen Segeltörn gegangen waren und den Mund nun nicht mehr zukriegten. Es war längst nicht mehr so angenehm in der Bar wie zuvor.

Kaum hatten sie sich an einen freien Tisch gesetzt und sich ein Bier eingeschenkt, sah er Bob junior mit dem Mädchen hereinkommen und zur Bar drängen. Das Mädchen erkannte er nicht sogleich, weil er sein Augenmerk Bob junior schenkte. Er hatte sich fein herausstaffiert. Trug ein ungeheuer schickes kariertes Hemd mit bis zu den Schultern reichenden Kragenspitzen und hochgekrempelten kurzen Ärmeln, dazu ein schickes silbernes Armband. Das Haar hatte er sich mit Pomade nach hinten gekämmt wie Roy Rogers. Das Mädchen verschwand in der Damentoilette.

»Die Typen, die nach der Schicht bei Dodge Maine reinschauen, sind kein Problem«, erzählte ihm Mr. Majestyk. »Aber sie auch in der Nacht reinzukriegen, dazu gehört schon mehr.«

Bob junior drehte sich jetzt ein bißchen in ihre Richtung. Tatsächlich, die Stirn leuchtete käseweiß.

»Also, es war August, da haben wir uns gesagt, frische Maiskolben, das ist es. Wir haben gleich ein Schild rausgehängt: Mais, soviel Sie wollen – und das für fünfzig Cent! Aber wir haben nur einen Topf. Das war natürlich Absicht. Einen für zwanzig Kolben. Die Jungs kommen rein, bestellen das Zeug und dürfen erst mal zuschauen, wieviel die anderen verdrücken können. Fünfzig Cent, das ist unschlagbar! Aber erst mal müssen sie warten, weil ich mit einem Topf nur zwanzig Kolben dämpfen kann. Und während sie warten, trinken sie Bier. Oder kippen es vielmehr hinunter. Wir machen also unser Geld mit dem Bier. Und – jetzt kommt's – wir machen auch noch Geld mit dem Mais. Das Dutzend kriegen wir nämlich für fünfundzwanzig Cent von Pontiac, verstehst du, und die Burschen zahlen fünfzig! Was sagst du jetzt?« Mr. Majestyk lehnte sich triumphierend zurück. »Und mehr als ein Dutzend hat noch keiner geschafft.«

Ryan grinste oder lachte hin und wieder, aber Maiskolben essende Polacken hatte er nicht vor Augen. Er sah das dunkelhaarige Mädchen aus der Toilette kommen und fühlte sich plötzlich vom Scheitel bis zur Sohle elektrisiert.

Er hörte auf zu grinsen und fragte: »Kennen Sie einen Bob Rogers? Arbeitet für Ritchie.«

Mit seinem fleischigen Handrücken wischte sich Mr. Majestyk die Feuchtigkeit aus den Augen. »Bob junior? Aber klar! Sein alter Herr und ich spielen miteinander immer Karten.«

»Er sitzt am Tresen.«

Mr. Majestyk warf einen Blick über die Schulter. »Jetzt seh' ich ihn.«

»Wer ist das Mädchen neben ihm?«

Mr. Majestyk verdrehte noch einmal den Kopf. Dann tat er so, als würde er sich in der Kneipe umsehen, damit sein Starren nicht auffiel, und nahm einen Schluck Bier. »Die junge Dame hat sich mächtig Ärger eingehandelt.«

»Wie heißt sie?«

»Den Namen habe ich vergessen. Nancy soundso. Soll so was wie Ritchies Privatsekretärin sein, aber das ist natürlich Humbug.«

»Hält er sie aus?«

»Das trifft den Nagel auf den Kopf. Er hält sie aus.«

»Und wo?«

»In seinem Ferienhaus am Ufer. Wenn seine Frau kommt, versteckt er das Mädchen in seiner Jagdhütte auf der Farm.«

»Sie sieht jung aus.«

»Wie alt muß man dafür sein?«

»Ich meine, im Vergleich zu ihm.«

»Woher soll ich das wissen? Frag ihn.«

»Was macht sie denn mit Bob junior?«

Mr. Majestyk warf wieder einen vorsichtigen Blick in dessen Richtung. »Dieses dämliche Arschloch! Er hat einen guten Job, eine nette Frau, ein schnelles Motorboot. Sein alter Herr verpachtet die Gurkenfelder an Ritchie Food, und er braucht nichts zu tun als mit den Kolonnenführern...«

»Er ist ein Vollidiot.«

Mr. Majestyk zuckte mit den Schultern. »So schlimm ist er auch wieder nicht, er ist nur ein großes Kind. Er hält sich für so was wie John Wayne.«

»Das Mädchen kriegt Ärger, haben Sie gesagt?«

»Vergehen im Straßenverkehr. Irgendwann nächsten Monat kommt es zur Verhandlung bei mir.«

»Das geht doch normalerweise mit einer Verwarnung ab.«

Mr. Majestyk beugte sich vor. »Wir unterhalten uns jetzt nicht über Fahren bei Rot. Sie hätte fast zwei Halbstarke totgefahren.«

»Woher wissen Sie, daß sie schuld war?«

»Also gut, ich erzähl's dir. Die Burschen machen eine Spritztour mit ihrer alten Klapperkiste, fahren bloß so rum und schauen, ob sie was erleben können, ein Ren-

# Zwischen durch:

*„Mais, soviel Sie wollen – und das für fünfzig Cent!" Dieses Angebot hat seinen Haken in der langen Wartezeit, die zum Trinken verführt. Und selbst mit dem Mais ist noch Gewinn zu machen …*

*Wir aber wollen, wenn wir den kleinen Hunger zwischendurch spüren, nicht lange warten und erst recht nicht anderen beim Essen zuschauen. Da ist es gut zu wissen, daß eine kleine heiße Mahlzeit in nur fünf Minuten zubereitet ist. Welche? Natürlich die …*

nen oder so was, du verstehst schon. Da sehen sie das Mädchen in ihrem Mustang. Natürlich fahren sie gleich neben ihr her und versuchen, mit ihr anzubandeln, fragen sie, ob sie Lust auf ein Rennen hat oder lieber mit ihnen in die Büsche verschwinden will, was weiß ich.«

»Was ist dann passiert?«

»Na ja, sie holen sich bloß eine Abfuhr und fahren eben weiter, woanders ihr Glück versuchen. Zwei Meilen weiter haben sie die Uferstraße verlassen und fahren auf so einer Schotterstraße. Da sehen sie hinter sich einen Scheinwerfer näherkommen. Sie meinen, der Wagen wird sie schon überholen, aber denkste, der überholte sie nicht, sondern knallt von hinten auf sie drauf. Jetzt verstehen sie gar nichts mehr. Sie geben Gas, aber das Mädchen – sie sitzt nämlich in dem Wagen – fährt noch mal auf und jagt den Motor auf volle Touren. Da kriegen die Burschen es mit der Angst zu tun. Sie fahren so schnell sie können, versuchen auszuweichen, aber das Mädchen läßt sich nicht abschütteln und schiebt sie mit hundert Sachen vor sich her.«

»Ja, und weiter?«

»Sie bremsen, bis die Reifen qualmen. Aber es hilft alles nichts. Diese verrückte Göre schiebt sie einfach weiter. Sie haben geschworen, daß ihr Tacho hundertzehn Stundenkilometer angezeigt hat, und das obwohl sie gebremst haben. Und plötzlich hört sie auf. Sie muß es gesehen haben. Die Straße endet mit einem Mal. Da ist eine Kreuzung, und dahinter kommt nur noch ein umgepflügter Acker. Also gut, die zwei Halbstarken reißen noch mal das Lenkrad rum, aber der Wagen kracht in den Graben und überschlägt sich dreimal.«

»Was ist mit den Jungen geschehen?«

»Einem ist kaum was passiert – nur ein paar Schnittwunden. Aber der andere hat nicht soviel Glück gehabt: beide Beine gebrochen und innere Verletzungen.«

»Woher wußten sie, daß *sie* das war?«

»Sie haben sie gesehen, Menschenskind!«
»Ich meine, sie hätten ja auch lügen können.«
»Klar, wo ihre Kühlerhaube total eingedrückt ist.«

»Ich dachte, du hättest ihn zum Gehen aufgefordert«, meinte Nancy.

»Wen?«

Sie wischte sich die Haare aus dem Gesicht und nickte zu Ryans Tisch hinüber. »Den von heute mittag.«

»Das ist ja der Gipfel von Unverschämtheit«, knurrte Bob Junior und wandte sich abrupt um, so daß sein breiter Rücken mit dem karierten Hemd dem Mädchen die Sicht verstellte. Sie legte eine Hand auf seinen Arm.

»Er läßt sich ja ganz schön Zeit, was?« meinte sie.

»Mehr als ich ihm zugestanden habe.«

»Vielleicht hat er sich zum Bleiben entschlossen.«

»Der wird gehen – und wenn ich ihn mit einem Stock den Highway hinunter treiben muß.«

»Vielleicht hat er keine Angst vor dir.« Ihre Hand glitt zu seiner Schulter hinauf. »Schau dir doch an, was er mit dem Mexikaner gemacht hat.«

»Er braucht keine Angst zu haben«, donnerte Bob junior, »sondern nur etwas Verstand.«

»Willst du mit ihm sprechen?«

»Falls er noch da ist, wenn wir gehen.«

»Ich bin jederzeit bereit«, sagte Nancy.

Mr. Majestyk starrte in sein Glas. »Hör mal«, sagte er. »Ich hab' mir da was überlegt. Hättest du Lust, für mich im Bay Vista zu arbeiten?« Er sah zu Ryan auf, als wäre er über sich selbst überrascht. »Wäre das nichts? Vierzig Dollar pro Woche. Nein, halt, ich gebe dir fünfzig. Dazu bekommst du ein Zimmer und Verpflegung. Und das Zimmer kannst du dir einrichten, wie du willst.«

»Was für eine Arbeit?«

»Alles, was anfällt. Streichen, den Strand saubermachen, Reparaturen. Ich hab' leider Gelenkrheuma. Schau dir nur meine Knöchel an.«

»Den ganzen Sommer über?«

»Den ganzen Sommer über, und vielleicht noch darüber hinaus. Ich überlege mir, ob ich das Haus für die Jagdsaison offen lasse. Mache Werbung bei den Typen aus Detroit, gebe ihnen hübsche Zimmer, verköstige sie. Hast du schon mal gekocht?«

»Ich hab' mal in einem Restaurant gearbeitet. So was wie das White Tower, nur größer.«

»Du hast gekocht, hmm?«

»Ich war für den Grill zuständig.«

»Und was ich nach der Jagdsaison mache, weiß ich noch nicht. Wär schön, wenn wir gute Berge für die Skifahrer hätten, aber die sind alle bei Petoskey.«

»Wer schmeißt denn den Laden? Sie und Ihre Frau?«

»Sie ist seit zwei Jahren tot. Aber meine Tochter kommt zweimal im Jahr mit ihren Kindern aus Warren und hilft mir. Ronnie und Gayle heißen sie, die Kinder. Ach ja, die Kinder... so was von lieb. Meine Tochter hat sich auch um die Einrichtung gekümmert, die Studiosofas und die Bezüge ausgesucht... die Bilder aufgehängt... hat alles in die Hand genommen.«

»Tja, hmmm, ich weiß auch nicht...« Das Mädchen neben Bob junior starrte ihn wieder an. Er bekam ein ganz komisches Gefühl dabei, dasselbe wie vorhin bei der Kellnerin mit der roten Hose. Als ob sie über ihn Bescheid wüßte. Mehr zumindest, als er über sie. Sie rutschte nun von ihrem Barhocker. Bob junior stand ebenfalls auf und fixierte ihn.

Mr. Majestyk beugte sich weit über den Tisch. »Soll ich dir mal was sagen?«

»Warten Sie lieber. Ich glaube, wir bekommen Gesellschaft.«

Mr. Majestyk richtete sich auf und erkannte Bob junior, der sich vorbei an den Leuten zu ihrem Tisch drängte. Das Mädchen blieb am Tresen zurück und wartete.

»Was treibst du dich hier noch herum?« fuhr Bob junior Ryan an. »Jetzt lernst du mich kennen! Du willst es ja nicht anders.«

»Mein Gott, Bob, wer würde dich schon kennenlernen wollen?« rief Mr. Majestyk.

Bob juniors Miene blieb grimmig. »Hi, Walter.«

»Sag mal, wo hast du deinen Cowboyhut gelassen?«

»Walter, was dagegen, wenn ich mit dem Burschen ein paar Takte rede?«

»Ja, ich hätte was dagegen, warum?« entgegnete Mr. Majestyk.

Bob junior achtete nicht darauf. Er fixierte schon wieder Ryan.

»Weißt du noch, was ich dir heute vormittag gesagt habe? Ich habe gesagt, daß ich es nicht noch mal sage.«

»Warum sagst du's ihm dann jetzt doch noch mal?« wollte Mr. Majestyk wissen.

Bob junior wandte sich weiter nur an Ryan: »Wir gehen besser mal kurz raus.«

Mr. Majestyk legte eine Hand auf Ryans Arm. »Du bleibst, wo du bist.«

»Walter, das ist eine Firmenangelegenheit.«

»Was für eine Firma denn? Arbeitet er für eure Firma?«

»Wir haben ihn ausgezahlt, und er hat zugesagt, den Ort umgehend zu verlassen. Wenn er sich nicht an die Abmachung hält, werde ich dafür sorgen, daß er seiner Verpflichtung nachkommt.«

»Hey, Bob, komm mir doch nicht mit so einem Blödsinn!« rief Mr. Majestyk. »Ihr habt ihn ausgezahlt, weil ihr ihm die Knete schuldig wart. Jetzt arbeitet er nicht mehr für euch, und ihr habt keine Möglichkeit, ihm irgend etwas vorzuschreiben.«

»Walter, du bist ein Freund meines Vaters, aber das hier geht nur ihn und mich was an.«

Ryan trank sein Glas leer und schenkte es sich gleich wieder voll. Er hatte sich gut unter Kontrolle, aber langsam platzte ihm der Kragen. Bob junior stand mit in die Hüften gestemmten Händen vor ihm. Seinen breiten silbernen Cowboygürtel hatte er direkt auf Augenhöhe.

»Sie müssen ja nicht dauernd hier rumstehen«, meinte Ryan, ohne aufzusehen. »Warum setzen Sie sich nicht wieder zu Ihrer Freundin und trinken ein Bier?«

Mr. Majestyk lächelte. »Na, Bob? Wär' das nichts? Der Abend hat ja erst angefangen.«

»Wir haben schon was getrunken und sind im Gehen. Ich verlange, daß der Kerl das Lokal mit uns zusammen verläßt.«

Jetzt sah Ryan zu ihm auf. »Ich hab's gehört. Und jetzt lassen Sie mich bitte in Ruhe.«

»Hör gut zu, Kleiner. Wenn ich nicht in Begleitung einer Dame hier wäre, würde ich dich am Kragen pakken und raustragen.«

»Das würden Sie nicht tun«, sagte Ryan.

Bedächtig, aber noch bevor Bob junior etwas sagen konnte, schaltete Mr. Majestyk sich wieder ein: »Ich habe diesen Burschen auf ein Bier eingeladen. Er hat noch nicht ausgetrunken, und ich auch nicht. Vielleicht trinken wir nachher noch ein Glas zusammen, vielleicht sogar zehn. Das weiß ich noch nicht. Aber eines will ich jetzt von dir wissen: Hast du vor, den ganzen Abend daneben zu stehen, bis wir fertig sind?«

»Walter, ich habe dem Burschen heute morgen gesagt, was er zu tun hat.«

»Schön. Er hat es gehört. Aber jetzt setz dich bitte zu uns oder geh woandershin, okay?«

»Ich hab' schon verstanden, ich störe euch. Aber ich will dir nur klarmachen, daß der Bursche und ich noch nicht fertig miteinander sind.«

»Gehen wir mal davon aus, daß wir beide recht haben«, meinte Mr. Majestyk. »Dann wird auch keiner nachgeben. In der Zeit überläßt du aber diese hübsche junge Dame ganz sich selbst. Gehört sich das, Bob? Was würde dein Vater dazu sagen? Und was würde deine Frau sagen?«

Bob junior fixierte stumm Ryan. Langsam richtete er den Blick auf Mr. Majestyk. Sie sollten sehen, daß er sich zu nichts zwingen ließ, wozu er keine Lust hatte. Nach einer genügend langen Pause bequemte er sich schließlich zur Antwort. »Ich bringe sie jetzt heim. Aber wundert euch nicht, wenn ihr mich später wieder seht.« Ehe er sich abwandte, mußte er Ryan noch einmal anfunkeln.

Das Mädchen wartete mit verschränkten Armen. Ihr Blick ruhte auf Ryan. Erst als Bob junior vor ihr stand, sah sie auf zu seinem grimmigen, zu allem entschlossenen Gesicht. »Wow!« rief sie und stolzierte vor ihm hinaus.

»Ich schulde dir noch eine Erklärung«, sagte Mr. Majestyk. Seine Augen waren bereits ein bißchen wäßrig. Er spürte das Bier, aber er hatte seine Zunge noch unter Kontrolle. »Du wirst wissen wollen, warum ich ausgerechnet dir das Angebot mache. Soll ich dir den Grund sagen?«

»Tun Sie sich keinen Zwang an«, meinte Ryan. Der Typ würde es ihm ja sowieso sagen.

»Das klingt vielleicht bescheuert, ich weiß auch nicht, aber ich hab' nun mal den Film gesehen. Danach hab' ich mich auch mit den Streifenbeamten unterhalten. Und da hab' ich mir gesagt: ›Der Junge ist in Ordnung. Der läßt sich nicht unterkriegen. Hat's vielleicht schwer gehabt, hat auch was angestellt und hat auch früh arbeiten lernen müssen. College oder Lehre waren nicht drin...‹ Einen richtigen Beruf hast du nicht, oder?«

»Keinen, der sich auszahlt.«

»Dachte ich's mir doch. Keine höhere Schule, keine

Berufsausbildung. Also hab' ich mir gesagt: ›Was soll aus ihm werden? Dabei ist er aus dem richtigen Holz geschnitzt. Er hat etwas, das andere nicht haben. Er ist ein Stehaufmännchen.‹ Aber ich will dir noch was sagen. Man steht nicht immer so leicht auf. Hin und wieder schadet es nicht, wenn einem dabei geholten wird. Verstehst du, worauf ich hinaus will?«

Ryan war noch immer mit dem Mädchen beschäftigt, das an der Theke gewartet hatte. Wie sie ihn gemustert hatte! Er bekam schon wieder dieses komische Gefühl von vorhin.

»Verstehst du, worauf ich hinaus will?«

»Ja, ja, ich versteh' schon.«

»Also hab' ich mir gesagt: ›Willst du etwa, daß der sein Leben wegwirft und endgültig auf die schiefe Bahn gerät?‹ Oder willst du ihm helfen? Eine Unterkunft hast du für ihn, und zu tun gibt es genug.«

»Das haben Sie sich gesagt?«

»Vielleicht nicht in genau denselben Worten.«

»Ich soll im Bay Vista arbeiten?«

»Sagen wir mal bis September. Und dann sehen wir weiter.«

»Als Hausmeister in einem Motel?«

»Nicht als Hausmeister.«

»Dann eben als Mädchen für alles. Soll ich Ihnen jetzt dafür danken?«

»Hör zu, ich gebe dir nichts. Wenn ich dich einstelle, dann mußt du auch was leisten. Vielleicht merke ich auch, daß du nichts taugst, und dann hast du den Job die längste Zeit gehabt.«

»*Wenn* ich ihn annehme.«

»Wenn du ihn annimmst, richtig.«

»Wollen Sie mich auch vor Bob junior schützen?«

Mr. Majestyk starrte ihn an. Sein Gesicht verriet keinerlei Regung. Höchstens die Falte über seiner Nasenwurzel wurde vielleicht etwas tiefer. Nach vorne gebeugt saß er da und fixierte Ryan. »Mein Gott«, knurrte er schließlich. »Unterkriegen läßt du dich zwar nicht, aber dämlich bist du doch.«

»Ich habe Sie nie gebeten, was für mich zu tun.«

»Weißt du was?« sagte Mr. Majestyk ohne jeden Ausdruck in der Stimme. »Vergiß es. Ich geh' jetzt heim. Du kannst mitkommen oder hierbleiben. Mir egal, was du machst. Du kannst es dir ja noch mal durch den Kopf gehen lassen. Wenn du Lust hast, kommst du morgen bis acht bei mir vorbei. Wenn nicht, dann läßt du es eben bleiben. Was du auch machst, es bleibt ganz dir überlassen.«

Er ging zur Theke und beglich die Rechnung. Ohne sich nur einmal umzudrehen, verließ er dann die Bar.

»Was war denn los?« erkundigte sich das Mädchen, das wie eine Indianerin aussah. »Fühlt er sich nicht gut?«

»Nichts, nichts. Er ist bloß heimgegangen.«

»Er hat gemeint, du kannst soviel trinken, wie du willst.«

Ryan sah sie aufgebracht an. »Ich hab' ihn nie um was gebeten!«

»Das hat auch niemand behauptet.« Das Mädchen räumte den Krug und die Gläser ab. Ein paar Minuten später bemerkte sie, daß Ryan seine Tasche holte und ging.

# 6

Das Fenster der Cabana Nummer 5 ging auf das Schwimmbecken, das um neun Uhr morgens noch unberührt und einsam im Schatten lag.

Virginia Murray war seit Viertel vor sieben auf den Beinen. Sie hatte gefrühstückt – Orangensaft, Toast und Yoghurt –, die Kochnische geputzt, das Bett gemacht, geduscht, die Lockenwickler aus den Haaren gedreht, sich glattgekämmt und ihren türkisgrünen Badeanzug und den Frottemantel angezogen. Außerdem hatte sie noch ihren Eltern geschrieben, wie herrlich es doch war, wenn man einmal nicht früh aufstehen und zur Arbeit hetzen mußte. Da machte es ihr auch nichts mehr aus, daß die anderen Mädchen nicht mitgekommen waren. Allein konnte man sich ja schließlich viel besser erholen.

Jetzt saß sie auf der Couch gegenüber dem Fenster und genoß den Blick auf das Schwimmbecken und die anderen Cabanas. Sie kam sich vor wie im Theater – vor ihr die Bühne mit dem Szenenbild, und sie auf den dunklen, sicheren Rängen. Sie nahm den neuestens *McCalls* in die Hand und blätterte darin herum. Dann sah sie auf die Uhr: wenige Minuten nach neun. Sie zupfte den Badeanzugträger zurecht, weil er sie in die Schulter zwickte. Mit einem Blick in den Korb neben sich vergewisserte sie sich, daß sie die Sonnencreme eingepackt hatte. Und die Taschentücher. Und den Kamm, den sie jetzt herausnahm. Sie ging damit ins Badezimmer und bürstete sich noch einmal die Haare vor dem Spiegel durch. Beim Anblick der eigenen Augen im Spiegel sah sie weg. Sie ging zur Couch zurück und setzte sich auf ein Handtuch, das sie extra am Kopfende ausgebreitet hatte. Als sie ihren *McCalls* wieder in die

Hand nahm, bemerkte sie zwei kleine Jungen am Schwimmbecken.

Das waren die Söhne der Fishers aus Nummer 14 mit Blick auf das Ufer. In ein paar Minuten würde sich ihre große Schwester dazugesellen, dann ihr Vater und ganz zum Schluß, gegen elf, die Mutter. Bis dahin kamen fast alle Sommerfrischler im Bay Vista ins Freie, erst die Kinder, die auf einen Schlag von überall herbeiströmten, und nach und nach die Eltern. Man wünschte sich guten Morgen, wählte bedächtig seinen Liegestuhl, rutschte näher zusammen oder weiter auseinander, setzte sich an den Beckenrand oder je nachdem in den Schatten oder in die Sonne.

Die Fishers würden zum Becken kommen.

Das Pärchen auf Hochzeitsreise würde zum Becken kommen. Sie hatten Nummer 10 direkt gegenüber Virginia Murrays Cabana.

Die Familie mit den kleinen schwarzhaarigen Kindern, wahrscheinlich Italiener, würde kommen. Die Mutter würde sich wieder mit Mrs. Fisher unterhalten. Alle beide hatten furchtbar dicke Beine und trugen Strohhüte mit bedruckten Bändern, die wie Kiefernzapfen aussahen.

Die Leute aus Nummer 1 würden sich wieder an den Tisch unter dem Sonnenschirm setzen und ihren Kindern beim Spielen am Ufer zuschauen.

Die zwei jungen Pärchen aus Nummer 11, die entweder ohne Kinder unterwegs waren oder keine hatten, würden gegen zehn zum See hinunter gehen. Auf ihrer Veranda bauten sie anscheinend eine Mauer aus leeren Dosen. Bislang hatte Virginia Murray hundert Bierdosen gezählt. Kurz vor Mittag erschien immer einer der Männer vor dem Getränkeautomaten, und dann versammelten sie sich alle auf ihrer Veranda zum Mittagessen. Um zwei Uhr marschierten sie gesammelt zum Ufer zurück, und um vier Uhr wurde weitergetrunken. Sie ließen es sich gutgehen. Die Männer sagten lauter witzige Sachen. Ständig schüttelten sich alle vier vor Lachen.

Die Frau aus Nummer 9, die Rothaarige mit dem geschminkten Gesicht, würde mit ihrer Tochter gegen elf rauskommen. Bis dahin trat freilich das Mädchen mehrmals auf die Terrasse, um den anderen Kindern zuzuschauen. Manchmal bettelte die Kleine darum, doch schon früher zum Spielen rauszudürfen, aber ihre Mutter ermahnte sie – Cheryl Ann, es ist heute viel zu heiß.

Die anderen Urlauber im Bay Vista ließen sich abwechselnd am Ufer oder Schwimmbecken blicken. Virginia Murray kannte sie zwar vom Sehen, aber sie konnte sie noch nicht so recht einordnen.

Schließlich gab es auch noch Mr. Majestyk. Er kam ihr sehr nett vor. Freundlich, aber auf eine burschikose, ja etwas plumpe Weise. Zeigte sich ständig im Unterhemd und mit einer Baseballmütze auf dem Kopf und werkelte in einem fort oder fuhr mit dem Bulldozer am Ufer herum.

Und seit gestern morgen gab es auch noch Jack Ryan.

Virginia Murray zweifelte nicht einen Augenblick – es war der Typ aus der Zeitung mit dem Baseballschläger. Schon erstaunlich, daß sie die Zeitung noch hatte, obwohl sie über eine Woche alt war. Gestern erst hatte sie die Grapefruitschale darin eingewickelt und sich das Foto noch einmal angeschaut. Den ganzen Nachmittag hatte sie ihn dann beobachtet. Er war es, keine Frage.

So saß sie jetzt in ihrem türkisgrünen Badeanzug auf der Couch von Nummer 5, beobachtete durch das Fenster, wie die Szene draußen sich langsam belebte, und überlegte, an wen dieser Jack Ryan sie erinnerte. Er war wohl einer von der Sorte, die ständig eine schwarze Lederjacke tragen. Irgendwie. Andererseits sah er alles anderes als dreckig oder heruntergekommen aus. Die Art und Weise, wie er dastand, war es. Wie ein Stierkämpfer. Genau! Wie der auf dem Poster in ihrem Kinderzimmer daheim: *Plaza de Toros de Linares*, und darunter der Torero, die Beine fest zusammengepreßt, den Rücken gekrümmt, die Wangen eingesogen, stand er da und sah hinunter auf den Stier zu seinen Füßen.

Außer mit Mr. Majestyk hatte sie ihn mit niemand anderem sprechen sehen. Sie fragte sich, wie es wohl wäre, sich mit ihm zu unterhalten. Andererseits hatten sie ja nichts gemeinsam. Er war absolut nicht ihr Typ. Sie malte sich aus: Es war spät in der Nacht, und sie war ganz allein in ihrer Cabana. Sie hatte im Bett gelesen, das Licht ausgeschaltet und lag nun in der Dunkelheit. Es geschah nicht sofort. Aber nach ein paar Minuten hörte sie das Geräusch, ein Kratzen – oder nein, mehr ein Knarren. Die Tür ging langsam auf. Mit weit aufgerissenen Augen lag sie in ihrem Bett und hörte jemanden durch das Wohnzimmer tappen. Dann hörte sie etwas im Flur, und schließlich sah sie eine dunkle Gestalt in der Schlafzimmertür. Das Licht wollte sie erst einschalten, wenn er mitten im Zimmer war. »Kann ich Ihnen vielleicht helfen?« fragte Virginia Murray. Jawohl, es war Jack Ryan. Mit einem Küchenmesser in der Hand kam er auf sie zu.

Das folgende war ihr noch nicht richtig klar. Was sollte sie ihm denn jetzt sagen? Ihre Stimme mußte natürlich ruhig bleiben. Besänftigend wollte sie nicht auf ihn einreden, aber in etwa würde es wohl darauf hinaus laufen. Genau. Und ihre Blicke bannten die seinen. Sie zeigten keine Furcht, sondern Verständnis. Allmählich ließ die Spannung in ihm nach. Und dann legte er das Messer aus der Hand. Er setzte sich an die Bettkante und fing an, ihr von sich zu erzählen. Er vertraute ihr alles an, von seiner Vergangenheit bis hin zu seinen Problemen. Und sie hörte geduldig zu. Nichts von alledam schockierte sie. Am Ende fragte er sie, ob er mal wieder mir ihr sprechen könne. Lächelnd erwiderte sie: »Aber natürlich. Aber jetzt legen Sie sich mal lieber in Ihr Bett. Nichts ist gesünder als ausreichend Schlaf.«

Etwas in der Richtung. Sie sah sich schon neben ihm am Seeufer sitzen, aber das kam natürlich sehr viel später. Zeit hatten sie ja genügend.

Fürs erste saß sie auf der Couch und sah ihn mit einem langen, vorne mit einem Netz versehenen Aluminiumstab zwischen Nummer 10 und 11 auftauchen. Sie blickte auf die Uhr: Zwanzig nach neun.

Sie schaute zu, wie Ryan das Netz am tiefen Ende in das Schwimmbecken tauchte und so gemächlich zum anderen Ende ging, wo auch Kinder stehen konnten. Blätter, tote Insekten, Kleinabfälle blieben in den Maschen hängen. Dann sagte er etwas zu den kleinen Fishers. Grinsend sprangen sie ins Wasser und schwammen hinter dem Netz um die Wette. Schritt für Schritt ging er wieder zum tiefen Ende zurück und hatte nur Augen für seine Aufgabe. Er drückte die Ellbogen durch und hielt den Stab ins Wasser – ein Erster Maat, und kein Stierkämpfer, ein Gondolier ohne Hemd, Gürtel und Schuhe. Eigentlich hätte er einen weitgeschwungenen Filzhut tragen müssen und statt der über den Knien abgeschnittenen Khakihose etwas anderes, was Gondoliere eben so trugen. Was das war, daran konnte Virginia sich nicht mehr erinnern. Ihr Besuch in Venedig lag auch schon wieder vier Jahre zurück. Damals hatte sie nach der Abschlußprüfung am Marygrove College mit ihren Eltern eine Europareise gemacht.

Jetzt erschien die Schwester der zwei Jungen am Schwimmbecken. Virginia Murray stand auf und ging ins Schlafzimmer. Vor dem Spiegel band sie sich ein Tuch lose über den Kopf. Den eigenen Blicken wich sie diesmal aus, war sich aber des halb gespannten Gesichtsausdrucks sehr wohl bewußt. Dann wandte sie sich zur Tür. Neben dem Bett blieb sie noch einmal stehen und entriegelte das Fenster. Trotz ihrer Anstrengungen ließ es sich aber nicht öffnen. Es bewegte sich keinen Millimeter. Virginia ging ins Wohnzimmer zurück, legte das Handtuch über den Arm, nahm den Korb und trat vor ihre Cabana. Die Tür zog sie leise hinter sich zu. Sie setzte die Sonnenbrille auf und blickte in den herrlichen Morgenhimmel. Zufrieden schlenderte sie zum Pol.

»Käfer und Laub sind weg, ja?« sagte Mr. Majestyk. »Den Boden kannst du morgen machen.«

»Was kommt als nächstes?«

»Der Strand. Kehr doch den Abfall zusammen, wo die Kinder ihre Würstchen gegrillt haben.«

»Mir soll es egal sein.«

Mr. Majestyk sah ihn scharf an. »Und dann wäre noch der Duschkopf in Nummer 9. Er tropft, sagt sie. Wahrscheinlich ist was in den Dichtungsring gekommen.«

»Ich hab' keine Ahnung, wie man eine Dusche repariert.«

»Du nimmst den Kopf ab und kommst damit zu mir. Ich zeig' dir dann, wie man den Einsatz reinigt. Das Werkzeug ist im Geräteraum neben deinem Zimmer.«

»Sonst noch was?«

»Ich muß nachsehen. Ich gebe dir schon noch Bescheid.«

»Ich hab' noch nicht gefrühstückt.«

»Dann steh doch um sieben auf. Frühstück gibt es um Punkt sieben. Wenn du Hunger hast, mußt du um sieben dasein.«

»Heißen Dank.«

»Keine Ursache«, meinte Mr. Majestyk und ließ ihn stehen.

Ryan zog eine fast leere Camelpackung aus der Hosentasche und zündete sich mühsam eine Zigarette an, weil er den Metallstab nicht auf den Boden gelegt, sondern unter den Arm geklemmt hatte. Der erste Zug schmeckte fürchterlich auf nüchternen Magen. Nicht einmal Kaffee hatte er getrunken.

Mit steif ausgestrecktem Arm machte er sich wieder an die Reinigung des Beckens.

»Ich wollte Sie fragen, ob Sie nicht vielleicht mal...«, setzte Virginia Murray an, doch er war bereits weitergegangen. Sie mußte warten, bis er wiederkam. Er näherte sich ihrem Liegestuhl. Jetzt!

»Ich wollte Sie fragen, ob Sie sich vielleicht mal um mein Fenster kümmern könnten.«

»Was?«

»Es klemmt. Ich kann es nicht aufmachen.«

»Welches Zimmer?«

»Nummer 5.«

»Okay, ich schau's mir an.«

»Wann können Sie das machen?«

»Erst muß ich hier fertig werden, und dann muß ich noch was anderes erledigen.«

»Herzlichen Dank.« Ihre Augen senkten sich wieder auf den *McCalls*, und sie blätterte um. Sie hatte mit ihm gesprochen!

Ryan umrundete noch einmal das Schwimmbecken. So, das mußte reichen. Genug Fliegen für heute gefangen. Er brachte den Stab in den Geräteraum im Motel zurück, hängte ihn an seinen Haken, fand den Werkzeugkoffer und lief damit zu Nummer 9. Er klopfte und wartete. Ein kleines Mädchen lugte durch die Jalousie.

»Meine Mama schläft noch.«

»Ich will nur die Dusche reparieren.«

Drinnen roch es komisch. Die Küche gehörte dringend saubergemacht. Auf dem Tisch standen die Milch und die Cornflakes des Mädchens, ein angeschnittener Laib Brot und offene Erdnußbutter- und Marmeladegläser.

»Hast du schon gefrühstückt?«

»Mmhhmm.«

»Ich noch nicht«, meinte Ryan. »Sag mal, kannst du schon ein Sandwich mit Erdnußbutter und Marmelade schmieren?«

»Klar.«

»Dann mach mir doch eins. Ich kümmere mich in der Zeit um die Dusche, okay?«

Die Schlafzimmertür stand offen, doch er warf keinen Blick hinein. Im Bad sah es schlimm aus. Sand und schmutzige Handtücher auf dem Boden, auf dem Spülkasten hatten die vielen Lockenwickler und Schminksachen kaum noch Platz. Die Rothaarige war ihm gestern schon aufgefallen. Sah gar nicht mal schlecht aus und war auch recht gut gebaut, aber jetzt strich er sie aus seiner Kandidatinnenliste.

Der Duschkopf ließ sich problemlos mit einem Schraubenschlüssel entfernen – so leicht hatte er sich das nicht vorgestellt. Er ging damit in die Küche zurück.

»Hey, das sieht ja toll aus. Du bist ja eine richtige Sandwichschmiererin?«

»Das hat mir meine Mama beigebracht«, verkündete das Mädchen.

»Gerade richtig. Hör zu, ich muß gleich weiter, aber ich nehme es mit, einverstanden?«

Er wollte schnell weg. Das Sandwich verzehrte er auf dem Weg zu Mr. Majestyks Haus, dabei ließ er sich allerdings Zeit. Das Bay Vista gefiel ihm ganz gut. Es bestand aus zwei Reihen identischer braungetünchter Betonbungalows, die sich bis zum Ufer erstreckten. Von der Straße schirmte sie ein Motel mit sieben Apartments ab. Ryan wohnte im Apartment Nummer 7 direkt neben dem Büro. Die Bungalows gingen alle entweder auf das Schwimmbecken, die Sonnenterrasse oder die Liegewiese mit den Grills. Einen Blick auf den Strand boten lediglich Nummer 1 und 14. Sie kosteten dafür auch zwanzig Dollar mehr in der Woche als die anderen Bungalows – oder Cabanas, wie Mr. Majestyk sie nannte.

Mr. Majestyks ebenfalls braungetünchtes Ranchhaus stand am Strand neben Nummer 1. Sein beiger Dodge Kombi und sein kleiner Bulldozer waren in einer Garage untergebracht. Als Ryan sich näherte, stand Mr. Majestyk im überdachten Durchgang zwischen der Garage und seinem Bungalow, der ihm als Werkstatt diente.

»Da ist das Ding.«

Mr. Majestyk nickte. »Bist du mit dem Strand schon fertig?«

»Der kommt als nächstes.«

»Ich zeig' dir erst mal, wie man das hier saubermacht.« Mr. Majestyk wischte sich mit einem Lumpen die Hände ab und nahm den Duschkopf in die Hand. »Der muß innen nur gründlich gereinigt werden. Da sammeln sich immer so Schmutzteilchen an.«

»Vielleicht sollte ich mich lieber erst um den Strand kümmern, ehe die ganzen Leute kommen.«

»Ja schon, aber was ist, wenn die Dame sich duschen will?«

»Das kann ich mir bei der nicht vorstellen.«

»Das kannst du beurteilen, ja?«

»Na ja, wozu sollte sie sich denn jetzt duschen? Es ist ja erst zehn Uhr.«

»Geh zum Strand runter. Den Einsatz mache ich sauber. Gegessen wird übrigens entweder um Punkt zwölf oder um sechs, je nachdem, ob ich aufs Gericht muß.«

»Ach ja, richtig. Sie sind Richter.«

»Friedensrichter. Heute essen wir um zwölf.«

Ryan verschwand in der Garage und kam gleich wieder zurück. »Ich kann den Rechen nicht finden.«

»Er lehnt vor dem Haus an der Wand.«

Ryan lief in die andere Richtung. Die Sonne prallte inzwischen voll auf Mr. Majestyks Haus und den Garten mit den in weißen Steinen eingefaßten Blumenbeeten. Sehr schlicht, fand Ryan, nur das Vogelhaus und die futternden Plastikflamingos darunter paßten nicht dazu.

Er fand den Rechen und lief damit zum Strand. Dort stellte er gleich fest, daß er ohne Mülleimer oder sonst einen Behälter das verkohlte Holz, die Papierreste und die vielen Dosen nicht wegschaffen konnte. Bevor er sich darum kümmerte, wollte er aber erst einmal anfangen und den Müll zu sechs, sieben Haufen zusammenkehren. Es tat gut, in der Sonne zu arbeiten. Hin und wieder verschaffte eine laue Brise Abkühlung. Er setzte die Sonnenbrille auf und zündete sich eine Zigarette an. Noch war der Strand einigermaßen leer. Von den Biertrinkern aus Nummer 11 war noch nichts zu hören. Das Pärchen aus Nummer 10 lag in einem abgeschiedenen Winkel auf einer Decke. Die kleinen Jungen aus Nummer 1 spielten auf dem Sand, und ein paar ältere Jungen tobten mit einem Plastikbaseball herum.

Er sah dem Ball nach, der hoch in die Luft stieg. Eine leichte Beute für den Fänger. Als der Ball sich senkte, erblickte er das Mädchen. Etwa fünfzig Meter von ihm entfernt lief sie am Wasser entlang, aber Ryan erkannte sie sofort. Dunkles Haar und Sonnenbrille, braungebrannt, sehr schlank, gelber Badeanzug, der wie ein Bikini aussah, doch keiner war, flacher Bauch und hübsche Beine, etwas dünn, aber brauchbar.

Sie sah in seine Richtung. Mit den Fingerspitzen strich sie sich das Haar aus dem Gesicht. Sie sah ihn auch, da war er sich ganz sicher. Aber das mußte nicht heißen, daß sie ihn ebenfalls erkannt hatte. Wie sollte sie auch ahnen, daß ausgerechnet er hier den Unrat zusammenkehrte. Vielleicht sollte er winken oder auf sie zugehen, aber den Gedanken verwarf er sogleich. Er ließ sie vorbeigehen und sah ihr nur nach, bis sie in der Ferne vom Sand nicht mehr zu unterscheiden war.

Wenn Ray Ritchies Haus in dieser Richtung lag, war sie auf dem Heimweg. Wenn nicht, mußte sie früher oder später zurückkommen. Er dachte daran, wie sie ihn in der Bar angestarrt hatte. Und was hatte Mr. Majestyk ihm erzählt? Daß Ray Ritchie sie aushielt? Er hatte noch nie ein Mädchen kennengelernt, das bei einem Macker lebte. Er kannte alle möglichen Mädchen, aber so eine war ihm neu. Eigentlich hätte sie blonde Haare haben müssen. Sein Typ war auch größer, älter und trug Stöckelschuhe. Und dann fiel ihm wieder Mr. Majestyks Gegenfrage ein: »Wie alt müssen sie denn sein?« Er fragte sich, wie alt sie war, woher sie kam und wie Ray Ritchie sie aufgerissen hatte, wie er sie dazu gebracht hatte, bei ihm einzuziehen und was genau er dabei gesagt hatte.

Er beschloß, sie bei der nächsten Gelegenheit anzusprechen, aber ihm fiel nichts ein, und so strich er mit seinem Rechen den Sand glatt.

Nur die Ruhe, redete er sich zu. Was ist denn mit dir los? Komisch, irgendwie stand für ihn fest, daß sie wiederkommen würde. Und so war er auch nicht überrascht, als er sie wieder erblickte. Erst war sie ein gelber Fleck in der Ferne. Ganz langsam kam sie näher – es dauerte eine schiere Ewigkeit. Und ihm war immer noch nichts eingefallen. In Gedanken sagte er: »Hi, wie geht's denn so?« Laut sagte er: »Ja, wer kommt denn da?« und »Hey, wohin gehst du so früh am Morgen?« Himmel noch mal, was für ein Blödsinn! rief er sich in Gedanken zu.

Ryan ging näher ans Wasser heran und fing dort an, den Sand glattzustreichen. Zu ihr brauchte er nicht hinüberzuschauen, er hatte die schlanken braunen Beine, die langen Haare auch so genau vor Augen.

Sein Timing war gut. Als sie bis auf fünf Meter herangekommen war, richtete er sich auf und lehnte sich aufs einen Rechen wie ein Jäger auf seinen Speer.

Sie musterte ihn, dann sah sie ohne jede Hast wieder weg. Ryan wartete, bis sie vorübergegangen war. Sie sollte sich umdrehen, wenn er sie rief.

»Hey.«

Sie machte noch zwei, drei Schritte weiter. Gemächlich drehte sie sich halb um. Die Beine blieben leicht gespreizt. Sie sah ihn an.

»Ich wollte dich was fragen?« erklärte Ryan. Er wartete darauf, daß sie *Was*? rief.

Den Gefallen tat sie ihm jedoch nicht. Sie wartete ihrerseits.

»Ich würde zu gern wissen, warum du mich in der Bar so angeschaut hast«, erklärte Ryan schließlich.

Sie ließ sich Zeit mit ihrer Antwort. »Bist du sicher, daß ich *dich* angeschaut habe?«

Ryan nickte. »Hundertprozentig. Meinst du nicht auch, wir sollten das Rumalbern allmählich lassen?«

Sie lächelte schwach. »Was wäre daran so schlimm?« Der Wind fuhr ihr durch die Haare, und sie strich sie sich aus den Augen. Die Haare waren dunkelbraun, und die Augen hatten wahrscheinlich dieselbe Farbe.

»Weil wir nur unsere Zeit verschwenden«, meinte Ryan.

»Ich hab' dich schon verstanden.«

Sie musterte ihn gelassen. Er lehnte sich weiter auf den Rechen und erwiderte ihren Blick.

»Mich wundert, daß du dich hier noch herumtreibst«, meinte Nancy. »Hast du denn keine Angst vor Bob junior?«

»Wenn ich hierbleiben will, dann ist das wohl meine Sache.«

»Wie bist du an den Job gekommen?«

»Ich weiß nicht. Der Typ hat ihn mir angeboten.«

»Für den Sommer?«

»Ich weiß noch nicht.«

»Viel weißt du ja nicht gerade, was?«

Was sollte er darauf sagen? Er starrte sie stumm an. Sie starrte zurück. Er hatte noch nie Kontaktschwierigkeiten gehabt, vor allem nicht bei Mädchen, aber bei der hier war er blockiert, worüber er sich maßlos ärgerte. Was bist du so nett zu der? schalt er sich.

Nancy mustere ihn immer noch. Sie lächelte nicht und kostete ihren Triumph auch nicht aus, sie sah ihm einfach ins Gesicht. »Willst du mit mir anbandeln?« fragte sie.

»Ich weiß nicht«, meinte Ryan.

»Du kannst mich ja mal besuchen kommen. Knapp eine Meile weiter. Bei den weißen Stufen mußt du raufgehen.«

»Mr. Ritchie ist wohl nicht da?«

»Richtig.«

»Ist denn sonst jemand im Haus? Eine Putzfrau oder so was?«

»Niemand.«

»Hast du gar keine Angst so ganz allein?«

Sie schüttelte den Kopf und strich sich erneut das Haar aus dem Gesicht. »Mir gefällt es so.«

»Was machst du die ganze Zeit?«

»Alles mögliche.«

»Als da wäre?«

»Komm heute abend, dann weißt du's.«

»Ich weiß noch nicht.«

Da er nichts sagte, wandte sie sich achselzuckend ab. Garantiert wartete sie darauf, daß er noch etwas sagte. Aber da konnte sie lange warten. Zufrieden sah er ihr nach. Weil sie sich jetzt nichts anmerken lassen durfte, konnte sie sich auch nicht mehr umdrehen. Glaubte sie denn, sie brauchte nur mit dem kleinen Finger zu winken, und er würde gesprungen kommen? Für heute war er genug herumkommandiert worden. Am Nachmittag oder spätestens morgen würde sie ja wiederkommen. Gleiche Zeit, gleicher Ort. Wozu sich also aus der Ruhe bringen lassen?

Da hast du verdammt recht, sagte sich Ryan.

# 7

Mit dreizehn hatte Jack Ryan sich einmal vier Stockwerke über der Auffahrt vom Dach des Mietshauses hängen lassen, einfach so, um zu sehen, ob er es schaffte. Beim ersten Mal hing er noch nicht richtig. Er hockte sich vor die Kante über der Rückfassade, legte sich auf den Bauch, rutschte langsam nach hinten und ließ nur den Unterkörper hinunterbaumeln. Mit der Brust und den Ellbogen stützte er sich auf dem Teer ab. Dann stemmte er sich mit den flachen Händen hoch, bis er ein Bein über den Rand schwingen konnte. Der Rest war ein Kinderspiel. Anschließend ging er, in kurzen, flachen Zügen atmend, auf dem Dach herum. Die Hände ließ er herunterhängen und bog die Finger durch wie ein Sprinter, ehe er sich auf seine Spur begibt und im Startblock kauert. Er war ganz allein auf dem Dach an diesem Sommermorgen. Unter sich sah er die runden Ulmenkronen, auf Augenhöhe hatte er die anderen Hausdächer mit ihren Schornsteinen und Fernsehantennen. Von der Woodward Avenue hörte er den Verkehrslärm rauschen, und direkt unter ihm kroch ein Wagen die Straße hinunter; es dauerte eine schiere Ewigkeit, bis er endlich um die Ecke bog. Dann war es wieder soweit. Er setzte sich erneut an die Dachkante und ließ die Beine hinunterbaumeln. Er wußte, daß er es schaffen konnte, aber nur, wenn er vorsichtig blieb, es nicht plötzlich mit der Angst zu tun bekam und sich zu keiner Dummheit hinreißen ließ. Das Wissen allein, daß er es schaffen konnte, genügte allerdings nicht.

Danach würde er sein dunkelblaues Sweatshirt mit den abgeschnittenen Ärmeln anziehen, seine zerknitterte Lieblingsbaseballmütze aufsetzen und zum Schlagtraining auf den Sportplatz gehen. Unter der brütenden Sonne würde er leicht geduckt im Staub stehen und mit herabhängenden Armen auf den nächsten Ball warten. Die Mütze würde er immer wieder zurückrücken und dann auf seinen exzellenten japanischen Handschuh schauen. Mit den Spikes würde er den Boden festtreten, damit er einen besseren Stand hatte.

Nach dem Training und dem Mittagessen würde er mit ein paar Kameraden bei sich aufs Dach steigen, und ohne Vorwarnung würde er sich vier Stockwerke über dem Beton vom Dach hängen lassen. Er konnte sich schon ihre entgeisterten Gesichter ausmalen, wenn er sich dann wieder hochzog.

Tu's oder laß es bleiben, sagte er sich jetzt an diesem sonnigen Morgen. Und er tat es. Er legte sich auf den Bauch und ließ sich nach und nach hinunter. Mit den Händen klammerte er sich an der Dachrinne fest. Sie fühlte sich rund und verläßlich an und bog sich nicht einmal unter dem Gewicht. Seine Arme hingen durchgestreckt über ihm, seine Zehen zeigten geradeaus nach unten. Er nahm sich vor, bis zehn zu zählen. Er zählte langsam bis fünf, dann wurde er immer schneller und kam erst nicht wieder hoch, weil er es zu hastig versuchte. Er zwang sich zur Ruhe und zog sich Zentimeter für Zentimeter hoch, bis seine Arme auf dem Teer lagen und er sich mit der Brust abstützen konnte.

Als er wieder festen Boden unter den Füßen hatte, sagte er sich: Müssen die anderen das wirklich unbedingt wissen? Hauptsache, *du* weißt, daß du es schaffst. Was willst du mehr? So blieb es sein wohlgehütetes Geheimnis. Nicht einmal andeutungsweise gab er etwas davon preis. Hin und wieder kramte er es jedoch aus seiner Erinnerung hervor und dachte darüber nach.

So auch an diesem Morgen beim Säubern des Badeufers.

»Wenn du heute abends nichts vorhast«, meinte Mr. Majestyk, »kannst du mit mir fernsehen.«

»Ich weiß noch nicht. Kann sein, daß ich ausgehe.«

»Wie heißt sie denn?« Grinsend schob sich Mr. Majestyk ein Stück Schweinefleisch in den Mund. Beim Kauen redete er weiter: »McHale's Navy kommt. Ein Mordskerl, sag' ich dir. Kennst du den Film?«

»Ich hab' ihn schon mal gesehen.«

Donna hatte ihnen den Tisch auf der Veranda gedeckt, Schweinekoteletts, Bratkartoffeln, Erbsen, Apfelsauce, Bier, selbstgebackenes Brot und eine Quarkspeise für den Nachtisch. Ryan hörte sie in der Küche mit den Töpfen klappern.

»Er erinnert mich an meine eigene Dienstzeit«, erzählte Mr. Majestyk. »Mit der wirklichen Navy hat der Film natürlich nichts zu tun. Wir haben ganz andere Sachen gemacht, aber ich muß wieder dran denken, wenn ich den Film sehe. Kennst du die Teebees?«

»Ich weiß nicht«, meinte Ryan.

»TB – Technische Bataillone. Wir hielten einen Stützpunkt in Los Negrenos auf den Admiralitätsinseln. Schon mal davon gehört?«

»Ich glaube nicht.«

»Neuguinea?«

Ryan nickte. Er hatte es schon einmal auf der Landkarte gesehen, oberhalb von Australien.

»Okay, die Admiralitätsinseln sind an die vierhundert Meilen nordwestlich von Neuguinea. Da haben wir Armbänder aus den Erkennungsmarken gemacht und bei den Eingeborenen gegen Katzenaugen getauscht. Das sind so kleine runde Steine, fast wie Marmor. Die meisten sind schwarz, braun oder weiß. Grüne gibt es auch, aber nur selten. Die haben wir dann den Jungs von der Air Force verkauft. Ein Riesengeschäft, sag' ich dir. Das Zeug war einen Dreck wert, aber die Spinner haben eine ganze Flasche Whisky für so einen läppischen Stein geboten. Sie waren übrigens von der First Cavalry und haben die Insel besetzt, ehe wir hinkamen. Aber Pferde hatten sie natürlich nicht mehr.«

»Jetzt sind sie in Vietnam«, meinte Ryan. »Und daß sie keine Pferde mehr haben, weiß ich.«

»Da fällt mir eine Story aus dem Krieg ein!« rief Mr. Majestyk. »Also, die Jungs von der First Cavalry haben lauter Palmen gefällt, weil sie doch eine Startbahn brauchten. Und da kommen ihnen plötzlich lauter junge hübsche Dinger entgegen, Geishas oder so was, und die waren splitterfasernackt, ehrlich, ich sag's dir! Und was meinst du, was die Jungs geschrien haben? ›Hände hoch, aber dalli!‹ Aber das haben sie nicht gemacht. Sie sind nur stur weiter auf sie zugelaufen. Und da haben sie losgeballert – bumm, bumm – und wie die Hübschen umgefallen sind, hat es einen Mordskrach gegeben, weil die Granaten losgegangen sind. Die hatten sie sich nämlich unter die Achseln geklemmt. Verstehst du, was sie vorhatten? Die wollten sich unter die Jungs mischen und dann die Arme heben.«

»Und sie waren wirklich nackt, hmm?«

»Pudelnackt.«

»Wahrscheinlich sind sie dazu gezwungen worden.«

»Man meint ja immer, nur die Amerikaner würden eine Heldentat nach der anderen abliefern, aber irgendwie müssen die Burschen auf der anderen Seite auch tapfer gewesen sein.« Mr. Majestyk kratzte den letzten Rest seiner Quarkspeise aus der Schale. »Warst du eigentlich bei der Armee?«

»Ich hab' mich freiwillig gemeldet, mit einem Freund zusammen. Er ist bei den Fallschirmjägern untergekommen, aber mich haben sie nicht brauchen können. Mein Knie ist vom Footballspielen her kaputt, und das Kreuz ist auch nicht mehr das beste.«

»Unfall?«

»Nein, nein. Ich hatte eine Zeitlang nur unheimliche Schmerzen. Und als ich mich nach einem Spiel geduscht...«

»Was hast du gespielt? Baseball?«

»Erst in der High School und später in der Dritten Liga.«

»Ach wirklich? Ich war mal Trainer in der Zweiten Liga.«

»So weit habe ich es nie gebracht. Nach der Schule war ich in der Detroit Federation und danach in der Dritten Liga in Texas unten. Und einmal hab' ich eben in der Dusche das Handtuch fallen lassen. Ich hab' mich danach gebückt, und da ist mir ein Schmerz ins Kreuz geschossen, daß ich gemeint habe, mir haut einer eine Axt in den Rücken. Kennen Sie das Gefühl? Ziemlich weit unten.«

»Klar, ich hatte es auch mal.«

»Zwei Wochen war ich im Bett. Ich konnte mich nicht rühren. Wenn man sich auf die andere Seite zu drehen versucht, hält man es nicht mehr aus vor Schmerzen.«

»Ja, ja, das ist die Lumbalwurzel.«

»Der Doktor hat was von Bandscheibenvorfall gesagt.«

»Ja, ja, das ist die Lumbalwurzel, direkt am Wirbelsäulenansatz!« rief Mr. Majestyk. »Ich hatte das auch mal und bin zu einem Chiropraktiker gegangen. Der hat mich ordentlich durchgewalkt, und danach hab' ich mich gefühlt wie neugeboren.«

»Jetzt habe ich ja keine Probleme mehr damit«, meinte Ryan. »Nur hin und wieder spüre ich, daß da was ist.«

»Mit so was kann man natürlich nicht zur Armee.«

Ryan machte sich über seine Quarkspeise her. Ohne aufzuschauen, redete er weiter. »Ich weiß auch nicht, ich hatte es mir recht interessant bei der Armee vorgestellt.«

»Tja«, meinte Mr. Majestyk, »der Kriegsdienst ist nicht schlimm, wenn einem die Art von Leben behagt.«

Einer von den Biertrinkern aus Nummer 11 kam und fragte Mr. Majestyk, ob er einen Scheck bei ihm einlösen könne. Mit größtem Vergnügen, erklärte Mr. Majestyk und ging in sein Wohnzimmer Geld holen, während der Typ einen Scheck auf vierhundert Dollar ausstellte. Ryan sah ihn ein Metallkästchen aus dem Sekretär nehmen. Er sah genau hin, wie Mr. Majestyk die Scheine abzählte und die Schachtel an ihren Ort zurückstellte. Dann verschwand er im Nachbarzimmer.

»Man meint ja immer, man hat genug Bargeld«, sagte der Typ aus Nummer 11, »aber dann braucht man doch mehr.«

»Da haben Sie recht«, pflichtete Ryan bei.

Der Typ aus Nummer 11 sah nun ebenfalls ins Wohnzimmer. »Nett eingerichtet.«

»Wenn man lila mag«, sagte Ryan.

Ihm fiel wieder ein, daß Mr. Majestyks in Warren lebende Tochter alles ausgesucht hatte. Ihren Geschmack teilte er nicht unbedingt. Lila war fast alles, blaßlila der Teppich, lila, gelb und grau kariert die Vorhänge und lila mit silbern durchwirkten schwarzen Streifen die Couch und die dazugehörigen Sessel. Auf dem Tisch vor dem Fenster stand eine aus Treibholz gebastelte Lampe. An den Wänden hingen weiß eingerahmte Bilder mit Straßenszenen. Sie sollten wohl nach Paris aussehen. Über dem schwarzen Marmorkamin hing ein Bild von einem Jagdhund. Einen tragbaren Fernseher ganz in Weiß gab es auch, und davor stand ein mit schwarzem Kunstleder bezogener ausklappbarer Sessel. Er konnte nichts anders als Mr. Majestyks Fernsehsessel sein, denn Ryan erinnerte sich, ihn im Unterhemd darin gesehen zu haben, vor ihm der laufende Fernseher, an der Wand hinter ihm ein Kissen mit einem Kunstdruck von der Mackinac Brücke. Seine Tochter aus Warren, Michigan, mochte das Wohnzimmer zwar so eingerichtet haben, aber die Graffiti hatte mit Sicherheit Mr. Majestyk an die Schrankwand geklebt.

VORSICHT – HIER TRINKEN MÄNNER

NUR EINS KANN MAN NICHT KAUFEN – ARMUT

NEWTON IST TOT, EINSTEIN IST TOT, UND ICH FÜHL' MICH AUCH SCHON GANZ SCHWACH

Und über dem Schreibtisch hing ein Miniaturteppich mit Goldrand und der Inschrift:

WILLKOMMEN IM CLUB DER ROTEN TEPPICHE. WIR SIND JA SO FROH, DASS SIE AUCH DAZUGEHÖREN.

Das war ja alles ganz nett, aber irgendwie paßte es nicht zu den Möbeln. Jetzt hatte er's. Das Haus hätte, so wie es war, nach Detroit gehört, und nicht hierher. Mr. Majestyk hätte sich Möbel aus Ahornholz kaufen sollen, auf die man die Füße legen konnte, und auch keinen Marmorkamin, sondern einen mit Ziegelsteinen und Mörtel dazwischen.

Nun kam Mr.Majestyk wieder ins Wohnzimmer. Erneut machte er das Metallkästchen auf und zog dann aus seiner Hosentasche ein Bündel Scheine.

»Machen Sie sich wegen mir bitte keine Umstände!« rief der Typ aus Nummer 11.

»Ach, das macht überhaupt nichts!« rief Mr. Majestyk zurück.

Neben Mr. Majestyks Haus befand sich ein verwildertes Grundstück. Es gehörte ihm nicht, trotzdem trug er Ryan auf, den Unrat, der sich dort nach zahllosen Grillpartys angesammelt hatte, zu beseitigen. Der Anblick störe einfach unmittelbar neben seinem Bay Vista. Ryan tändelte zunächst nur herum und warf einige leere Dosen ins Gebüsch. Die schweren Sachen konnte er mit bloßen Händen nicht wegräumen. Den verkohlten Baumstämmen und Steinbrocken mußte er schon mit dem Bulldozer zu Leibe rücken, mit dem er zuallererst ein Loch ausheben wollte.

Er hob eine Bierdose auf, nahm zwei Schritte Anlauf und schleuderte sie ins Gebüsch. Besser hätte er es auch in seiner aktiven Zeit als Baseballspieler nicht gekonnt.

»Guter Arm«, bemerkte Mr. Majestyk. Er war von Ryan unbemerkt an den Zaun getreten.

»Das war mal. Keine Ahnung, wo er geblieben ist.«

»Wo hast du gespielt?«

»Hab' ich es Ihnen nicht gesagt? Dritte Liga. Wegen meinem Rücken mußte ich dann zwei Sommer aussetzen. Im Juni hab' ich gedacht, es müßte wieder klappen, weil ich keine Schmerzen mehr hatte.«

»Ach wirklich?«

»Aber man sollte nicht meinen, was für einen gewaltigen Unterschied zwei Jahre Nichtstun ausmachen.«

Mr. Majestyk grinste. »Ja, ja, das geht schnell. Und ehe du dich's versiehst, bist du ein alter Mann.« Er sah kurz zum Himmel hinauf. »Der Wind bringt schlechtes Wetter. Heute regnet es noch.«

Ryan blickte nach oben. »Die Sonne scheint doch.«

»Aber nicht mehr lange«, erwiderte Mr. Majestyk. »Du fährst jetzt am besten in die Stadt und besorgst Farbe. Draußen kannst du heute nicht mehr arbeiten.«

»Was für Farbe?«

»Farbe. Was hast du denn gemeint?«

»Woher soll ich wissen, was für eine Farbe?«

»Weißt du was?« entgegnete Mr. Majestyk. »Ich erklär's dir.«

So ein Idiot! Aber was den Regen betraf, hatte er recht. Auf halbem Weg nach Geneva Beach mußte Ryan bereits die Scheibenwischer einschalten. Als er einen Parkplatz in der Stadt gefunden hatte, war der ganze Himmel zugezogen, und es regnete in Strömen.

Für einen Wochentag herrschte ein erstaunlich reger Verkehr. Anscheinend waren noch mehr Leute auf dieselbe Idee gekommen – ab in die Stadt, weil es sonst nichts zu tun gab. Vor allem Kinder und Jugendliche rannten in die Läden oder hatten sich in den Einfahrten untergestellt, während Wagen um Wagen die Straßen hinunter kroch und schnell in zweiter Reihe parkte, um sie abzuholen oder neue aussteigen zu lassen. Komisch, was die Leute alles anstellten, nur weil sie nicht naß werden wollten. Ryan hatte es nicht eilig. Er ging ganz gemächlich. Was machte es schon, wenn er ein paar Tropfen abbekam?

Er kaufte die Farbe und ging noch in eine Drogerie, um sich Zigaretten, Rasierwasser und die neueste Ausgabe des *True* zu besorgen. Als er aus dem Laden trat, klarte der Himmel auf, und die Sonne lugte schon wieder hervor. Er stellte die Farbe auf den Rücksitz, stieg ein und ließ den Motor an. Wäre er etwas früher oder etwas später losgefahren, wäre er Billy Ruiz entgangen, aber so steuerte er mit hochgezogenen Schultern und über beide Ohren grinsend geradewegs auf den Wagen zu, stieg auch noch ein und schlug die Tür zu.

»Mann, ich dachte, du wärst weg!« Er betastete das Sitzpolster und das Handschuhfach. »Und einen Wagen hast du auch!«

»Gehört dem Typen, für den ich arbeite.«

»Du arbeitest? Wo denn?«

»Ein Grundstück draußen an der Uferstraße.« Ryan machte eine Pause. Er beobachtete Billys verblüfftes Gesicht, aus dem das Grinsen noch nicht verschwunden war. »Bay Vista heißt es.«

»Ich weiß schon, wo das ist. Und da arbeitest du?«

»Seit gestern.«

»Hey! Das ist ja ein Ding.«

»Ich bin nicht auf Urlaub dort, ich arbeite.«

»Ja, ja, bei den heißen Miezen, die da rumlaufen, was?« Sein Grinsen wurde noch breiter. »Mach mir nichts vor, Baby.«

»Besser als Gurken pflücken ist es allemal.«

»Dazu gehört ja nicht viel.«

»Habt ihr sie jetzt bald alle eingefahren?«

»Ein paar Tage noch«, sagte Billy Ruiz. »Sie haben jetzt lauter nette Jungs aus Bay City und Saginaw hergekarrt. Die stellen sich an wie die Henne beim Pissen, sag' ich dir. Die Hälfte ist heute morgen schon nicht mehr angetreten.«

»Um so mehr Arbeit für euch.«

»Mir reicht's. Hey, hast du schon das Neueste von Frank gehört?«

»Was hat er denn jetzt angestellt?«

»Sie haben ihn gefeuert.«

»Mach keine Witze. Die brauchen doch jeden Mann.«

»Im Ernst. Er hat sein ganzes Geld versoffen. Gestern ist er nicht zur Arbeit erschienen, heute morgen auch nicht. Da hat ihm Bob junior eben einen Arschtritt verpaßt und ihm gesagt, er solle sich verpissen.«

»Warum säuft er?«

»Weil er Geld hat. Was hast du gedacht?«

»So ein Vollidiot.«

»Klar. Aber sag ihm das mal.«

»Ist er schon heimgefahren?«

»Sein Laster schafft es nicht mehr bis nach Texas, sagt er.«

»Er braucht ja bloß mit dem Bus zu fahren.«

»Der ist stur. Der läßt sich nichts sagen.«

Ryan nahm Billy Ruiz bis zur Abzweigung zum Camp mit. Dort ließ er ihn aussteigen und fuhr noch einmal nach Geneva Beach zurück. Dieser Frank Pizarro mit der Pomade im Haar, der Sonnenbrille und dem breiten Mund ließ ihm keine Ruhe. Mit Frank Pizarro hatte er einen Riesenfehler gemacht. Dummheiten hatte er zur Genüge in Erinnerung. Nach jeder hatte er sich vorgenommen, sich keine mehr zu leisten. Und jetzt war mit Frank wieder eine passiert. Gute Vorsätze waren schnell gefaßt, aber noch schneller stolperte man in das nächste Schlamassel hinein.

Er bot unmittelbar vor der Shore Road ab, bog sofort wieder ab und kam beim IGA-Supermarkt heraus. Da der Parkplatz besetzt war, mußte er in die Durchfahrt hinter dem Gebäude hineinfahren und vom Wagen aus einen Blick auf den Abfallhaufen riskieren. Er unterschied sich in nichts von dem Abfallhaufen am Samstag. Kartons stapelten sich zuhauf, aber was er nicht sah, das war ein Bierkasten von der Strohbrauerei.

Auf dem Rückweg dachte er fieberhaft über den Bierkasten nach. Nach fruchtlosem Grübeln sagte er sich schließlich, daß er entweder etwas unternehmen oder die Sache vergessen mußte, weil ihn das Denken auch nicht weiterbrachte. Und da er nicht ewig einem Bierkasten, den sie vor zwei Tagen weggeschmissen hatten, nachjagen konnte, vergaß er ihn am besten. Frank Pizarro konnte er allerdings nicht so leicht vergessen. Er hätte nie mit ihm losziehen dürfen. Gleich auf den ersten Blick hätte er ihn durchschauen müssen. Jetzt hatte er den Salat. Schön war es nicht, zu wissen, daß er etwas besser hätte bleiben lassen sollen und es dann doch getan hatte.

Oder daß er etwas hätte tun sollen, es aber hatte bleiben lassen.

Letzteres fiel ihm ein, als er das Mädchen aus Nummer 5 erblickte.

Er hatte Mr. Majestyks Wagen in die Garage gefahren und lief den Weg zu den Cabanas hinauf, da sah er sie in ihrem kleinen Corvair ausparken. Sie erkannte ihn und wartete, bis er herankam. Sie hatte sich in Schale geschmissen: weiße Perlenkette und eine weiße Haarspange, Sonnenbrille mit weißer Fassung und kleinen Perlen, Make-up, Rock und Pullover. Auf dem Beifahrersitz lag ihre Handtasche.

»Das Fenster, ich weiß!« rief Ryan. »Ich habe es nicht vergessen, aber ich habe alle Hände voll zu tun.«

»Denken Sie morgen dran?«
»Als Allererstes.«
»Na ja, vielleicht nicht allzu früh«, rief sie lachend. »Ich bin schließlich auf Urlaub hier.«
»Also gut – wann es Ihnen recht ist.«
»Schön.« Sie zögerte. »Kann ich Sie vielleicht mitnehmen? Ich fahre nach Geneva Beach.«
»Ich komme gerade von dort.« Schlecht sah sie nicht aus. Was sie anhatte, war vielleicht nicht der letzte Schrei, aber das war nicht so schlimm.
»Na ja, vielen Dank denn auch.« Virginia fuhr langsam etwas weiter aus ihrer Parklücke, zögerte einen Moment und fuhr schließlich davon.
Weswegen dankte sie ihm?
Er stand nicht weit von der Hintertür von Nummer 5, wo auch das Fenster war, das angeblich klemmte. Ryan betrachtete es aus ein paar Metern Abstand, bevor er in sein eigenes Zimmer ging.
Wenig später lief er zum A & W Drive-In, wo er zwei Cheeseburger zu einem Glas Bier verzehrte und danach ein bißchen am Flipperautomaten spielte. Die Rothaarige aus Nummer 9 und ihre Tochter waren auch da. Sie hatte eine enge Hose an, dazu trug sie weiße Ohrringe und eine Schleife im Haar. Sie gefiel ihm ganz gut, aber er ließ sich besser nicht auf sie ein. Er wollte das kleine Mädchen nicht dabei haben.
Gegen acht kam er ins Bay Vista zurück. Auf der Terrasse saßen zwei Männer und rauchten Zigarren. Ein paar Kinder tollten noch draußen herum, aber die meisten Leute waren in ihren Bungalows und spielten Karten oder brachten ihre Kinder ins Bett. Ryan überlegte kurz, ob er noch bei Mr. Majestyk vorbeischauen sollte, ließ es aber bleiben. Er legte sich lieber ins Bett und las im *True*, seinem Herrenmagazin, einen Artikel über den »Verräter, dem Frankreich verziehen hat«, überflog »Das kurze, glückliche Leben der Flugmaschine von Kansas« und schaffte noch zur Hälfte »Stalins teure

Blütenträume – der gescheiterte Versuch, Dollars zu fälschen«, dann reichte es ihm. Er schlüpfte in seine Turnschuhe und verließ das Haus.

# 8

Er war gern allein – nicht die ganze Zeit, aber wenn er allein war, machte es ihm Spaß. Es machte ihm auch jetzt Spaß, als die Wellen in der Dunkelheit gegen das Ufer plätscherten. Dieses Ufer konnte jedes x-beliebige sein. Die dunklen Schemen der Häuser hinter den Bäumen konnten genausogut die Schatten von Bauernhütten sein. Dann gehörten die an den Bojen vertäuten Boote vietnamesischen Schmugglern. Angeblich hatten sie gefährliche Ladung an Bord – Granatwerfer und automatische Gewehre aus China – und er war allein auf Patrouillengang irgendwo nördlich von Chu Lai. Keine Frage, er mußte an Bord gehen, rausfinden, was sie hatten und die Position den eigenen Leuten fünf Meilen vor dem Ufer durchgeben. Komisch, daß so viele Menschen sich in der Dunkelheit fürchteten. Wenn man bedachte, was andere im Krieg alles machten... Die Taucher zum Beispiel oder die Typen von den Spezialtrupps, die mit ihrer M-16 durch den Dschungel schlichen, und wehe sie machten einen falschen Schritt – dann hatten sie einen *Fungi*-Speer zwischen den Schulterblättern. Und da sollte man *hier* Angst haben? Wenn man den Mut hatte, Leute auszuspionieren, die nur darauf warteten, einen umzubringen, dann war es wirklich nichts Besonderes, sich an Leute heranzuschleichen, die sich bei Dunkelheit fürchteten. Das war schon komisch, aber andererseits war es eine feine Sache, daß die Leute sich davor ängstigten.

Man gewöhnte sich daran, das war alles. Man nahm sich vor, seine Sache besonders gut zu machen und nie die Nerven zu verlieren. Das eignete man sich im Kopf an. Cool bleiben war alles. Nein, cooler als cool. Jeder hielt sich ja für cool. Aber man mußte Eiseskälte entwickeln. Der Profi mit Eiswasser in den Adern werden. Wie Cary Grant. Der schenkte seiner Tussi noch in den brenzligsten Situationen Champagner ein. Und blieb auch auf dem Hausdach ruhig, als der Typ mit dem Eisenhaken als Handprothese auf ihn losging. Keine Panik. Am tollsten war die Szene, wo der Typ mit dem Haken voran auf das Dach krachte, daß die Funken sprühten.

Cary Grant war ein meisterhafter Juwelendieb. Aber sie zeigten nie, was er mit den Juwelen anstellte. In Highland Park kannte er einen Armenier, der von Fernsehern über Klamotten bis hin zu Pelzen alles annahm. Aber was wäre, wenn man ihm eine Diamantenhalskette im Wert von hunderttausend Dollar brachte? »Schau mal, Harry, ich hab' da so 'ne Diamantenkette. Hunderttausend ist sie wert. Was gibst du mir dafür?« Sah man diesen Harry im Film?

Aber was spielte das für eine Rolle? Ohne Wagen und hundertfünfzig Meilen vom nächsten Pfandleihhaus, nützten ihm Koffer und Fernseher einen Dreck. Damit hatte er freilich sowieso nichts mehr am Hut.

Damals, als er mit Leon Woody, seinem farbigen Kumpel, zusammengearbeitet hatte, hatten sie sich zuerst immer an das Offensichtliche gehalten: Zeitungen vor der Haustür, tagsüber heruntergelassene Jalousien oder dunkle Räume am Abend, oder ungepflegter Rasen. Über die in Frage kommenden Häuser machten sie sich Notizen. Sie führten genau Buch darüber, welche Lichter wann angeschaltet wurden, und wenn zwei, drei Abende hintereinander dieselben Lampen brannten – eine oder zwei unten und eine oben zum Beispiel –, klingelten sie. Und wenn dann niemand aufmachte, brachen sie ein.

Leon Woody klingelte am liebsten am Nachmittag. Wenn jemand aufmachte – in der Regel war es die Hausfrau –, erzählte er, sie würden für wenig Geld alles

Mögliche erledigen, die Hauswand streichen oder Unkraut jäten, was eben anfiel. Die Frau lehnte fast immer ab. Leon Woodys nächste Frage war dann, ob die Nachbarn vielleicht Interesse hätten und ob sie überhaupt zu Hause wären. Manchmal erzählte die Frau ihnen tatsächlich, daß sie den Sommer in Florida verbringen würden. In dem Fall bekamen sie es auf einem goldenen Tablett präsentiert. Leon Woody schüttelte dann immer ganz traurig den Kopf und jammerte: »Wir ha'am aber auch'n Pech. Gerecht is das wirklich nich mehr.« Doch während er noch die Nummer vom unbedarften Nigger hinlegte, zwinkerte er Ryan schon mit einem fast unmerklichen Grinsen zu. Hatte die Hausfrau wider Erwarten doch Arbeit für sie, rief Leon Woody ganz überschwenglich: »Danke, Ma'am! Das is wirklich nett von Ihn'n. Aber jetz is es schon spät. Vielleich' komm'n wir am best'n mor'n früh.« Und kaum waren sie wieder weit genug weg, erklärte er Ryan: »Da kann sie warten, bis sie schwarz wird.«

Und wenn niemand sich meldete, parkten sie den Wagen vor dem Haus und klopften an der Hintertür. Machte immer noch niemand auf, stiegen sie einfach ein, in der Regel durch ein Kellerfenster. Als erstes suchten sie nach Koffern, um die Sachen auch transportieren zu können. Mit den Koffern voller Kleider, Pelzmäntel, Fernseher und Radios – oder was sie eben für lohnenswert hielten – verließen sie das Haus durch die Vordertür und warfen die Beute in den Wagen.

Bei ihren ED-Touren waren sie immer cool geblieben. Angst war normal, aber der andere durfte es nicht mitbekommen. Keiner sagte: »Komm, haun wir lieber ab.« Auch wenn man nichts wie weg wollte, man ließ es sich nicht anmerken. Es hatte ganz anders auszusehen, nämlich so – reingehen, nehmen, was einem gefällt, sich Zeit lassen. Einmal ließ Leon Woody Ryan allein arbeiten. In aller Seelenruhe las er währenddessen mit einem Drink in der Hand eine Zeitschrift. Das war so ziemlich das Coolste, bis eines Nachmittags ein Typ von der Reinigung daherkam. Ryan machte auf, nahm zwei Anzüge und einen Mantel entgegen, bedankte sich und stopfte die Sachen in den Koffer. Das mit dem Danken war genial. Einfach unschlagbar. Leon Woody schaffte es beinahe, als er einmal den Telefonhörer abnahm. Der Typ legte gleich los, wer er sei und wo zum Teufel seine Frau stecke. »Sie wartet im Bett auf mich, was meinen Sie denn, Mann?« entgegnete Leon Woody und legte auf. Ein paar Minuten gaben sie sich noch. Es reichte gerade. In dem Moment, in dem sie um die Ecke fuhren, parkten die Bullen vor dem Haus.

Einmal brachte Leon Woody einen Kasten mit Elektrowerkzeugen mit, den er irgendwo gestohlen hatte. Sie zapften die Stromleitung an und bohrten das Schloß auf. Ryan meinte, sie machten zuviel Lärm. Sicher, gab Leon Woody zu, aber so machten es nun einmal die Profis. Außerdem könne es nicht schaden, wenn man ein bißchen Abwechslung reinbrächte, dann würden sich nicht alle ihre ED-Touren gleich sehen. Er war ein wahnsinnig witziger Kerl, ein großer, dürrer Neger, der in der Highschool Basketball gespielt hatte und von mehreren Universitätsteams Angebote bekam, aber nirgendwo die Aufnahmeprüfung schaffte, nicht einmal bei den Sporthochschulen. Leon Woodys Problem war das Heroin. Fast immer war er high. Der Stoff kostete ihn fünfzehn, zwanzig Dollar täglich. Aber er war ein netter Kerl, und ihre Tour vom Sonntag hätte ihn garantiert angetörnt. Das war doch wirklich nicht ohne – reinspazieren, während fünfzig Leute draußen Hamburger schmatzten.

In der Dunkelheit waren Lichter zu sehen, Punkte eher, gerade mal so groß wie Stecknadelköpfe, und bestimmt so weit weg wie die Sterne. Aber was gingen sie ihn an?

Über sich sah er nun ein anderes, ein matt oranges Licht. Die Böschung war allmählich immer höher, immer steiler geworden. Über dem Sand türmte sich ein mit Gestrüpp überwachsener Abhang auf. Alle zweihundert Meter führten Holzstufen hinauf in die Dunkelheit.

Ryan starrte im Weiterlaufen nach oben. Zunehmend setzte sich eine Erkenntnis in ihm fest, wurde unumstößliche Gewißheit: er verschwendete hier nur seine Zeit. Er blieb stehen. Was sollte er denn machen? Raten, welche Treppe sie gemeint hatte? Und was weiter, wenn er sie fand? Sollte er raufgehen, anklopfen und beiläufig sagen: »Hallochen. Ich bin gerade zufällig vorbeigekommen.« So ein Blödsinn!

Nancy beobachtete ihn von oben. Sie hatte ihn vorbeilaufen sehen, hatte gesehen, wie er stehengeblieben war, zum Hang hinaufgeschaut hatte und dann wieder umgekehrt war. Sie trat ins orange Licht der Laterne. Für einen Moment wurden ihr schwarzer Pullover, ihre Shorts und Turnschuhe sichtbar. Im nächsten Augenblick hatte die Nacht sie schon wieder verschluckt. Sie huschte die Treppe zum Ufer hinunter.

Auf der letzten Stufe blieb sie stehen. Die Hand ließ sie auf dem Geländer liegen. Er starrte im Gehen weiter den steilen Hang hinauf und bemerkte sie erst, als er sie fast erreicht hatte. Er blieb stehen.

»Na so was, Jack Ryan«, sagte sie. »Wenn das keine Überraschung ist...«

Ryan trat näher heran. Sie rührte sich nicht vom Fleck und genoß die Situation sichtlich. Ihm war sofort klar, daß sie ihn erwartet hatte.

»Ich habe einen Spaziergang gemacht«, erklärte Ryan.

»Mmhmm.«

»Dachtest du etwa, ich hätte dich gesucht?«

»Mm-mm. Du hast einen Spaziergang gemacht.«

»Nur so, den Strand entlang, ohne Ziel eigentlich.«

»Das glaube ich dir gern«, erwiderte Nancy. »Was dagegen, wenn ich dich begleite?«

»Ich war schon auf dem Rückweg.«

»Hast du es denn so furchtbar eilig?«

Beim Gehen fühlte er sich wohler, es lenkte ihn ab. Andererseits beobachtete er sich ständig selbst, weil er sie neben sich wußte. Zunächst redeten sie nicht viel miteinander. Lediglich Nancy tastete sich mit ein paar Fragen über das Wanderarbeitscamp, Camacho und die Gurkenernte an ihn heran. Seine Antworten fielen einsilbig aus. Das Camp war okay. Wegen Camacho machte er sich keine Sorgen. Das Gurkenpflücken war eine verdammt harte Arbeit.

Sie machten eine Zigarettenpause. Als er ihr die Zigarette anzündete, spürte er ihr Haar an der Hand und bekam in der Streichholzflamme kurz ihr Gesicht zu sehen. Wirklich, ein hübsches Mädchen. Die typische reiche Tochter aus den Filmen.

»Du erinnerst mich an ein Mädchen aus einem Film«, meinte Ryan.

»Wie heißt sie?«

»Der Name fällt mir jetzt nicht ein.«

»Was für ein Typ?«

»Wie du. Langes dunkles Haar.«

»Ist sie sexy?«

»Ich denke schon.«

»Und in welchem Film?«

»Der Titel fällt mir gerade nicht ein.«

»Wahrscheinlich hab' ich ihn sowieso nicht gesehen. Ich geh' nicht oft ins Kino.«

Schweigend gingen sie weiter. Schließlich wollte Ryan wissen: »Siehst du eigentlich fern?«

»Kaum. Und du?«

»Wenn was Gutes kommt.«

»Das wäre?«

»Ein Kriegsfilm zum Beispiel, oder ein Agententhriller.«

»Wow, so ein Drama, wo sie auf echt machen!«

»Echt müssen sie gar nicht sein. Hauptsache, sie sind spannend.«

»Ich finde sie langweilig.«

»Was macht dir denn dann Spaß?«

»Ich will was *tun.*« Sie sah auf zu ihm. Das Haar fiel ihr schon wieder über die Augen. »Und zwar nicht irgendwas, sondern es soll einen Eindruck hinterlassen, daß man sich daran erinnert.«

»Das wäre?«

»Ich weiß nicht. Eine Kugel vielleicht. Das wär' doch was.«

»Du willst auf Leute schießen?«

»Auf Sachen. Und den Krach hören.«

»Wie wär's dann mit Dynamit?«

»Super. Dynamit würde mir wahnsinnig Spaß machen.«

»Aber dazu mußt du den Sprengstoff verkabeln, du brauchst einen Zünder – wäre eine Handgranate da nicht besser?«

»Ooooo ja! Eine Handgranate! Genau! Du ziehst die Schnur und schleuderst das Ding so weit wie möglich.«

»Oder du schießt sie mit einem Katapult ab. Wär' das nichts?«

»Ich würde sie lieber schleudern. Alles andere dauert mir zu lange.«

»Von mir aus, aber worauf willst du sie werfen?«

»Das muß ich mir noch überlegen«, entgegnete Nancy. »Auf eine Veranda vielleicht, oder durch ein Fenster. Was hältst du davon?«

»Mir hat einer erzählt, daß die Japsen im Zweiten Weltkrieg Geishas zu unseren Leuten geschickt haben. Die waren ganz nackt und hatten unter die Achseln Granaten geklemmt. Und wenn unsere Soldaten Hände hoch! geschrien hätten, dann hätte es Wumm gemacht.«

»Und das glaubst du?«

»Der, der's mir erzählt hat, war dabei.«
»Ich glaube es trotzdem nicht.«
»Warum nicht?«
»Wozu sollten sie hingehen? Sie brauchten sie ja bloß zu werfen.«
»Weil sie den Befehl hatten. Das waren eben Geishas.«
»Und wozu sollten sie nackt sein? Ich glaube eher, dein Kumpel hat dir einen Bären aufgebunden.«
»Er ist nicht mein Kumpel. Ich kenne ihn nur zufällig.«
»Wetten, daß er nicht mal dabei war!« rief Nancy.
»Das ist mir auch egal«, brummte Ryan. »Vielleicht war es so, vielleicht nicht. Was geht's mich an?«
Nancy war stehengeblieben und starrte die Böschung hinauf. »Was hältst du von Steinen?« rief sie. »Wir könnten Steine werfen und so tun, als wären es Handgranaten.«
»Wozu das?« Ryan war ebenfalls stehengeblieben.
»Sie eben werfen.«
»Du willst mit Steinen werfen?«
»Komm schon, wir suchen welche!«
Die war wirklich übergeschnappt. Steine sollten sie suchen! In der Dunkelheit rumkriechen und Steine suchen! So etwas Dämliches. Trotzdem fühlte er sich toll. »Willst du kleine oder große?«
»Nicht ganz so groß wie meine Faust vielleicht«, sagte Nancy. »Zu schwer sollten sie nicht sein.«
»Stimmt«, meinte Ryan. »Sonst fliegen sie nicht. Wie viele brauchst du?«
»Nur ein paar. Aber mit denen machen wir was!«
Die war ja total übergeschnappt. Sie sammelten ihre Steine und liefen damit die erste beste Treppe hinauf. Sie führte zu einem in vollkommener Dunkelheit daliegendes Haus.
»Sind wahrscheinlich alle im Club«, flüsterte Nancy ins Ohr von Ryan.

»Kennst du sie?«

»Nein, aber hier gehen sie ja alle in den Club.«

»Und du willst einen Stein gegen das Haus werfen?«

»Mmhmm. Mitten durch das große Wohnzimmerfenster.«

»Warum ausgerechnet dieses Haus? Du kennst die Leute ja gar nicht...«

»Ganz einfach, weil es dasteht«, sagte Nancy.

»Vielleicht sind sie schon im Bett?«

»Macht das etwa einen Unterschied?«

Das Mädchen wollte schon auf das Haus zustürmen. Ryan hielt sie am Arm fest.

»Moment noch. Was machst du, nachdem du geworfen hast?«

»Keine Ahnung. Wegrennen. Was sonst?«

»Und wohin? Man muß schon wissen, wohin man rennt. Ohne Plan ist das ganz schlecht.«

»Wir laufen einfach am Haus vorbei.«

»Wohin?«

»Mach dir deswegen keine Sorgen. Bleib einfach bei mir, Jackie.«

Jackie. O Mann. Langsam fragte er sich, was er hier verloren hatte. Aber Nancy rannte schon in geduckter Haltung auf das Haus zu. Was blieb ihm da anderes übrig, als es ihr nachzumachen? Dämlich war es trotzdem. Sie hatten überhaupt keinen Grund, den Kopf einzuziehen. Man ging hin, man ging wieder weg. Dadurch, daß man den Kopf einzog, wurde es um keinen Deut besser. Machte es einen etwa unsichtbar?

Nancy blieb knapp zehn Meter vor dem großen Fenster stehen, dessen Scheibe allein garantiert dreihundert Dollar kostete. Sie holte aus. Dabei stellte sie sich an wie ein Rechtshänder mit der linken Hand. Der Stein landete kurz vor dem Haus in den Büschen. »Scheiße!« Es war laut und deutlich zu vernehmen. Sie machte ein paar Schritte näher an das Haus heran. Beim zweiten Versuch lehnte sie sich seitlich etwas zurück und warf aus der Drehung. Das Fenster explodierte mit einem gewaltigen Knall.

Von einem Augenblick zum anderen war Nancy in der Nacht verschwunden. Sie mußte links um das Haus herumgelaufen sein. Ryan holte aus wie beim Baseball. Den Stein hielt er nicht höher als die Schulter. Was zum Teufel machst du da bloß? fuhr es ihm in den Kopf. Ohne hinzusehen, schleuderte er den Stein blitzschnell aus dem Gelenk los. Er war schon in Nancys Richtung davongestoben, noch bevor er ihn irgendwo im Haus aufschlagen hörte.

»Hier bin ich«, zischelte es ihm von den Kiefern am Straßenrand entgegen.

Sie rang nach Atem. Ihre Schultern hoben und senkten sich. »Hast du es gehört?« keuchte sie, sobald Ryan sie erreichte.

»Ob ich es gehört habe? Das war bis Geneva zu hören!«

»Wow! Besser geht's mit einer Handgranate auch nicht.«

»Du wirfst ja wie ein Mädchen!«

»Sind irgendwo die Lichter angegangen?« Sie spähte durch die Zweige. Langsam wurde sie wieder ruhiger.

»Ich seh' keine. Wahrscheinlich sind sie wirklich im Club.«

»Weißt du was?« rief sie. »Wir machen dasselbe noch mal. Aber jetzt, wo die Leute daheim sind.«

»Das törnt dich an, was?«

»Mal sehn, wie sie reagieren.«

»Du willst einfach rumstehen und zuschauen?«

»Auf alle Fälle will ich nicht dumm rumquatschen. Erst müssen wir das richtige Haus finden. Los, komm schon!«

The Pointe war ein großzügig zwischen Wald und Seeufer gebautes Dorf. Die großen Häuser standen weit auseinander und wurden von hohen Ulmen von der Strandstraße abgeschirmt. Näher beim Wald standen die kleineren, aber nicht minder teuren Villen in gewundenen Gassen zwischen Kiefern und Birken. Mit so vielen Häusern hatte Ryan gar nicht gerechnet. Sie waren nur dunkle Schatten hinter den Bäumen, doch drang genügend Licht aus den Fenstern, so daß man den gepflegten Rasen und dahinter die eigens umzäunten Terrassen erkennen konnte. Hie und da sah Ryan Chrom aufblitzen, aber die Wagen standen alle still. Kein Scheinwerfer kroch die Auffahrten hinunter oder schoß auf sie zu. Nach dem gewaltigen Getöse von vorhin kam ihm die Stille jetzt geradezu unnatürlich vor.

Eine Ulmenallee führte sie zu den nächsten Lichtern. Nancy ging voran. Unvermittelt überquerte sie die Straße und huschte durch eine Kiefernpflanzung. Der Blick auf ein einstöckiges, gut hundertjähriges Ziegelhaus wurde frei.

»Gefällt es dir?« wollte Ryan wissen.

»Ich weiß nicht. Die Lichter sind an, aber ich seh' keine Leute.«

»Sie sind sicher hinten in der Küche. Trinken vor dem Schlafengehen noch ein Glas Milch.«

»Verpassen wir der Bude trotzdem einen. Zum Üben.«

Sagte es und rannte auch schon los. Fünf Meter vor dem Vordereingang blieb sie stehen. Diesmal warf sie mit links. Er war ihr gefolgt und schleuderte aus dem Lauf. Sein Fenster explodierte eine halbe Sekunde nach dem ihren. Es klang fast wie ein einziges Geräusch. Sie verschwanden beide hinter den Bäumen am Grundstücksrand und rannten zur Straße zurück, wo die Ulmen genügend Schutz boten.

»Schau«, raunte Ryan. »Da kommt einer zur Vordertür raus.«

Ein Mann stand im Licht der Außenlampe. Langsam ging er den Weg hinunter und spähte in die Dunkelheit. Dann besah er sich den Schaden an den Fenstern. Hinter einer der zerborstenen Scheiben konnten sie einen Schatten ausmachen, seine Frau.

»Sie sagt ihm, er soll ins Haus zurückgehen«, meinte Ryan. »Komm rein, sagt sie. Wer weiß, wer sich da in der Dunkelheit rumtreibt.«

»Feiglinge«, flüsterte Nancy. »Schade, daß wir so weit weg sind. Ich wüßte nur zu gern, was sie miteinander reden.«

»Jetzt geht er rein und ruft die Bullen.«

»Meinst du wirklich?«

»Was würdest du denn tun?«

»Dasselbe wahrscheinlich, ja. Hey, wollen wir nicht warten, bis das Polizeiauto kommt? Und dann... Tschak, tschak!«

»Wollen wir nicht lieber ein Bier trinken gehen?«

»Wir müssen näher ran«, zischelte Nancy. »Los, komm schon.«

Sie huschte schon wieder durch den Schatten der Bäume. Ryan folgte ihr. Er achtete mehr auf ihre Beine als auf den Boden. Als sie stehenblieb, tat er es ihr gleich und legte die Hand um ihre Schulter. Unter den Fingern fühlte er ihr Schlüsselbein, das ihm sonderbar zerbrechlich vorkam. Sie roch gut. Parfüm war das nicht, sondern wahrscheinlich ihre Seife. Sie roch sauber.

»Das da ist es«, flüsterte Nancy. »Toll.«

Sein Blick folgte dem ihren. Auf der anderen Straßenseite erhob sich hinter einem weitläufigen Rasen ein modernes Flachdachhaus über dem Strauchwerk. Es wurde von einem zartrosa Scheinwerfer angestrahlt. Hinter sämtlichen Fenstern war mattes Licht zu erkennen. Auch die umzäunte Terrasse, die sich im Schatten von Birken längs der gesamten rechten Seite erstreckte, war beleuchtet.

»Die haben eine kleine, intime Party«, meinte Nancy. »Sitzen nach dem Dinner noch zusammen.

Ryan zählte fünf Leute auf der Terrasse. Drei davon

Frauen. Ein Mann kam aus dem Haus. In jeder Hand hatte er ein Glas.

»Ohne die Drinks würden die gleich einpennen«, sagte Nancy.

»Schnarchsäcke«, meinte Ryan.

Scheinwerfer huschten über die Bäume. Dicht an ihnen raste ein Wagen vorbei, ein Streifenwagen der Polizei von Geneva Beach. Alsbald sahen sie die Rücklichter ausgehen. Die Standlichter wurden eingeschaltet.

»In zehn Minuten schleichen sie hier rum«, sagte Ryan.

»Wie wollen die je einen finden, wenn sie so lange rummachen.«

»Bürokratie, was hast du denn gedacht?«

»Klugscheißer.«

»Wer?«

»Hör zu, du gehst jetzt um das Haus herum und zerschmeißt das Küchenfenster!« rief Nancy.

»Und du?«

»Kapierst du's nicht?«

»Du bleibst unter den Bäumen und siehst, was sie machen.«

»Kluges Kerlchen.«

»Wir haben nicht mehr als fünf Minuten.«

»Mehr brauchen wir auch nicht.«

»Moment noch«, sagte Ryan. »Ich habe keine Steine mehr.«

Nancy reichte ihm einen. »Wenn du versprichst, ihn gut zu verwenden.«

Ryan lief los. Er sah die zwei roten Punkte auf der Straße leuchten. Wo er war, stand das Haus im Schutz von Büschen und einer hohen Hecke. In ihrem Schatten lief er bis zur Rückfassade und dort über den Küchenhof zur Garage. Die erleuchteten Küchen- und Eßzimmerfenster erleichterten ihm die Orientierung. Sollte er jemals wieder Leon Woody über den Weg laufen, vorausgesetzt, Leon Woody wurde aus dem Milan entlassen, würde er sagen: »Hey Mann, ich hab' da was ganz Neues aufgetan.« Und Leon Woody würde fragen: »Na, sag schon, Mann.« – »Fenster einschlagen, Mann. Du schleichst in der Nacht rum und schmeißt Fenster ein.« Und Leon Woody würde sagen: »Fenster einschmeißen? Mmhmm. Yeah, klingt ganz gut, Mann.« – »Menschenskinder«, stöhnte Ryan, und bevor er zum Weiterdenken kam, schleuderte er den Stein gegen das Fenster.

Er trat in den Schatten der Garage zurück und beobachtete das Weitere. Ein Mann kam in die Küche und sah sich um. Er wußte ja nicht, wonach er schauen mußte. Nun zeigten sich auch die anderen hinter ihm. Ryan machte sich davon. Im Schutz der Birken huschte er zur Terrassenfront. Dort mußte sich ja irgendwo das Mädchen versteckt halten. Er konnte ihren Schatten jedoch nirgendwo unter den Bäumen ausmachen.

Sie stand auf der verlassenen Terrasse – hatte eine Flasche und zwei Gläser in der Hand und bückte sich noch nach etwas anderem. Mit den Gläsern in der einen Hand, einem Eimer voller Eiswürfel in der anderen und der Flasche unter dem Arm stieß sie die Schwingtür auf und lief auf Ryan zu. »Verstehst du, Leon, du zerschmeißt nicht einfach die Fenster, du zerschmeißt sie, gehst rein und nimmst eine Flasche Whisky und Eis mit.« Dazu würde Leon Woody sagen: »Mmhmm, klar, Mann. Das Eis brauchst du unbedingt.«

# 9

»Ich mag aufgesprungene Lippen.«

»Das kommt von der Sonne«, meinte Ryan. »Ich war den ganzen Tag im Freien.«

»So macht es mehr Spaß. Mit der Zunge küssen und sich begrabschen finde ich langweilig.«

»Tja, es gibt Leute, die meinen, so kommt man schneller zur Sache.«

»Welcher Sache?« Nancy lag neben ihm im Sand. Sie kuschelte sich fester an ihn und fuhr mit den Lippen über sein Gesicht. Sanft biß sie ihn auf die Unterlippe.

»Ich begleite dich«, sagte Ryan.

»Den ganzen Weg?«

Er ließ sich Zeit mit der Antwort. Nur nichts überstürzen, auch wenn es ihm schwerfiel. Sie sollte sich nicht einbilden, daß sie ihn um den Finger wickeln konnte. »Willst du noch einen Drink?« fragte er. Nancy schüttelte den Kopf. Er richtete sich auf und tauchte eine Hand in den Eiseimer. »Wasser«, sagte er. »Wie wär's mit Bourbon mit kaltem Wasser?«

»Ich dachte, ich hätte Scotch mitgenommen.«

»Du hast es ganz gut so gemacht.«

»Danke.«

»Wie du von der Veranda spaziert bist, das war schon Klasse. Ich habe einen Freund, den hätte das mächtig beeindruckt.«

»Einer, mit dem du mal zusammengearbeitet hast?«

»Wir haben Teppiche gereinigt.«

»Ich meine die andere Sache. Deine ED-Touren. Das gefällt mir irgendwie. Klingt total lustig. Weil es so kurz ist, einfach zwei läppische Buchstaben, verstehst du?«

»Holen wir uns doch bei dir im Haus noch etwas Eis.« Sie waren am Ufer unten, nicht weit von der orangefarbenen Laterne. Ihr matter Lichtschein sah aus wie ein Punkt im Nachthimmel.

»Ich hätte auf was anderes Lust«, meinte Nancy.

»Was denn?«

»Cold Duck. Aber das haben wir nicht im Haus.« Sie richtete sich nun ebenfalls auf. »Aber ich weiß, wo es welchen gibt. Komm mit.« Damit sprang sie auf.

Ryan hob den Eimer, die Flasche und die Gläser auf und folgte ihr. Ihm war bereits klar, daß er ihr nicht nur folgte, sondern ihr sogar nachrannte. Sie war stehengeblieben und schaute auf den See hinaus. Das Wasser war noch dunkler als der grauschwarze Himmel.

»Da ist es«, verkündete Nancy.

»Ich sehe nichts.«

»Das Boot.«

Jetzt konnte er etwa fünfzig Meter weiter draußen die weißen Schemen eines Kajütbootes ausmachen. Es lag genau gegenüber dem orangefarbenen Licht auf dem Steilabhang oben.

»Das gehört Ray?«

»Eigentlich hätte es jemand vom Club abholen sollen«, erklärte Nancy. »Aber sag mal, was willst du denn noch mit dem Zeug?«

»Was soll ich damit machen?«

»Laß es einfach liegen.«

»Und wenn es direkt vor deinem Haus gefunden wird?«

»Ja und?«

»Ich vergrab' es lieber.«

Am Fuße des Abhangs buddelte er ein Loch in den Sand, legte den Eimer mit der Flasche und den Gläsern hinein und schaufelte wieder Sand darüber. Als er ans Wasser zurückkam, war Nancy nirgends zu sehen. Nur ihre Kleider lagen auf einem Haufen.

Er zog sich das Hemd und die Hosen aus und legte beides säuberlich neben Nancys achtlos hingeworfene Sachen. Er gab sich nicht damit ab, die Zehen zuerst ins

Wasser zu tauchen und sich allmählich abzukühlen, sondern stürmte sogleich hinein. Das Wasser war nicht sonderlich tief, auf halbem Weg zum Boot reichte es ihm gerade erst bis zur Hüfte. Aber kalt war es, wenn die Sonne nicht schien! Besser er tauchte unter, dann gewöhnte er sich schneller daran. Er kam wieder hoch und erreichte mit einigen kräftigen Zügen das Boot. An der Reling zog er sich hoch und landete auf dem Achterdeck.

»Wo bist du?«

»Hier drinnen.«

Ihre Stimme kam von einer offenen Luke. Er stieg drei Stufen hinunter und befand sich in einem schmalen Gang, der zu einer Kajüte und zur Küche führte. Sie stand im Licht am anderen Ende und öffnete eine Flasche, die aussah wie eine Champagnerflasche. Das nasse Haar klebte ihr am Gesicht. Sie trug einen eng an ihren Schenkeln anliegenden schwarz gerippten Pullover mit V-Ausschnitt.

»Toll«, sagte Ryan.

»Mein Partykleid.« Sie sah ihm direkt in die Augen.

»Ich habe das Boot gemeint«, erklärte Ryan. Sehr gut. Sie sollte sich nur nichts einbilden. Mit ihrer Figur wollte sie ihn ja nur aufreizen. Aber da konnte sie lange warten, wenn sie meinte, er würde es gleich bei ihr probieren. Mit sich spielen ließ er nicht, und aus der Hand fraß er ihr auch nicht. Lästig war nur, daß die nasse Unterhose ihm kalt am Leib klebte.

»Im Bad ist ein Handtuch.«

Er frottierte sich vor ihren Augen. Jetzt erst fielen ihm die polierten Messinglampen auf. Hinter dem Kühlschrank und der blitzblanken Stahlspüle entdeckte er eine zweite Kajüte. Edel war kein Ausdruck: poliertes Naturholz, Messing und ein an die Wand gedübelter Tisch. Wirklich gemütlich. Da brauchte man gar keinen Champagner – oder Cold Duck. Er konnte das Etikett jetzt lesen, da Nancy zwei Gläser füllte.

Von unten kam ein Knirschen. Das Boot zerrte am Anker, und die Wellen schwappten gegen den Bug. So ein Ding war Klasse. Man konnte fahren, wohin man wollte. Er setzte sich an den Tisch.

»Wieviel kostet so ein Boot?«

»Ungefähr fünfundzwanzig.«

»Fünfundzwanzig was?«

»Tausend.« Sie musterte ihn.

»Was hältst du von einer Kreuzfahrt? Nach Nassau zum Beispiel.«

»Da war ich schon«, meinte Nancy.

»Auf einem Boot wie dem da?«

»Nein, auf einer Segeljacht. Mit der Besatzung zusammen waren wir acht Leute. Alles Freunde von meiner Mutter.«

»Hast du dort auch geschlafen?«

»Die meiste Zeit sogar.«

»Das wär' doch mal was!« schwärmte Ryan.

»Mmhmm. Du sitzt die ganze Zeit dumm herum, während die anderen sich bekiffen. Um spätestens fünf drehen sie total durch.«

»Warst du mit deinen Eltern dort?«

»Ich war zwischen lauter Onkeln. Meine Mutter hat ständig gesagt: ›Liebling, geh doch mal ein bißchen nach unten. Du brauchst doch noch Schlaf.‹ Oder: ›Die Muscheln sind doch so interessant hier. Hast du keine Lust, nach welchen zu tauchen?‹ Eigentlich hätte sie am liebsten gesagt, schneid dir doch die Pulsadern auf. Alles war ja so wahnsinnig interessant. ›Der Junge da sieht doch wirklich interessant aus. Mit dem solltest du dich unbedingt unterhalten. Geh am besten gleich rüber. Ihr seid ja ungefähr gleich alt.‹«

»Wie alt warst du damals?«

»Vierzehn.«

»Wie kommst du jetzt mit ihr aus?«

»Wir sehen uns nie.«

»Weiß sie, was du machst...? Ich meine, daß du hier bist und so?«

»Hast du deiner Mutter von deinen Diebstählen erzählt?«

»Damit habe ich ja aufgehört!« rief Ryan.

»Ich meine damals, als du deine ED-Touren gemacht hast. Hast du es ihr damals erzählt?«

»Nein.«

»Ich habe meiner Mom schon erzählt, daß ich bei Ray Ritchie eingezogen bin«, verkündete Nancy. »Aber so was läßt sie nicht ran an sich. Für sie muß alles sein, wie es sich gehööört.« Beim letzten Wort schürzte Nancy verächtlich die Lippen.

»Was hattest du denn erwartet?«

»Ich erwarte überhaupt nichts von ihr. Sie existiert nur an der Oberfläche.« Nancy zerknüllte eine Zigarettenschachtel. »Scheiße, wir haben keine mehr.«

»Wie meinst du das, sie existiert nur an der Oberfläche?«

Nancy sah ihn nachdenklich an. Zusammengekauert saß sie in ihrem übergroßen Pullover auf der Küchenbank. »Sie spielt sich als die vollkommene Frau auf. Nach außen hin ist sie das ja auch. Sie führt ein vollkommen normales Leben. Aber hinter der vollkommenen Frau versteckt sich eine ganz andere. Und die ist genauso kaputt wie der ganze Rest der Welt. Drei kaputte Ehen sind der beste Beweis.«

»Sie steckt also hinter einer Fassade?« fragte Ryan.

»Zugeben wird sie das nie. Aber es stimmt. Das Schöne ist, du kannst sie immer ein Stückchen rauslokken. Manchmal steckt sie sogar den Kopf heraus, aber weiter habe ich sie nie gebracht.«

»Das kapiere ich nicht«, meinte Ryan.

»Ist ja auch egal. Haben wir wirklich keine Zigaretten mehr?« Sie trank ihren Cold Duck aus und schenkte beide Gläser gleich wieder voll. »Schmeckt er dir?«

»Nicht schlecht.«

»Aber du hättest lieber Bier und Whisky.«

»Eins von beiden.«

»Der liebe gute Ray trinkt nichts außer Bier. Und Bob junior steht nur auf Martini.«

Ryan beugte sich weiter über den Tisch. »Darf ich dich mal was fragen?«

»Du willst wissen, was ich hier mache, oder?«

»So was in der Richtung.«

»Ich lass' mich wohl einfach treiben«, erklärte Nancy. »Bis ich irgendwann die große Nummer finde. Aber das tun ja alle anderen auch.«

»Aber was willst du mit Ray Ritchie? Der ist doch zwanzig Jahre älter als du.«

»Fünfundzwanzig, mein Junge.«

»Von mir aus. Aber warum?«

»Warum stiehlst du?«

»Ich hab' dir doch gesagt, daß ich damit aufgehört habe.«

»Hast du auch Geld gestohlen?«

Ryan zögerte. »Manchmal, wenn welches herumlag.«

»Was war dein Rekord?«

»Siebenundachtzig Bucks.«

Nancy schaute auf ihr Glas. Bedächtig drehte sie seinen Stiel zwischen den Fingern hin und her. »Was wäre, wenn mal fünfzigtausend Bucks herumlägen?« Sie sah zu Ryan auf. »So zwischen fünfzig und fünfundfünfzigtausend. Hättest du den Mumm, das Geld mitzunehmen?«

Ryan lehnte sich entspannt zurück. Von unten hörte er wieder das gedämpfte Knarzen. Er sah ihr unentwegt in die Augen und wartete. Wozu sollte er ein Witzchen reißen oder fragen, ob das ihr Ernst war? Es lag an ihr, das Schweigen zu brechen. Kaum hatte sie ihre letzte Frage gestellt, war ihm der Zweck von all dem hier klargeworden – warum er hier war und warum sie hier war.

»Wenn du lieber nicht darüber sprechen willst...«, setzte Nancy an.

»Wem gehören die fünfzigtausend? Ray?«

»Mmhmm.«

»Wo?«

»In seiner Jagdhütte.«

»Er läßt fünfzigtausend einfach in seiner Jagdhütte herumliegen?«

»Nur eine Nacht lang. Bevor er die Wanderarbeiter auszahlt. Rechne dreihundertfünfzig Arbeiter mal hundertfünfzig Dollar. Das ist doch so ungefähr der Schnitt?«

»In etwa, ja.«

»Insgesamt sind es zweiundfünfzigtausendfünfhundert. Keine Schecks. Bargeld. Und zwar in Umschlägen. Dreihundertfünfzig Lohntüten in zwei Pappkartons.«

»Woher weißt du das?«

»Vom letzten Jahr. Und diesen Frühling haben sie ja auch was gekriegt. Fürs Säen oder was sie auch immer gemacht haben.«

»Und Ray bewahrt das Geld auf? Wie kommt es hierher?«

»Ich weiß nicht genau. Letztes Jahr waren wir im Haus. Ein Polizeiauto ist vorgefahren, und Bob junior ist mit den Kartons ausgestiegen und hat sie in der Hütte abgeliefert.«

»Und das Geld ist dann schon in den Umschlägen?«

»Mmhmm. Am Tag drauf sitzt Bob junior am Tisch, und sie stehen Schlange und dürfen ihr Geld einzeln abholen.«

»Woher weißt du, daß sie das Geld immer schon einen Tag vorher bringen?«

»Von Bob junior.«

»Hast du ihn gefragt?«

»Das war so im Gespräch. Er hat mir erzählt, daß sie es immer so machen.«

»Und sie lassen das Geld einfach so liegen, ohne daß einer darauf aufpaßt?«

»Das auch nicht gerade.« Nancy machte eine Kunstpause. »Bob junior sagt, daß er dann immer die Nacht dort verbringt. Ob im selben Zimmer wie das Geld, das weiß ich nicht. Aber irgendwo in der Jagdhütte.«

»Und wie sollen wir es uns holen, wenn er direkt auf den Kartons hockt?«

Nancy zuckte mit den Schultern. »Keine Ahnung. Vielleicht wartest du, bis er aufs Klo muß.«

»Und rein müßten wir auch irgendwie«, meinte Ryan. »Wenn man nur eine Minute Zeit hat, kann man sich nicht mit verschlossenen Türen und Fenstern abgeben.«

»Und wenn man einen Tag vorher reingeht und alles vorbereitet?«

Ryan trank sein Glas leer. »Bist du sicher, daß wir keine Zigaretten haben?«

»Ich hab' schon gesucht.«

»Seit wann überlegst du dir das mit dem Geld?«

»Es ist mir erst am Sonntag gekommen, als ich dich gesehen habe.«

»Weil du *mich* gesehen hast?«

»Tu doch nicht so bescheiden. Es ist dein Fach.«

»Fünfzigtausend sind kein Fernseher.«

»Sie sind nicht so schwer. Du solltest es mal von der praktischen Seite sehen.«

»Ich meine was anderes«, sagte Ryan. »Was willst du mit dem Geld? Du hast doch alles, was du brauchst.«

»Und genug, das ich nicht brauche.« Nancy beugte sich vor, wobei sie sich wieder das Haar in das Gesicht fallen ließ. »Halten wir uns nicht mit dem Warum auf, einverstanden?«

»Um auf die fünfzigtausend zurückzukommen«, sagte Ryan, »hast du vor, sie zu teilen?«

»Aber klar doch. Ich bin nicht geldgierig.«

»Und wenn ich mit dem ganzen Geld abhaue?«

»Dann weißt du aber, daß ich es weiß, und du kommst erst im Gefängnis wieder zum Schlafen.«

»Was machen wir, wenn wir das Geld haben? Wie kommen wir hier weg?«

»Gar nicht«, sagte Nancy. »Wir verstecken es.«

»Wo?«

»Im Ferienhaus.«

»Jetzt aber im Ernst.«

»Wirklich. Ein besseres Versteck gibt es nicht. Genau vor Rays Nase. Du bleibst in Geneva Beach, bis Ray das Haus für den Winter dichtmacht, dann brichst du ein und holst es. Ich bleibe noch zwei Wochen mit ihm in Detroit zusammen, dann gibt es einen Krach, und ich lasse ihn sitzen.«

»Okay, wir treffen uns in Detroit. Was dann?«

Nancy zog lächelnd die Schultern hoch. »Keine Ahnung. Was hast du vor?«

»Ich würde wahrscheinlich noch ein Weilchen hierbleiben wollen.«

»Oder willst du segeln gehen? So wie ich dir vorhin erzählt habe?«

»Ich könnte mir ein eigenes Boot besorgen.«

»Und einen Wagen und neue Klamotten. Was du willst.«

Ryan nickte nachdenklich. »Ja, so ziemlich alles. Und du? Was willst du?«

Nancy nippte erst einmal an ihrem Cold Duck. »Willst du's wirklich wissen?«

»Sonst hätte ich nicht gefragt.«

»Ich geh' vielleicht nach Hollywood. Die fünfundzwanzigtausend sind ein gutes Startkapital.«

»Ist das dein Ernst?«

»Warum nicht. Ich angle mir einen Produzenten. Er muß nur nett sein und stinkreich.«

»Einfach so?«

»Was meinst du, was für eine Show ich vor denen abziehe. Vier Minuten, und die fressen mir aus der Hand.«

»Für eine Rolle würdest du mit so einem ins Bett gehen?«

Sie hob die Schultern. »Warum nicht?«

»Kannst du denn schauspielen?«

»Da zieh' ich eben auch eine Show ab. In dem Geschäft geht's doch um nichts anderes.«

»Und daß wir zusammenbleiben könnten, hast du nicht vor?«

Nancy hob erneut die Schultern. »Ich weiß nicht. Im Augenblick brauche ich keinen Liebhaber, Jackie. Ich brauche einen Mann für E und D.«

Schon wieder »Jackie«. Er schwieg.

»Und das Geld will ich«, fuhr Nancy fort. »Wenn du unbedingt einen Grund haben willst, bitte schön: Ich finde, Ray ist mir was schuldig. Man kann es aus tausend anderen Gründen tun. Ich bin nicht dein Gewissen.«

»Okay. Ich werde es mir also überlegen.«

»Wenn du spontan nichts dazu sagen kannst...«

»Du hast ein paar Tage Zeit zum Nachdenken gehabt, ich nicht.«

»Es ist doch ganz einfach!« rief Nancy. »Entweder du willst es, oder du willst es nicht.«

»Zuallererst muß ich mir das Haus anschauen«, meinte Ryan. »Dann sage ich dir Bescheid.«

»Morgen ist Mittwoch. Am Freitag bringen sie das Geld. Viel Zeit bleibt dir nicht.«

»Vielleicht kann ich mir von dem Typen, bei dem ich arbeite, das Auto leihen. Ich brauche ihm ja bloß zu sagen, daß ich was in der Stadt erledigen muß.«

»Du hättest das meine haben können«, meinte Nancy, »aber dieser Schleimscheißer von Ray hat mir den Schlüssel weggenommen.«

Ryan nickte. »Davon hab' ich gehört.« Ihm lag schon eine Frage nach den zwei Jungen, die sie von der Straße geschoben hatte, auf der Zunge, statt dessen sagte er nur: »Ich kann es dir kurzschließen, wenn du willst.«

»Ohne Schlüssel?«

»Ich brauche nur einen Draht, mehr nicht.«

Von einem Freund, Bud Long, hatte Ryan gelernt, wie man ein Auto klaute: Erst wurde die Zündung kurzgeschlossen, und dann mit einem Draht der Anlasser betätigt. Dabei mußte man nur darauf achten, daß man die richtige Polung bei der Zündspule traf, sonst brannten unter Umständen die Sicherungen durch. Bud Long arbeitete für einen Geldverleiher in Livernois am Stadtrand von Detroit. Gebrauchtwarenhandlung reihte sich dort an Gebrauchtwarenhandlung. So verstand es sich von selbst, daß die Firma fast ausschließlich mit Autokäufern Geschäfte machte. Geriet ein Kunde in Zahlungsrückstand und kam der Zahlungsaufforderung nicht nach, wurde Bud Long in der Nacht losgeschickt, um den Wagen zu konfiszieren. Dazu schloß er ihn einfach kurz. Wenn sie nichts besseres zu tun hatten, begleiteten ihn hin und wieder Ryan und noch ein, zwei andere Kumpel. Bud Long ließ sie dann den Wagen kurzschließen. Zweimal wurden sie jedoch gesehen. Sie mußten den Wagen mit offener Motorhaube und heraushängendem Draht stehen lassen und die Beine in die Hand nehmen. Bud Longs Auto stand nur einen Block weiter. Einmal bekamen sie eine Ladung Schrot aus einer 16-kalibrigen Flinte ins Heck gejagt, aber sie wurden nicht erwischt. (Bud Long erklärte, der Typ habe sich garantiert das Geld für die Flinte auch zusammengepumpt.)

Diese nächtlichen Touren mit Bud Long waren eine feine Sache. Sie waren legal, oder kamen ihnen zumindest so vor, und Bud wußte, was er tat. Doch dann fingen die anderen zwei damit an, allein Wagen kurzzuschließen, wenn sie irgendwohin wollten. Daß er sich da mit hineinziehen ließ, war eine Dummheit. Ein paarmal fuhr Ryan in einem gestohlenen Wagen mit. In der Regel ließen sie die Autos dann in der Stadt stehen, aber einmal mußte dieser Idiot von Billy Morrison um halb drei in der Nacht auf dem East Jefferson eine leere Bierflasche zum Fenster hinaus werfen. Und eine Polizeistreife sah das. Die überholten sie sofort, winkten sie heraus, durchsuchten sie und nahmen sie mit auf das Revier von Beaubien. Die Folge: eine Anzeige wegen Autodiebstahls und Untersuchungshaft. Ryan rief bei Marion an, seiner älteren Schwester, und erzählte ihrem Mann, einem Rechtsanwalt, was geschehen war. Dieses Arschloch von Schwager – er hieß Carl – sagte ihm ins Gesicht, ein paar Tage Gefängnis könnten ihm überhaupt nicht schaden, das solle er sich mal hinter die Ohren schreiben.

Am nächsten Tag wurde er dem Untersuchungsrichter vorgeführt. Er leugnete den Tatbestand und hätte gegen eine Kaution von fünfhundert Dollar vorläufig auf freien Fuß gesetzt werden können. Da er jedoch das Geld ohne die Hilfe seines Schwagers nicht aufbrachte, mußte er die nächsten acht Tage im Gefängnis von Wayne County bleiben. Vor der Verhandlung unterhielt sich Carl mit Billy Morrisons Anwalt. Beide hatten ihre Aktenmappen unter den Arm geklemmt und nickten in einem fort. Bevor er begriff, worum es überhaupt ging, hatten er und Billy Morrison sich der unerlaubten Aneignung eines Personenkraftwagens schuldig bekannt und wurden ins Verhandlungszimmer geschickt. Weil es sich um ihr erstes Vergehen handelte, wurden sie zu einem Jahr auf Bewährung verurteilt, und sein Schwager ging mit ihm in ein Restaurant zum Essen, um »mal ein ernstes Wörtchen« mit ihm zu reden.

Daß Ryan am nächsten Tag schon wieder zwischen farbigen Nutten und Besoffenen vor dem Gerichtssaal auf die Vormittagsverhandlung beim selben Richter wartete, schrieb er seinem Pech zu. Damit hätte er eigentlich ins Guinessbuch der Rekorde für das schlechteste Timing kommen müssen. Diesmal hieß es vor Gericht nicht Billy Morrison und Jack Ryan. Es hieß allein Jack Ryan.

Es war schlechtes Timing und eine derart unmögliche Verkettung unglücklicher Umstände und Zufälle, daß Pech schon gar kein Ausdruck mehr war.

Nachdem er Carls ernstes Wörtchen über sich hatte ergehen lassen, ging er ins Kino und danach heim. Irgendwann mußte er es ja mal hinter sich bringen, also ging er heim.

Sie lebten damals noch in der Wohnung in Highland Park: er, seine Mutter und seit sieben Monaten auch wieder seine andere Schwester, Peggy, mit ihrem Mann. Der hieß Frank und arbeitete Nachtschicht in einer Bäckerei. Ryan schlief also wieder auf der Studiocouch im Eßzimmer. Dort saßen die drei auch, als er in die Wohnung kam. Seine Mutter hielt ihm vor, welche Sorgen sie sich um ihn gemacht hatte. Sie sei nicht zu ihm ins Gefängnis oder zur Gerichtsverhandlung gekommen, weil Carl ihr abgeraten hatte. Ryan erinnerte sich gut daran, daß sie bereits zu Abend gegessen hatten. (Sie aßen um halb sechs, weil Frank um Viertel vor sieben in die Bäckerei mußte und vorher noch gerne vor dem Fernseher saß, damit er besser verdauen konnte.) Natürlich hatten sie nichts für ihn aufgehoben, weil sie nicht mit ihm gerechnet hatten. Ryan wußte noch, daß seine Mutter in der Handtasche herumgewühlt hatte und schließlich Frank fragte, ob er ihr nicht noch von der letzten Woche fünf Dollar schuldete. Sie wiederholte die Frage, weil Frank vor dem Fernseher saß. Ryan hatte das T-Shirt, den Bullennacken und die dunklen, nach hinten gekämmten Haare noch genau vor Augen. Seine Schwester Peggy saß neben Frank. Sie hatte Haarnadeln im Mund, weil sie sich gerade das Haar hochsteckte. Nach einigem Überlegen antwortete Frank schließlich seiner Mutter, daß er ihr das Geld schon letzte Woche zurückgegeben habe. Ryan erklärte, das mache nichts, er habe noch genug Geld. Er konnte sich sogar daran erinnern, daß seine Mutter ihm vom Major's abgeraten hatte, er solle lieber zum Safeway gehen, dort würden die Hamburger diese Woche einen Dollar zehn das Kilo kosten. Und Schweinekoteletts hätten sie auch im Angebot. Wenn er ein paar schöne Stücke sähe und noch genug Geld hätte, solle er ihr doch bitte welche für nächsten Sonntag mitbringen. Er wußte auch noch, daß sie sich über das Fehlen eines A & P-Supermarkts in der Gegend beklagt hatte. Und als er schon im Gehen war, hatte seine Schwester ihr zugestimmt, ja, ein A & P sei schon nicht schlecht, aber dort gebe es nie Briefmarken.

Er ging nicht zum Safeway. Er ging in eine Bar am Woodward in der Nähe von Seven Mile und trank Bier. Vielleicht unterhielten sie sich immer noch über A & Ps. Recht viel anders war es zuvor auch nie gewesen. Und so sollte er es immer im Gedächtnis behalten: Sein Vater saß rauchend im Eßzimmer und legte eine Patience, während seine Mutter im Wohnzimmer herumhantierte. Hier der dürre Mann mit dem pomadigen Haar, dort die Hausfrau, die allmählich auseinanderging. Sie sprachen fast nie miteinander. Seine Mutter jammerte allenfalls über den ausgetretenen Teppich oder erzählte von einem schönen Kleid für Peggys Abschlußfeier, das sie irgendwo gesehen hatte, woraufhin sein Vater durch dichte Schwaden hindurch nur etwas brummte wie: »Mmhmm? Hmmmm. Von mir aus«, ohne von seinen Karten aufzuschauen. Ryan fragte sich, ob sie sich jemals geliebt hatten. Die Frau, die allmählich auseinanderging, lag wohl neben dem Mann mit dem pomadigen Haar und fragte ihn, ob sie die alte Waschmaschine für eine neue in Kommission geben oder ob sie es noch ein Jahr mit ihr versuchen sollten. Und er rauchte schweigend eine Zigarette. Nach einer Weile fuhr sie fort: »Weißt du, die Bendix haben wir jetzt schon neun Jahre.« Daß es vor seiner Geburt einmal anders gewesen sein sollte, konnte Ryan sich kaum vorstellen. Aber irgend etwas mußte da ja gewesen sein. Irgend etwas, und Ryan hätte seinen Kopf dafür verwettet, daß das Geld war. Jeden Penny hatten sie dreimal umgedreht, ehe sie sich einen Hamburger kauften. Vielleicht schweißte das die Leute zusammen, und war es einmal so weit, dann blieben sie auch zusammen. Seinen Vater erlebte er manchmal auch anders, wenn sie allein waren. Er schien sich in der Welt auszukennen. Ryan brauchte nur nach dem Namen irgendeiner Hauptstadt zu fragen, und sein Dad konnte ihm jeden sagen. Sogar in Mittelamerika. Über Orte wie Guadalcanal oder Taras wußte er einfach alles und erzählte Ryan vom Krieg, in dem Hunderte draufgegangen seien, nur weil die Generäle Mist gebaut hätten. Er freilich sei nicht im Krieg gewesen. Bisweilen erzählte er ihm auch von den Mißständen bei den Verkehrsbetrieben – daß sie nie genügend Busse hätten und daß die Schwarzen immer die besseren Schichten bekämen, weil die hohen Tiere Angst vor Rassenunruhen hatten. (Als Ryan später mit Leon Woody zusammenarbeitete, fragte er sich, was sein Vater wohl davon gehalten hätte. Er hätte auch gerne gewußt, ob er mit dem Einbrechen angefangen hätte, wenn sein Vater nicht gestorben wäre. Und dann sagte er sich: Blöde Frage. Was hat das mit den Preisen zu tun? Und er dachte nicht mehr daran.)

Als Billy Morrison in die Bar kam, hätte er dem Trottel am liebsten ein paar geschmiert. Aber weil Billy ihn freundlich angrinste und sich unheimlich über das Wiedersehen zu freuen schien, feierten sie mit mehreren Bieren, daß sie sich so elegant aus der Affäre gezogen hatten. Um halb zwölf fragte Billy, ob er noch etwas erleben wolle. Ryan meinte schon, es ginge darum, Mädchen aufzureißen, doch Billy sagte, nein, er denke eher an eine todsichere Sache. Aber Geld dürfe es nicht kosten, warf Ryan ein. »Ach was!« rief Billy, »es ist was ganz Heißes!« So ließ Ryan sich dazu überreden, mit ihm zu einer Tankstelle am John R. zu gehen.

In eine Tankstelle? Das war für Ryan so ziemlich das Verrückteste, was er je gehört hatte. »Mann, es ist wie ein Ölwechsel!« rief Billy. Der Tankwart wählte für sie eine Nummer. Sie rauchten und warteten. Nach etwa zwanzig Minuten fuhr ein Pontiac vor. Vorne saßen zwei junge Burschen, hinten ein etwa sechzehnjähriges Mädchen mit langen, struppigem brünetten Haar. Der enge Minirock war ihr weit über die Schenkel nach oben gerutscht. »Nach dir«, sagte Billy, und Ryan setzte sich neben das Mädchen. Sie war hübsch, roch aber zu aufdringlich nach Parfüm, und ihr Haar gefiel ihm auch nicht. Genausowenig gefielen ihm auch die zwei Burschen. Die ganze Sache gefiel ihm nicht – er mit diesen dreien im Wagen. Sie fuhren auf dem John R. in südliche Richtung auf Six Mile zu. Der Typ neben dem Fahrer fragte ihn, ob er ein Bier wolle. Na ja, warum auch nicht? Er nahm die Flasche mit der lauwarmen Brühe entgegen, und der Typ sagte, das mache einen Buck. Ryan sagte nichts. Er zahlte den Dollar und bot dem Mädchen einen Schluck an, doch sie sagte »Nein«. Mehr gab sie auf der ganzen Fahrt nicht von sich. Nur dieses eine Wort. Die zwei vorne redeten zwar ab und zu, aber fast nur miteinander. Worum es ging, das bekam Ryan nicht mit. Er konnte sich noch gut an die Stille im Wagen erinnern. Und auch daran, wie fremd die eigene Stimme geklungen hatte, als er fragte, wohin sie überhaupt fahren würden. »In einen Schulhof«, meinte der Typ neben dem Fahrer. Manchmal würden sie in einen Park fahren, aber diesmal sei ein Schulhof an der Reihe. Im Kofferraum hätten sie eine Decke. Ryan nippte an seinem lauwarmen Bier. Eine Minute später brach er das Schweigen erneut. Er wollte wissen, wieviel sie für ihre tollen Dienste verlangten. Ohne sich zu ihm umzudrehen, meinte der Typ neben dem Fahrer: »Zehn Bucks.«

Wenn das so war, wollte Ryan lieber zurückgefahren werden. Vorne sah er bereits die Ampel an der Six Mile Road. Plötzlich wurde der Wagen langsamer, und sie bogen links in eine Seitenstraße ab. Sie hielten an. Das Scheinwerferlicht fiel auf Mülltonnen und die dunkle Fassade eines Geschäftshauses, dann wurden die Scheinwerfer ausgeschaltet. Der Beifahrer, ein langhaariger Bursche mit hagerem Gesicht, kaum älter als Ryan, drehte sich um. Den Arm legte er auf die Fahrersitzlehne und verlangte zehn Bucks. Ob sie Ryan nun zur Tankstelle zurückbrachten oder weiterfuhren, das sei vollkommen egal. Die zehn Bucks müsse er auf alle Fälle zahlen. Ryan schüttelte den Kopf. Er habe es sich anders überlegt. Der Typ sah ihn ganz sonderbar an. »Mann«, rief er, »nichts ist kostenlos!« und verlangte noch einmal die zehn Dollar. »Okay«, sagte Ryan, »ich mach' euch einen Vorschlag: Ihr braucht mich nicht zurückzufahren. Ich steige gleich hier aus.«

Das Innenlicht ging an, denn der Fahrer machte seine Tür auf. Ryan erinnerte sich, daß die Haare des Mädchens viel heller waren als er gedacht hatte. Und er wußte auch noch, daß das Bier ihm viel kälter vorkam als es über seinen Arm lief, kälter als es geschmeckt hatte. Er hatte die Flasche am Hals gepackt, und im nächsten Augenblick sah er den Beifahrer in sich zusammensacken. Ryan sprang aus dem Wagen, knallte die Tür zu und versuchte zur großen Straße zu rennen. Er schlug einen Haken und rutschte auf dem Schotter aus. Der Fahrer sprang ihn an, und er stieß ihm die Flasche seitlich ins Gesicht. Der Typ krachte gegen die Motorhaube.

Die Flasche überstand die Schläge. In den Filmen zerbrechen die Flaschen immer, diese blieb heil. Er hielt sie weiter fest und rannte los. Rannte vorbei an den Ziegelhäusern und Geschäften, rannte über die große Straße, rannte auf dem Gehsteig weiter und merkte nicht, daß er immer noch die Flasche in der Hand hielt. Er war bereits einen Block weiter, als er einen Wagen neben sich herfahren hörte. Er wollte ihn nicht sehen, er wollte nur, daß er weiterfuhr und daß er ungestört rennen konnte.

Aber der Wagen überholte ihn nicht. Da machte er etwas ganz Dummes. Irgendwann mußte er ja einen Blick auf den Wagen werfen und erkannte sofort die gelbe Aufschrift der Streifenpolizei. Und rannte weiter. Er überlegte nicht, er rannte. Als er später darüber nachdachte, merkte er, was für einen Riesenfehler er begangen hatte und nahm sich vor, sich nie wieder zu so etwas hinreißen zu lassen. Doch später war zu spät. Er rannte um die nächste Ecke, rannte einen Zaun entlang, fast bis an dessen Ende, und sprang über den Zaun. In der tiefen Stille drückte er sich gegen die dunkle Mauer eines Holzwerks. Vor ihm lagen Stapel von Brettern, und er stand mit der Bierflasche in der Hand da, als sie die Scheinwerfer einsetzten. Sie strahlten ihm mitten in die Augen, und erst jetzt ließ er die Flasche fallen.

Der Richter, ein ruhiger, freundlich wirkender Herr mit ergrauenden Schläfen, verurteilte ihn zu sechzig Tagen in der Jugendstrafanstalt von Detroit.

Soviel Pech mußte ein für allemal reichen. So langsam war es an der Zeit für eine Glückssträhne. Irgendwann mußte sie ja anfangen, wenn er tatsächlich mal Glück haben sollte, und vielleicht war das jetzt der Anfang. Es war toll, wieder einen Wagen unter dem Hintern zu haben. Es war toll, in der Nacht zu fahren und das Radio laufen zu lassen. Es war toll, vor dem Bay Vista vorzufahren und schräg zu parken. Wenn das der Anfang seiner Glückssträhne war, brauchte er nur die Augen offen zu halten und, wenn es so weit war und immer noch gut aussah, einfach Ja zu sagen und die Sache durchzuziehen.

Warum sollte das auch schwerer sein als in einem

Haus einzusteigen und Fernseher oder Pelzmäntel mitzunehmen? Er ging ja schließlich auch in sein eigenes Zimmer.

Auf seinem Bett saß, gegen die Wand gelehnt und die schmutzigen Schnabelstiefel ihm entgegenstreckend, Frank Pizarro und rief: »Hey, Jack, wie geht's denn so?«

»Geh von meinem Bett runter.«

»Was ist denn los mit dir?« Pizarro rutschte zur Bettkante vor. Die Füße ließ er nach unten baumeln, ohne den Boden zu berühren.

»Woher weißt du, daß ich hier wohne?«

»Von Billy. Sag doch, was ist los mit dir?«

»Daß ich in diesem Zimmer wohne, meine ich.«

»Irgend so ein Typ vor dem Haus. Ich hab' ihn gefragt.«

»Und er hat dir gesagt, du kannst einfach so reinspazieren und es dir bequem machen?«

»Nein. Ich hab' draußen gewartet. Und dann hab' ich gedacht, du schläfst schon und hörst mich nicht. Die Tür war auch offen, und so bin ich reingekommen. Hör mal, ich bin gefeuert worden.«

»Das habe ich gehört.«

»Von Billy, ich weiß. Aber das mit dem Bus hat er dir nicht gesagt.«

»Ein andermal, okay, Frank?«

»Hör mal, Camacho will, daß ich ihn für das Geld, das ich ihm schulde, wieder mit nach Texas nehme. Ich soll ihn runterkutschieren und ihm dann den Bus überlassen, weil das verfluchte Ding ja sowieso im Arsch ist.«

Ryan zögerte. »Was soll ich dagegen haben?«

»Sicher. Aber wie kommen die anderen heim?«

»Auch im Bus, oder?«

»Eben nicht. Camacho sagt, ich brauche sie nicht zurückzufahren. Ich sag', ›aber sie haben dir dafür doch schon Geld gegeben‹. Er sagt, ›das war, als ich noch Kolonnenführer war. Jetzt bin ich aber keiner mehr, also muß ich sie auch nicht mehr heimbringen. Aber wenn sie meiner Spedition fünfhundert Dollar geben und mir das Flugzeug nach Texas zahlen, lasse ich ihnen den Bus da‹.«

»Und den Blödsinn sollen sie ihm glauben?«

»Was bleibt ihnen übrig? Wenn sie ihm sagen, daß sie das nicht in Ordnung finden, läßt er sie hier einfach sitzen.«

»Und was geht dich das an? Du hast ja einen Laster.«

»Was mich das angeht? Sie sind meine Freunde.«

»Jetzt mal im Ernst, Frank.«

»Es stimmt aber. Wir arbeiten seit sieben Jahren zusammen.«

»Von mir aus. Aber warum kommst du deswegen zu mir?«

»Mann, wir sind doch Freunde, oder? Billy hat mich gefragt: ›Warum leihst du dir das Geld nicht von Jack?‹ «

»Fünfhundert Dollar?«

»Billy sagt, daß du sie hast. Und wenn du sie schon ausgegeben hast, kommst du schnell an mehr ran.«

»Wo ist Billy?«

»Er wollte nicht mitkommen. Verstehst du, er hat keine Lust, dich um was zu bitten.«

»Und dir macht es gar nichts aus?«

»Hör zu, ich bitte dich ja um kein Geld. Das meint nur Billy. Ich will was leihen und es dir später zurückzahlen.

»Und du glaubst, ich kann fünfhundert lockermachen?«

»Zumindest kannst du schnell was auftreiben. Das wär ein Kinderspiel für dich.«

»Und wenn ich dir mein ganzes Geld leihe, dann willst du es mir wirklich zurückzahlen?«

»Aber klar. Das weißt du doch.«

»Wann?«

»Nächstes Jahr. Wenn wir wiederkommen.«

»War schön, deine Bekanntschaft zu machen, Frank.«

»Mann, die sind doch alle mit Familie da. Wie sollen sie denn heimkommen?«

»Hab dich nicht so. Ich habe jetzt auch eine Familie, und zwar hier.«

»Dir ist wirklich egal, was aus den Leuten wird?«

»Hey Frank, bis später mal wieder.«

»Okay, Kumpel«, sagte Pizarro. Langsam kletterte er aus dem Bett. »Du bist eine ganz blöde Sau.«

Pizarro drückte sich an ihm vorbei und machte die Tür auf. Schmale Schultern, schlabbrige karierte Hosen. Sie war formlos, abgetragen und die Taschen hingen in Fetzen herunter. Aber der elastische Gürtel war schick.

»Sekunde noch!« rief Ryan. »Du hast doch deinen Laster.«

»Ich hab' dir doch gesagt, daß er im Arsch ist.«

»Willst du denn laufen?«

»Nein, ich nehm' mir so einen dämlichen Mietwagen.«

Ryan zögerte einen kurzen Moment. Dann rief er Pizarro, der noch immer die Tür aufhielt, zu: »Bis irgendwann mal wieder, Frank.«

Der Mustang vor dem Büro sprang Pizarro ins Auge. Er sah sich den Wagen im Vorbeigehen genauer an. Irgendwie kam er ihm bekannt vor. Es gab haufenweise Mustangs, aber mit dem hier hatte er schon einmal zu tun gehabt.

Sein Laster stand hinter der nächsten Seitenstraße unter den Bäumen. So schnell es die verrostete Klapperkiste erlaubte, jagte er die Uferstraße nach Geneva Beach hinunter. Es half ihm nichts. Als er dort ankam, waren die Läden schon zugeklappt und sämtliche Bars und Getränkemärkte geschlossen. Dieser verfluchte Ryan!

Nicht einmal etwas zu trinken hatte er in seinem Zimmer finden können. Keine einzige Flasche. Die lange Wartezeit über hatte er sich mit der Aussicht auf etwas Trinkbares vertröstet, eine Flasche Tequila oder Gin. Oder eine Flasche Roten. Wenn er Wein kaufte, blieben ihm ein paar Bucks übrig. Von den hundert Dollar, die ihm Ryan als seinen Anteil rübergeschoben hatte, waren noch vier Dollar sechzig Cents übrig. Sicher, er hatte im Laster gewartet, aber das war immer noch sein Laster gewesen, verdammt noch mal. Und er hatte ihn gefahren. Er hätte gleich an den Straßenrand fahren und ihn anschreien sollen: »Hey, wo ist mein Anteil? Mit den hundert Dollar kannst du dir den Arsch abwischen, Mann! Meinen Anteil will ich!« Er hätte ordentlich Tacheles mit ihm reden müssen. Mit Camacho hatte Ryan nichts als Glück gehabt. Aber das hieß noch lange nicht, daß er das Glück gepachtet hatte.

Diesen Ryan hatte er von Anfang an nicht gemocht. Schon in San Antonio, an der Tankstelle, war er ihm unsympathisch gewesen. Ein ganz gewöhnlicher Tramper war er. Hatte mit seinen Händen auf den Hüften dagestanden und ihre Fahrzeuge gemustert, den Bus, den Laster und die zwei PKW – alle voll mit Wanderarbeitern beladen. Und nachdem er eine Weile mit Camacho geredet hatte, war er in den Bus gestiegen. Da war es schon losgegangen. Während der ganzen Herfahrt hatte er ausgerechnet in den Geschäften eingekauft, in denen sie ihnen die Wurst und den Käse für ihre Sandwiches fast immer verweigerten. Und dann in der Tankstelle in Oklahoma: Er hatte sich natürlich in dem heruntergekommenen Klo frischmachen müssen, als ob er etwas Besonderes wäre. Und zum Schluß hatte er Marlene Desea anquatschen müssen und hatte sie auch noch dazu gebracht, von seinem Laster zu ihm auf den Bus überzuwechseln. Eins von den anderen Mädchen hatte zu ihm gesagt:

»Frank, ich würde gerne mit dir zusammen fahren.« Aber er hatte sie glatt abblitzen lassen.

Camacho hatte recht gehabt: Ryan hatte nur eine Mitfahrgelegenheit gesucht. Und weil er bekommen hatte, was er wollte, konnte ihn auch nichts und niemand mehr halten, auch nicht Marlene Desea. Er hatte den Bus benutzt. Er hatte Billy Ruiz benutzt. Er nutzte alle und jeden aus, und wenn er sie nicht mehr brauchte, ließ er sie fallen. Einer von der Sorte war er, das lag doch auf der Hand.

Er fuhr durch Geneva Beach, kam auf den Highway und bog auf die Schotterstraße ab, die zum Wanderarbeitercamp führte.

Diese gottverdammten Gurken! Er hatte die Schnauze voll von Gurken. Er konnte zehnmal so viele pflücken wie die verdammten Halbstarken, die sie aus Saginaw und Bay City herangekarrt hatten. Aber wenn sie lieber Kinder wollten, war das ihr Problem. Er mochte ja seit Samstag fast hundert Dollar versoffen haben, aber er hatte auch nicht wenige Runden spendiert. Die hundert waren jetzt weg, und Camacho schuldete er immer noch vierhundertfünfzig. Einen Job hatte er auch nicht mehr, und San Antonio war eintausendsechshundertsiebzig Meilen weit weg.

Aber Ryan war nicht weg. Menschenskinder, er hatte ja Ryan! Er mußte sich nur etwas einfallen lassen, wie er es ihm beibringen konnte, ohne daß der ihm gleich den Kiefer brach. Etwas in der Art etwa:

»Hey, Jack. Wir sollten doch den Bierkasten mit den Geldbeuteln drinnen für dich wegschmeißen, weißt du noch? Tja, wir haben ihn doch nicht weggeschmissen. Ich hab' ihn wo versteckt.«

Darauf würde Ryan etwas sagen, und dann wäre er wieder dran: »Na, wieviel gibst du mir denn für den Bierkasten, Kumpel? Sonst findet ihn noch jemand mit deinen Fingerabdrücken drauf.«

Das war das Heikelste an der Sache. Er mußte es

Ryan so beibringen, daß der für sich keine andere Chance sah, als den Bierkasten mit den Geldbeuteln zu kaufen. »Steck bloß deine Faust wieder in die Tasche, ja? Sonst siehst du den Bierkasten nicht mehr, kapiert?«

Bei dem Dreckskerl wußte man ja nie, was er als nächstes machte. Er mußte es ganz schnell sagen: »Wenn mir was passiert, geht ein Freund von mir damit zur Polizei. Wie gefällt dir das, Kumpel?«

Und dann den Preis nennen. Fünfhundert Dollar für den Bierkasten. Halt, nein, sechshundert. Und wenn er sie nicht hatte, mußte er eben arbeiten.

Das hatte er Ryan heute eigentlich sagen wollen. Das mit dem Bus war nur ein Vorwand gewesen. Erst mal hatte er schauen wollen, ob er auf die leichte Tour an etwas Geld herankäme. Mit dem Bierkasten konnte er dann immer noch rausrücken. Aber als Ryan gekommen war und sich vor ihm aufgebaut hatte, war alles wie weggeblasen gewesen.

Wenn er sich vielleicht etwas Papier besorgte und ihm schrieb... Papier und Kuli waren ja nicht so teuer. Er mußte es ganz deutlich schreiben und in der Nacht unter der Tür in sein Zimmer schieben. Aber früher oder später mußte er doch mit Ryan sprechen. Anders kam er ja nicht ans Geld ran. Verdammt noch mal, warum mußte das auch so schwierig sein?

Und plötzlich, als er an seiner Hütte vorbeifuhr, erinnerte sich Frank Pizarro. Warum, das sollte ihm nie so recht klar werden. Die einzige Erklärung war vielleicht, daß er das Mädchen mal am Lager hatte vorbeifahren sehen. Jedenfalls gehörte der dunkelgrüne Mustang Mr. Ritchies Freundin. Klar, es war derselbe Mustang. Und er hatte auch die Beulen vorne, dieselben Beulen wie der Wagen vor Jack Ryans Absteige.

Pizarro stellte den Motor ab und schaltete die Scheinwerfer aus. Der grüne Mustang ging ihm nicht mehr aus dem Kopf, denn für ihn stand fest, daß Jack Ryan etwas damit zu tun hatte.

## 10

»Ich fahr' nicht schlecht mir ihr«, sagte Mr. Majestyk. »Für dreißig Bucks die Woche kommt sie jeden Tag außer Sonntag. Am Sonntag grill' ich mein Steak auf der Terrasse draußen ganz gern selber. Der Metzger vom IGA gibt mir immer ein extragroßes saftiges Lendenstück.«

Mr. Majestyk schnitt sich ein Stück von seiner Bratwurst ab und tunkte es in die Chilisauce. Dann lud er sich eine gehörige Menge Sauerkraut auf die Gabel und schob sich das Ganze in den Mund. Im Kauen nahm er sich eine Scheibe Brot und strich ordentlich Butter drauf. Mit vollem Mund erzählte er weiter: »Das backt sie selber. Zwei-, dreimal die Woche backt sie zu Hause und bringt immer frisches mit. Und wenn ich frisches sage, meine ich auch frisches.«

»Schmeckt ganz gut«, meinte Ryan.

»Und für Sauberkeit sorgt sie auch noch. Zweimal pro Woche geht sie mit dem Staubsauger durch sämtliche Zimmer.«

Ryan verschlang seine Portion. Er hatte wieder das Frühstück verpaßt und war entsprechend hungrig. Eigentlich hatte er sich in aller Herrgottsfrühe Ritchies Jagdhütte anschauen wollen, aber dann hatte er verschlafen. Jetzt mußte er eben am Abend nach der Arbeit hinausfahren, aber er war zu hungrig, um jetzt daran zu denken. »Kochen kann sie wirklich«, sagte er.

»Ich würde sie nicht in die Küche lassen, wenn sie's nicht könnte«, erwiderte Mr. Majestyk.

»Haben Sie eigentlich was mit ihr?«

»Mit Donna?« Mr. Majestyk warf einen hastigen Blick in das Wohnzimmer. »Menschenskinder, meinst du, ich habe überhaupt keinen Geschmack, oder was?«

»Sie ist zwar alt, aber schlecht sieht sie nicht aus«, meinte Ryan. »Besser als nichts ist sie auf alle Fälle.«

»Klar, du bist jung. Da hat man nichts anderes im Kopf.«

»Das ist doch ganz natürlich.«

»Natürlich heißt noch lange nicht, daß man nur noch an das Eine denkt.«

»Ach wirklich? Woran denken Sie denn?«

»An alles Mögliche«, sagte Mr. Majestyk. »Zum Beispiel, ob ich das ganze Jahr über hier bleiben soll. Was hab' ich denn schon in Detroit? Genausogut kann ich hier leben. Hab' ich dir nicht erzählt, daß ich in der Jagdsaison offen lassen will?«

»Doch, da haben Sie was angedeutet.«

»Jetzt hab' ich mir was Neues einfallen lassen. Ein Jagdhaus.«

»So was wie das von Ritchie?«

»Iwo. Was er hat, das ist ein renoviertes Farmhaus. Weißt du, was eine Sennhütte ist?«

»Ich bin mir nicht sicher.«

»Die gibt es in der Schweiz. Das Dach ist ganz steil und geht fast bis zur Erde runter. Im Norden bauen sie jetzt auch lauter solche Dinger für die Skifahrer. Was heißt bauen? Das sind Fertighäuser.«

»Ich habe Fotos gesehen.«

»Ich nehme zwei. Große mit Mansarde. In jedem bringe ich zehn Leute unter. Und beide sind sie an einen zentralen Heizungskeller angeschlossen.«

»Sie haben doch schon Bungalows«, wandte Ryan ein.

»Ich bräuchte trotzdem eine neue Zentralheizung. Bei minus zwanzig Grad sind die Bungalows hier ein Eisschrank. Aber das habe ich auch nicht hier vor. Ich denke da an ein Grundstück weiter nördlich. Ziemlich abgeschieden, Wälder drum herum und auch am See. Du kennst doch die Straße zum Wanderarbeitercamp und zu Ritchies Jagdhütte?«

»Ja doch.«
»Fahr noch eine halbe Meile weiter den Berg hinauf durch den Wald, bis du ein Schild siehst. ROGERS steht drauf. Da biegst du links ab und fährst bis zum Waldrand.«
»Aber das ist ja am Ende der Welt.«
»Eben. Und da stelle ich meine Sennhütten hin und bringe zwanzig Jäger unter. Jeder zahlt fünfundzwanzig Bucks pro Tag. Dafür kriegen sie drei Mahlzeiten, Getränke und Eis und alle Schikanen. Überleg dir das mal: alles für fünfundzwanzig Bucks.«
»Das wäre nicht schlecht.«
»Und mitten im Herzen der Hirschwälder! Aber der See ist ja auch noch da. Was meinst du, wie viele Entenjäger da kommen! Menschenskinder, ich kenne allein zwölf. Die brauch' ich nur anzurufen, und schon sind sie da! Und die kennen auch wieder zig andere Jäger...«
»Warum ziehen Sie's dann nicht durch?«
Mr. Majestyk starrte Ryan an. Dann zuckte er mit den Schultern. »Vielleicht. Ich weiß noch nicht.«
»Sie würden am Tag fünfhundert brutto machen.«
»Brutto, ja. Aber ich bräuchte einen oder vielleicht sogar zwei Burschen, die kochen können, verstehst du? Und mit Gewehren müßten die auch umgehen können.«
»Wo liegt das Problem?«
»Ich muß nur die richtigen finden. Kennst du dich mit Gewehren aus?«
»Ich hab' mal welche verkauft. Jagdkarabiner und Schrotflinten. Das war in so einem Sportgeschäft.«
»Ich dachte, du hättest gekocht.«
»Das auch. Ich war fürs Braten zuständig.«
»Kannst du gut kochen?«
»Klar. Unsere Spezialität waren Chiefburger. Aber zum Mittagessen mußte ich alles Mögliche machen: Filets, Spiegeleier, Pfannkuchen und Clubsandwiches.

Die Kellnerinnen sind mit den Bestellungen in die Küche gekommen, und dann mußte ich alles gleichzeitig hinkriegen.«

»Für dein Alter hast du ja schon eine ganze Menge gemacht«, meinte Mr. Majestyk.

»Ja, schon.« Er erzählte Mr. Majestyk von seiner Arbeit im *Chief*, im Sportwarengeschäft und bei Sears. Den Job als Teppichreiniger verschwieg er lieber, denn dabei hatte er Leon Woody kennengelernt.

Den Job hatte ihm ein Freund vermittelt. Der hatte ihn zuerst gehabt und ließ sich nun zum Elektriker umschulen. Weil er seinen Boß nicht im Stich lassen wollte, schlug er Ryan als Nachfolger vor. Die Arbeit sei nicht allzu schwer, erzählte er Ryan, die Bezahlung gut, und er könne in tollen, großen Häusern arbeiten. Und die Frauen erst! Unvorstellbar, was so einige reiche Zuckerpuppen zu Hause trugen. Bis zum Nordpol ließen sie einen sehen, so wahr er vor ihm stehe. Manche wollten es direkt so. »Wirklich?« fragte Ryan. »Soll ich dir noch was sagen?« fuhr der Freund fort. »Wenn sie sich bücken, siehst du, daß sie gar keinen BH anhaben. Oder sie tragen ihren Morgenrock und schnüren ihn nicht zu.«

Dergleichen bekam Ryan allerdings nie zu sehen. In der Regel sah er die Leute nur beim Kommen und dann wieder beim Gehen. Nach ein paar Wochen war ihm klar, daß sein Kumpel dick aufgetragen hatte, was Frauen betraf, aber das störte ihn nicht weiter. Der Job war in Ordnung. Vor allem gefiel es ihm, in einem fremden Haus zu sein und persönliche Gegenstände von vollkommen unbekannten Leuten anzuschauen. Das war etwas ganz anderes als in der Wohnung von Freunden. Er bekam ein sonderbares Gefühl dabei, hauptsächlich, wenn er allein in einem Zimmer arbeitete oder nachdem er die Maschine ausgeschaltet hatte und es plötzlich still wurde, oder wenn er in ein Schlafzimmer ging. Er meinte immer, gleich müßte etwas passieren.

Bis dahin hatte Ryan außer Schokolade und Kämmen beim Laden um die Ecke praktisch nie etwas gestohlen. Der größte Coup, an den er sich erinnern konnte, waren ein Baseballhandschuh, eine Mütze, Turnschuhe mit Spikes und ein grünes Trikot mit gelben Ärmeln von Sears. Schwierig war es auch nicht gewesen. Jeder aus seinem Team hatte sich auf diese Weise seine Ausrüstung besorgt. Im Schnitt hatten sie dazu vier Beutezüge benötigt. Mit Regenmänteln und Einkaufstaschen waren sie losgezogen, und keiner hatte sich erwischen lassen. Zwei holten sich allerdings das Trikot in der falschen Farbe. Sie mußten noch einmal zurück, doch die grün-gelben Trikots waren ausgegangen.

Zum erstenmal hatte Ryan daran gedacht, später noch einmal ins Haus zu kommen, als er allein in einem Zimmer arbeitete. Die Frau hatte zufällig erwähnt, daß sie am nächsten Tag nach Florida fahren wollten. Die ganze Zeit stellte Ryan sich beim Saugen vor, wie es so wäre im Haus, er ganz allein und mitten in der Nacht. Als nächstes fragte er sich, ob er genug Mut haben würde, auch dann einzusteigen, wenn die Leute schliefen oder er gar nicht wußte, ob sie noch wach waren oder schon schliefen oder sonst etwas taten. O Mann, für so etwas mußte man schon sehr gut sein. Aber wenn man den Grundriß kannte, wenn kein Hund da war und wenn man wußte, wo man einzusteigen hatte, ließ es sich bewerkstelligen.

Das nächste Mal dachte er darüber nach, nachdem er mit Leon Woody ein Wohnzimmer leergeräumt, das Shampoo überall aufgetragen und abgesaugt hatte und als sie schließlich die Möbel an Ort und Stelle zurückbrachten und auch die Untersetzer für die Tisch- und Stuhlbeine nicht vergaßen. Ryan rückte ein Tischchen gerade, dann griff er hinter den Vorhang und entriegelte das Seitenfenster. Da bemerkte er, daß Leon Woody grinsend den Kopf schüttelte.

»Was hast du?« wollte Ryan wissen.

»Nichts«, meinte Leon Woody, immer noch grinsend.

Erst im Wagen kam er auf das Thema zu sprechen. »*Hey man*!« – wie so viele schwarze Amerikaner dehnte er das *man* zu einem *määäääan*. »Das bringt der Firma bloß Ärger ein. Wenn du wo einsteigen willst, mußt du dir ein Haus aussuchen, wo du noch nicht gewesen bist.«

Ryan murmelte, er sei wohl nicht ganz dicht. Wovon redete er da überhaupt?

»Du meinst wohl, ich hab' das nicht mitgekriegt?« rief Leon Woody. »Ich hab' doch genau gesehen, wie du dich umgeschaut hast. Aber jetzt will ich dir mal was sagen: Wenn du wo einsteigst, wo sie daheim sind, jagt dir noch irgend so ein Held eine Ladung in den Arsch, Mann. Du steigst ein, wenn du genau weißt, daß niemand da ist. Die müssen's dir praktisch Schwarz auf Weiß gegeben haben, Mann.«

»Hast du so was schon mal gemacht?«

»Ob ich so was gemacht habe? *Hey man*, davon lebe ich!«

»Ich hab' so was nur einmal gemacht.«

»Und hast es wieder vor.«

»Ich wollte ja nichts mitnehmen.«

Leon Woody sah ihn streng an. »Warum willst du dann einsteigen?«

»Ich weiß nicht.« Es klang kläglich in seinen eigenen Ohren. »Ich wollte wohl nur mal wissen, ob ich es kann.« Es klang immer noch kläglich.

»So eine Art Spiel, was?«

»Ja, kann man so nennen.«

»Weißt du auch, was du kriegst, wenn du verlierst?«

»Das Risiko gehört dazu. Ohne Risiko geht es eben nicht.«

»Und was gehört noch dazu?«

»Na ja, daß man sieht, ob man es kann.«

»Nein, nein, mein Kleiner. Das gehört nicht dazu. Ich sag' dir, was dazu gehört: Ein weißes Cabriolet gehört dazu, fünfzehn Anzüge gehören dazu, zwölf Paar Schuhe gehören dazu und jede Menge Miezen, die ich zu jeder Tages- und Nachtzeit anrufen kann. Zu *jeder*, verstehst du?«

»Wenn du Geld brauchst«, meinte Ryan, »dann ist das natürlich was anderes.«

»*Hey man*, es ist überhaupt was ganz anderes. Du willst mir doch nicht weismachen, daß du keine Kohle brauchst.«

»Klar, jeder braucht natürlich was fürs Leben, ich meine, damit man was davon hat.«

»Und hast du was vom Leben?«

»Ich komme aus.«

»Hast du was vom Leben?«

»Na ja, das, was du bequem nennen würdest, ist es nicht.«

»*Hey man*, weißt du was?« rief Leon Woody. »Wir sorgen einfach dafür, daß du es bequem hast.«

Wenn er es genau bedachte, fiel es ihm schwer, es nicht als ein Spiel anzusehen. Oder als eine heiße Sache. Na gut, er brach das Gesetz, und das war ihm auch klar. Aber so sah er es nie. Das war schon komisch, aber es stimmte. Okay, Einbruch in fremden Häusern war nicht richtig, aber er nahm ja nichts mit, was sie wirklich brauchten. Einen Fernseher, ja, eine Nerzjacke, und auch noch ein, zwei Uhren. Aber das war alles versichert. Für die ganze Ladung bekamen sie zweihundertfünfzig, vielleicht sogar dreihundert Dollar. Die Versicherungsgesellschaft zahlte, und der Kerl kaufte gleich wieder einen neuen Fernseher, einen neuen Nerz und noch schönere Uhren. Und das alles bekam er zum Sonderpreis, weil er irgendwo ein hohes Tier war und Beziehungen hatte. Wahrscheinlich konnte er sich die tollen Sachen ohnehin nur leisten, weil er Geschäftsmann war und die anderen gehörig übers Ohr haute. Im Wirtschaftsleben ging das in Ordnung, aber wenn man irgendwo durch das Kellerfenster einstieg, das sollte strafbar sein? Warum eigentlich?

Jeder sah das vielleicht nicht sofort ein. Vielleicht ließ sich auch gar nicht rechtfertigen, daß er in fremde Wohnungen einstieg. Aber bei wieviel Sachen machte man sich überhaupt die Mühe, sie zu rechtfertigen? Wenn man erwischt wurde, wurde man eben erwischt. Ausreden halfen da nichts. Pech gehörte nun mal auch dazu. Stimmte doch, oder? Anders konnte man die Sache gar nicht sehen. Am besten war freilich, man dachte überhaupt nicht daran. Man machte es einfach, und zwar ohne großes Trara.

Trotz Leon Woodys Warnungen mußte er wenigstens einmal in einem Haus einsteigen, ohne zu wissen, ob die Leute nicht vielleicht doch da waren. Beim ersten Mal blieb er im Keller, tastete sich ein bißchen herum und ging nach wenigen Minuten mit leeren Händen wieder davon. Das nächste Mal wagte er sich in den ersten Stock hinauf. Auf jeder Treppenstufe verlagerte er das Gewicht, bis er schließlich ins Schlafzimmer kam, wo ein Mann und eine Frau schliefen. Aus einer Kommodenschublade entwendete er siebenundachtzig Dollar und verschwand wieder lautlos. Ursprünglich wollte er Leon Woody davon erzählen. Er hatte es auch schon auf der Zunge, doch dann beschloß er, es lieber für sich zu behalten. Sonst hielt ihn Leon Woody womöglich noch für beschränkt.

Am Ende stellte sich heraus, daß ihn gar nicht zu bekümmern brauchte, was Leon Woody von ihm hielt. Zweimal nämlich wurde Leon Woody wegen Einbruchsverdachts festgenommen. Irgendwie war ihm die Polizei auf die Spur gekommen. Sie durchsuchten seine Wohnung und stellten ihm lauter unangenehme Fragen, warum er sich einen tollen Wagen und so teure

Kleider leisten konnte. »*Hey man*, Pferdewetten, was denn sonst?« verteidigte sich Woody. Das nächste Mal wurde er gemeinsam mit Leon Woody verhaftet. Nach einem Einbruch waren sie noch in eine Kneipe gegangen. Als sie nach einer halben Stunde in Leon Woodys Wagen steigen wollten, warteten zwei Zivilpolizisten mit einem Haftbefehl auf sie. Wegen Einbruchs und Diebstahls wurden sie vor Gericht gestellt. Ryan kam mit einer Bewährungsstrafe davon, Leon wurde wegen Mitsichführens von Diebesgut zu sechs Monaten verurteilt. Den Job bei der Teppichreinigungsfirma verlor er ebenfalls. Kurz nach seiner Entlassung wurde Leon Woody schon wieder verhaftet, diesmal wegen Drogenbesitzes, und diesmal überstellten sie ihn der Jugendbesserungsanstalt in Milan. Eine Zeitlang schrieb ihm Ryan, aber bekam fast nie eine Antwort. Wahrscheinlich hatte Leon Woody eine neue Sache in Milan laufen und hatte keine Zeit mehr.

In den acht Monaten als Nebenerwerbseinbrecher erbeutete Ryan ungefähr viertausend Dollar. Er kaufte sich keine teuren Kleider und zog auch nicht aus, weil er genau wußte, daß seine Mutter Verdacht schöpfen würde. Einmal freilich brachte er einen gestohlenen Fernseher mit nach Hause, weil beim eigenen die Bildröhre durchgebrannt war. Niemand, weder seine Mutter, noch Frank, noch seine Schwester fragten ihn, woher er ihn hatte.

Im Juni war Ryan mit dem Greyhound nach Texas gefahren, um es noch einmal in der dritten Liga zu probieren.

»Immer nur in einem abgeschlossenen Raum, da fällt einem irgendwann die Decke auf den Kopf«, meinte Mr. Majestyk. »Darum hab' ich ja die Kneipe verkauft. Man muß einfach raus an die frische Luft und das tun, wozu man gerade Lust hat. Dann hat man auch das Gefühl, man gehört nur sich selbst. Verstehst du, was ich meine?«

»Mir ist es ganz genauso gegangen, als ich bei Sears aufgehört habe«, sagte Ryan.

»Klar, ich versteh' dich schon. Wie ist es mit dem Baseball weitergegangen?«

»Ich hab' Ihnen doch gesagt, daß ich Probleme mit dem Rücken hatte.«

»Ich wollte was anderes wissen, nämlich wann du in der dritten Liga gespielt hast.«

»Habe ich Ihnen das nicht gesagt?« erwiderte Ryan. »Es waren nur drei Sommer. Den Rest des Jahres habe ich gejobbt. Zwei Sommer mußte ich dann wegen meines Rückens aussetzen. Danach habe ich mich wieder fit gefühlt. Letzten Juni habe ich es noch mal probiert, weil ich dachte, ich könnte es schaffen...«

»Ja wirklich?« Mr. Majestyk war ganz Ohr.

»Aber der Rücken... ich weiß auch nicht... Wenn ich mit dem Schläger ausgeholt habe, hat es immer einen fürchterlichen Stich gegeben. Der Ball ging dann einfach an mir vorbei. Außerdem war ich total außer Form. Drum bin ich wieder zurückgekommen.«

»Du bist mit den Wanderarbeitern hergekommen, hm?«

»Richtig, ja. Der Kolonnenführer hat mir einen Job angeboten. Da habe ich eben zugegriffen.«

»Menschenskinder, dem hast du ja ganz schön Saures gegeben.«

»Er hat's nicht anders verdient. Wenn ich es nicht gewesen wäre, hätte ihm ein anderer eins übergezogen.«

Mr. Majestyk trank sein Bier aus und wischte sich mit der Serviette den Mund ab. »Was hast du heute noch zu tun?«

»Ich bin mit dem Nachbargrundstück noch nicht fertig. Da liegt ziemlich viel Treibholz und Abfall.«

»Hey, wir haben ja noch gar nicht über deinen freien Tag gesprochen!«

»Samstag, dachte ich.«

»Samstag geht nicht. Da ist immer die Hölle los. Die einen reisen ab, die anderen kommen an. Morgen oder Freitag.«

»Mir ist es gleich. Morgen von mir aus.«

»Und wenn du mal nichts zu tun hast, kannst du ja losfahren und dir das Grundstück anschauen. ROGERS steht auf dem Schild.« Mr. Majestyk zögerte. Dann gab er sich einen Ruck und sah Ryan fest in die Augen. »Du hast einen Wagen, wie ich sehe...«

»Nur leihweise.«

»Daß sie ihn dir nicht geschenkt hat, glaube ich gern.«

Mr. Majestyk verstummte erneut. Ryan schwieg ebenfalls. Auf die Sprünge helfen wollte er ihm nicht. Wenn der Kerl schon die Nase in seine Angelegenheiten stecken mußte, sollte er sich gefälligst selber eine Erklärung einfallen lassen.

Schließlich rückte Mr. Majestyk damit heraus. »Mit dem Wagen hat sie übrigens die zwei Jungen von der Straße geschossen.«

»Das habe ich mir schon gedacht«, sagte Ryan. »Wegen der Beulen vorne.«

»Einer hat zwei gebrochene Beine und innere Verletzungen.«

»Das haben Sie mir schon gesagt.«

»Hauptsache, du vergißt es nicht«, sagte Mr. Majestyk. Dabei ließ er es bewenden.

Ryan rauchte noch eine und streckte sich dann eine halbe Stunde in der Sonne aus. Danach machte er sich wieder auf dem Nachbargrundstück ans Schuften, bis das Holz und der Unrat auf zwei Haufen lagen. Er war gerade dabei, das Holz zu verbrennen, als Mr. Majestyk mit dem Bulldozer über das unebene Gelände gerattert kam. Es war ein gedrungenes gelbes Ding. So eine kleine Baumaschine hatte Ryan noch nie gesehen, aber der Dieselmotor machte ein ohrenbetäubendes

Getöse. Mr. Majestyk erklärte Ryan die Gänge und zeigte ihm, wie man die Baggerschaufel hob und senkte. Den Rest des Nachmittags spielte Ryan mit dem Bulldozer herum und hob ein Loch für den übrigen Abfall aus, der sich nicht verbrennen ließ.

Als die Biertrinker aus Nummer 11 mit dem Eiseimer zum Strand hinuntergingen, wußte er, daß es nach vier Uhr war. Feierabend. Den Krempel konnte er morgen auch noch zuschütten. Nein, morgen war ja frei. Dann am Freitag eben. Von den zweieinhalb Stunden Arbeit unter der Sonne war er vollkommen durchgeschwitzt. Da er ohnehin nur seine über den Knien abgeschnittenen Khakihosen trug, stürzte er sich so wie er war in den See und schwamm ein Stückchen hinaus und wieder zurück. Ein übermäßig guter Schwimmer war er nicht – ihm fehlte die Ausdauer –, aber er fühlte sich heute gut in Form. Anstrengender als gestern, als er zum Boot geschwommen war, kam es ihm nicht vor. Jetzt merkte er es erst – er hatte den ganzen Tag nicht an sie gedacht. Schließlich bekam er Durst auf ein Bier und lief zu seinem Zimmer zurück.

»Hey, ein Anruf für dich!« rief ihm Mr. Majestyk zu.

»Und?«

»Sie hat nur eine kurze Nachricht hinterlassen. Ich hab' ihr gesagt, du arbeitest noch, da hat sie gesagt, ich soll dir ausrichten, um sechs Uhr.«

»Hat sie nicht gesagt, wo?«

Mr. Majestyk maß ihn mit einem durchdringenden Blick. »Du magst ja verrückt sein, sie ist es jedenfalls nicht.«

Ryan war schon wieder weitergegangen. Sollte er doch denken, was er wollte.

Er hatte den Swimmingpool noch nicht erreicht, da kam ihm Virginia Murray aus Nummer 5 entgegen. Ein Entkommen war nicht mehr möglich.

»Hi, ich dachte, Sie wollten sich um mein Fenster kümmern...«

Sie trug noch ihren türkisgrünen Badeanzug. Anscheinend war sie schon in ihrem Bungalow gewesen, hatte ihn kommen sehen, sich schnell das Sonnenöl aus dem Gesicht gewaschen und war ihm entgegengekommen.

»Hätten Sie jetzt Zeit?«

»Ach, das habe ich ganz vergessen... Nein, ich habe es nicht vergessen, ich hatte heute einfach keine Zeit.«

Die Figur war nicht schlecht. Ziemlich gut sogar. Hübscher Busen, schöne Beine. Nicht zu fett, aber knallrot vom Sonnenbrand. Dabei war sie schon über eine Woche hier.

»Hören Sie, jemand wartet auf mich, ich muß dringend weg.« Er sagte es im Weitergehen. »Aber morgen komme ich ganz bestimmt, okay?« Sie nickte, doch er hatte sich schon wieder abgewandt.

Er bog von der Uferstraße ab und folgte der geschlungenen Allee zur Old Pointe Road. In Schrittgeschwindigkeit fuhr er weiter, bis er das weißgetünchte einstökkige Haus mit der Garage daneben und den gepflegten Büschen davor erblickte. Beim Namen R. J. Ritchie auf dem Briefkasten zögerte er unwillkürlich. Letzte Nacht hatte er nicht viel vom Haus gesehen. Er hatte vor der Garage gewartet, während sie hineingegangen war, um den Draht zu holen. Langsam fuhr er die Auffahrt hinunter vors Haus.

»Du kommst zu spät, Jackie.«

Ihre Stimme kam von oben. Er blickte suchend hinauf. Erst nach mehrmaligem Hinsehen bemerkte er sie. Sie lehnte sich aus einem der Fenster im ersten Stock und sah zu ihm hinunter. »Nur hereinspaziert«, rief sie, »die Tür ist offen!« Sie hielt etwas in der Hand. Langsam fuhr er bis vor die Garage und stieg aus. Erst jetzt erkannte er, was sie in der Hand hatte – eine Pistole. Nancy richtete sie auf ihn.

## 11

Ryan lief in aller Ruhe durch die Räume, erst durch die Küche, dann das Wohnzimmer. Das gehörte dazu: ein Gefühl bekommen für die Örtlichkeit und die Gegenstände richtig einschätzen, die weißen Wände und das dunkle Holz im Licht dieses stillen Frühabends, den Perserteppich, den Hardwoodboden und die eiserne Wendeltreppe, die den Boden durchbrach und hinauf in den ersten Stock führte. Durch die offene Tür warf er einen Blick ins weißgestrichene Eßzimmer. In der Mitte stand ein dunkelbrauner, äußerst massiver Tisch. Der Wandschmuck sah ebenfalls sehr schwer aus, er war aus Gußeisen.

Wer hier putzen wollte, mußte schon ein Gewichtheber sein. Er trat kurz ins Büro. Graugrüne Holzvertäfelung, Klappstühle, schwere blaue und grüne Aschenbecher. Mit den Gemälden an der Wand konnte er nicht viel anfangen. Sie mochten ganz gut sein, aber er hatte keine Ahnung, wieviel sie einbringen würden. Für den Farbfernseher würde er hundertfünfzig bekommen. Er ging wieder ins Wohnzimmer und stellte sich vor die Schiebetür zur Sonnenterrasse. Die gesamte Front war aus Glas. Er konnte den Swimmingpool und die Rasenfläche sehen, und wenn er den Kopf gegen das Glas drückte, auch einen Teil der Veranda.

Er drehte sich um. Nancy kam die Treppe herunter – braungebrannte Beine, Basthandtasche, braune Shorts, Sweater und ganz zum Schluß ihr dunkelbraunes Haar.

»Bist du zum Jagdhaus gefahren?« fragte sie.

Er erschrak ein wenig, denn daran hatte er überhaupt nicht mehr gedacht.

»Ich hatte keine Zeit.«

Sie starrte ihn einen Augenblick unverwandt an, dann kehrte sie ihm den Rücken.

»Ich bin mit der Arbeit nicht mehr fertig geworden«, erklärte er und folgte Nancy die Treppe hinunter, wo sich die Hausbar befand. Hinter der Theke führte eine Glastür auf die Veranda. Nancy trat hinaus. Schweigend sah Ryan zu, wie sie ihre Handtasche auf den Tisch legte.

»Ist sie geladen?«

Sie musterte ihn mit einem kühlen Blick. Um ihre Lippen spielte ein leises Lächeln. »Aber natürlich, was dachtest du denn?«

»Was für ein Kaliber?«

»Zweiundzwanziger.«

»Willst du auf was schießen?«

»Warum nicht? Fenster wären nicht schlecht.«

»Das haben wir schon gemacht.«

»Aber nicht mit einer Pistole.«

»Und du allein?«

»Es ist schon eine Weile her. Hey, hast du Hunger?«

»Wahrscheinlich schon. Waren das Fenster hier in der Gegend?«

»Mmhmm. Daß hier rein gar nichts los ist, war mir ja gleich klar.«

»Hast du dir deswegen eine Pistole besorgt? Um Fensterscheiben zu zerschießen?«

»Und Boote. Auf Boote schießen macht Spaß.«

»Das kann ich mir gut vorstellen. Wie ist es mit Autos?«

»Hey, daran hab' ich noch gar nicht gedacht. Stellst du dir das nicht auch lustig vor?« Sie schien ganz überrascht.

»Ja, ja, das wäre lustig.«

»Ich wollte dir ja nur zeigen, daß wir was besseres haben als Steine.«

»Es gibt einen Unterschied zwischen Einbruch und bewaffnetem Überfall«, meinte Ryan.

»Und es gibt einen Unterschied zwischen siebenundachtzig Dollar und fünfzigtausend Dollar!« rief Nancy. »Brauchst du das Geld denn nicht?«

Im Büro schrillte das Telefon. Nancy musterte immer noch Ryan, der seinerseits den Blick nicht von ihr wandte und keine Reaktion zu erkennen gab. Schließlich ging sie mit einem Grinsen davon.

Als sie verschwunden war, nahm Ryan die Pistole aus der Handtasche. Sie war ihm gut vertraut, von der Sorte hatte er genügend im Sportwarengeschäft verkauft. Er streckte den Arm durch und richtete den Lauf auf den Laternenpfosten. Dann zog er das Magazin aus dem glattpolierten Holzgriff. Sie war tatsächlich geladen. Er schob es zurück und steckte die Pistole wieder in Nancys Handtasche.

Mit den Händen in den Hosentaschen schlenderte er hinaus zum Swimming-pool. Er spürte noch immer den polierten Griff zwischen den Fingern und sah sich die Pistole aus der Manteltasche ziehen und auf den Bankschalter zusteuern. Halt, nein! Um Himmels willen keine Bank! Besser ein Kreditinstitut, und zwar eins wie das, für das Bud Long arbeitete. Da saßen zwei, drei Leute hinter dem Schalter. Und in dem Augenblick, in dem er die Pistole zog, würde Leon Woody die Formulare, die er bis dahin in einer Ecke ausgefüllt hatte, liegen lassen und abräumen helfen. Sie hätten sich die Örtlichkeit vorher natürlich genau angeschaut und das Ganze für wenige Minuten vor Geschäftsschluß geplant. Das Ding drehen und schnell türmen. Einmal hatten sie sich darüber unterhalten. Einmal nur, weil das ein bewaffneter Überfall gewesen wäre und mehr Nerven gekostet hätte als all ihre ED-Touren zusammen. Und unter Umständen reichte eine Pistole dann immer noch nicht.

Er ging weiter bis zur Steilböschung und sah auf den See hinunter. Das Boot war nicht mehr da. Anscheinend hatte es der Typ vom Club abgeholt.

Hier draußen herrschte Stille, und das Gras fühlte sich gut an. Komisch, er hatte im ganzen Leben noch nie Gras gemäht. Das hier war frisch gemäht. So schön kurz hatte er es auf keinem Baseballfeld erlebt. Hier müßte man den Ball ganz anders schlagen. Er würde sehr flach wegspringen. Aber wenn man sich daran gewöhnt hatte, wäre es ganz okay.

Als er zur Veranda zurückkam, stellte Nancy gerade ein Tablett auf den Tisch. Er hatte kein schlechtes Gefühl, aber so richtig wohl war ihm auch nicht zumute. Es war wie vor einem Spiel, oder wie bei der Inspizierung eines fremden Hauses. Anmerken ließ er sich nichts. Darin hatte er genügend Übung. Verhindern konnte er dieses Gefühl andererseits auch nicht. Das Mädchen, der Swimming-pool und die Veranda waren ihm ja recht, aber irgend etwas stimmte nicht. Aus irgendeinem Grund würde er lieber vor einem eiskalten Bier in der ›Pier Bar‹ sitzen und über nichts nachdenken.

»Bier oder Cold Duck?« Nancy hatte zwei Bierflaschen auf dem Tablett, eine Karaffe mit Cold Duck und ein verpacktes Hühnchen. »Das Hühnchen habe ich bringen lassen«, erklärte sie. »Nicht unbedingt das Feinste vom Feinsten, aber ich konnte nicht so recht dran glauben, daß du mich in ein Restaurant einlädst.«

Ryan machte ein Bier auf, ließ sich auf einem Klappstuhl nieder und wartete. Sie sagte ebenfalls nichts, bis er aufgab: »Wer war das am Telefon? Ray?«

»Der hat schon am Nachmittag angerufen. Es war Bob junior. Er will mich besuchen kommen.«

»Was hast du ihm gesagt?«

»Daß ich müde bin und heute früh ins Bett gehe. Da hat er wohl gemeint, er muß eine witzige Bemerkung machen. Wenn ich seinen Wagen hier vorfahren sehe, habe ich ihm gesagt, rufe ich seine Frau an und sage ihr Bescheid.«

»Das verstehe ich nicht«, brummte Ryan. »Mit dem gehst du aus?«

»Ich hatte ja nichts zu tun.« Sie schenkte sich ein Glas Cold Duck ein. »Wahrscheinlich wollte ich nur wissen, ob er überhaupt Mumm hat.«

»Auf Mumm scheinst du ja ganz schön abzufahren.«

»Was hat man denn sonst schon? Auf irgendwas muß man sich doch verlassen können.«

»Und was ist, wenn du dir mit deinem ganzen Mumm Ärger einhandelst? Was ist, wenn Ray alles rausfindet?«

»Das mit Bob junior?«

»Oder wenn ihm jemand erzählt, daß er uns zusammen gesehen hat?«

Nancy zuckte die Schultern. Wie ein kleines Mädchen tat sie das. »Keine Ahnung. Ich würde mir schon was einfallen lassen.« Sie zog einen Stuhl nahe an den seinen heran und setzte sich. »Was ist? Der Bubi ist wohl ein bißchen nervös?«

»Du sagst, Ray hat heute schon angerufen?«

»Er kommt erst am Samstag wieder. Vorher muß er nach Cleveland.«

»Was hat das zu bedeuten?«

»Das hat zu bedeuten, daß er am Freitag in Cleveland ist und nicht hier. Stört dich das etwa?«

»Und das Geld?«

»Das muß am Freitag kommen, wenn sie die Arbeiter am Samstag auszahlen wollen. Aus dem Grund habe ich ja beschlossen, daß wir uns heute nacht mal reinschleichen.«

Ryan schüttelte den Kopf. »Erst wenn ich es bei Tageslicht gesehen habe.«

»Du hast es doch schon gesehen.«

»Aber da wußte ich von der Sache noch nichts.«

»Ich habe den ganzen Tag darüber nachgedacht«, erklärte Nancy. »Wir schleichen heute nacht solange drinnen herum, bis wir uns auch bei Dunkelheit auskennen.«

»Morgen habe ich frei«, sagte Ryan. »Da kann ich irgendwann mal rüberfahren.«

»Na schön. Dann fahre ich aber mit, und wir schleichen morgen nacht rein.«

Am liebsten hätte er sie an den Schultern gepackt und geschüttelt, um zu ihr durchzudringen. »Du mußt immer damit rechnen, daß es vielleicht nicht klappt«, warnte er sie.

»Aber um das rauszufinden, müssen wir es probiert haben«, entgegnete sie. »Wollen wir es riskieren?«

Ryan aß ein paar Bissen und machte dazu das zweite Bier auf. Allmählich ließ die Spannung in ihm nach. Aber jetzt spürte er, daß in ihm etwas vorging. Nancy saß ihm so dicht gegenüber, daß ihr braunes Knie fast an seinen Stuhl stieß. Mit beiden Händen hielt sie ihr Hühnchen fest und biß hin und wieder ein Stück herunter, ohne ihn dabei aus den Augen zu lassen. Wenn sie nicht aß, nippte sie an ihrem Wein. Alle Augenblicke strich sie sich die Haare aus den Augen, die ihr gleich wieder hineinfielen. Während sie schweigend aßen, ließ er den Gedanken in sich reifen. Schließlich lehnte er sich zurück und zündete sich eine Zigarette an. Und jetzt wußte er, daß es dieses dunkelhaarige Mädchen war, das ihn unentwegt beschäftigte. Die benutzt dich doch nur, sagte er sich auf einmal.

Sie legte ihm einen Köder aus. Den Mund wäßrig machen wollte sie ihm. So eine Art Fee hatte ihn auf einen hohen Berg mitgenommen und zeigte ihm all die Königreiche, die ihm gehören könnten.

Wie kannst du deiner Sache nur so sicher sein? hielt Ryan sich vor.

Und dann sagte er sich: Sie stellt es als ein Kinderspiel hin.

Sie macht so was ein einziges Mal, bekommt fünfzig Riesen und kriegt nie mit, wie schwer es eigentlich ist.

Er konnte wo einbrechen, Leon Woody konnte wo einbrechen und alle möglichen Typen konnten wo einbrechen, mochten sie noch so dämlich oder bekifft sein. Aber das hieß noch lange nicht, daß *sie* das konnte. Man warf nicht einfach Steine und rannte dann weg. Es war kein Spiel. Es war Wirklichkeit. Vielleicht schaffte sie es, ohne sich in die Hosen zu machen, aber woher wollte sie das wissen, solange sie es nicht getan hatte und keine Ahnung davon hatte. Und genau das machte ihn stutzig. Wenn es wirklich so leicht war, wozu brauchte sie ihn dann überhaupt? Glaubte sie denn, sie schaffte es allein und brauchte nur einen Kofferträger? Heuerte sie ihn nur an, weil sie sich keinen Bruch heben wollte?

Laut fragte er: »Sag mal, wie würdest du es denn anstellen, wenn du wo einbrechen wolltest?«

Nancy überlegte einen Augenblick. »Ich würde als erstes die Tür probieren.«

»Und wenn jemand daheim ist?«

»Ach so, ich dachte, du meinst das Jagdhaus.«

»Irgendein Haus, in das du einsteigen willst.«

Sie lächelte. »Ich würde es trotzdem mit der Tür probieren. Ganz leise natürlich.«

»Und wenn sie zugesperrt ist?«

»Dann würde ich es durch das Fenster versuchen.«

»Und wenn die Fenster alle verriegelt sind?«

»Wahrscheinlich würde ich eins zerschlagen.«

»Weißt du, wie das geht?«

»Hey, im Sommer sind die Fenster doch alle offen! Da braucht man nur ein Loch in die Jalousie zu schneiden.«

»Vorausgesetzt, das Fenster ist offen«, sagte er.

Sie setzte sich abrupt auf. »Machen wir's doch einfach. Brechen wir irgendwo ein.«

»Wozu denn? Wir haben doch keinen Grund.«

»Einfach so zum Spaß.«

Und Leon Woody sagte: »*Hey man*, zum Spaß, ja?« Er saß neben Leon Woody im Laster der Reinigungsfirma und entgegnete: »Genau, so eine Art Spiel.«

»Hast du so was schon mal getan?« wollte er wissen.

Nancy schüttelte den Kopf. »Eigentlich noch nicht.«

»Was soll das heißen – eigentlich nicht? Hast du's jetzt getan oder nicht?«

»Ich hab' mir die Häuser der Leute angeschaut, wenn sie nicht daheim waren.«

»Und das macht Spaß?«

»Mmhmm. Dir etwa nicht?«

Und Leon Woody sagte: »Weißt du auch, was du kriegst, wenn du das Spiel verlierst?« Und er sagte zu Leon Woody: »Das Risiko gehört nun mal zum Spiel.«

»Woher weißt du denn, daß du den Mumm hast?« wollte Ryan von ihr wissen.

»Ach, hab dich nicht so.« Sie nahm sich eine Zigarette aus der Packung auf dem Tisch. »Was soll denn daran so schwer sein?«

Jetzt hatte er sie soweit.

Er wartete noch. Er sah zu, wie sie sich die Zigarette anzündete und das Streichholz ausblies. Erst als sie ihn wieder anblickte, fragte er: »Willst du's versuchen?«

»Keine Steine heute abend, okay?« sagte Ryan.

»Keine Steine«, versprach Nancy. »Ich hab' mir übrigens überlegt, daß niemand zu Hause ist, wenn keine Lichter brennen. Es ist zwar dunkel, aber so früh gehen sie auch wieder nicht ins Bett.«

»Sie sitzen vielleicht auf der Veranda.«

»Vielleicht«, räumte sie ein. »Und natürlich müssen sie nicht daheim sein, wenn die Lichter brennen. Ich lasse auch immer eins an.«

»Da bist du nicht die einzige.«

»Drum müssen wir ganz nahe rangehen.«

Sie nahm es locker, das spürte Ryan. Anders hatte er sie auch noch nie erlebt. Einen letzten Rest Zweifel hatte er aber immer noch. Vielleicht spielte sie eben doch eine Rolle. Man konnte davon reden, oder man machte es. Dazwischen lag aber immer noch ein gewaltiger Unterschied – und Mumm.

»Welches Haus?« fragte Ryan.

»Ich dachte an das dunkle da.«

»Also los.«

Später sollte er sich daran erinnern, daß *er* das gesagt hatte. Sie mußte ihn nicht anstacheln. Ganz locker stand sie da, und kaum rief er sein »Also los«, folgte sie ihm übers ganze Gesicht grinsend. Auch daran sollte er sich später erinnern. Sie liefen über den Strand und durch das Wäldchen, das sich bis zum Grundstück erstreckte, trabten über den Rasen und erklommen die Stufen zur unbeleuchteten Veranda. Sie machte alles ohne großes Aufhebens mit.

Ryan klingelte.

»Was sagst du, wenn doch jemand da ist?« Sie fragte es mit leiser, ruhiger Stimme.

»Wir fragen, ob sie wissen, wo die Morrisons wohnen.«

»Und wenn sie so heißen?«

Statt einer Antwort drückte er wieder auf die Klingel und wartete. Wenn sie da waren, mußten sie ja erst aus dem Bett steigen und herunterkommen. Schließlich drehte er am Türgriff. Er gab nach.

»Ich hab' dir ja gesagt, daß es nicht schwer ist!« rief Nancy und wollte schon an ihm vorbei ins Haus laufen. Er hielt sie auf.

»Laß mich erst nachschauen gehen.«

Er ging hinein. In der Dunkelheit tastete er sich bis zur Küche durch und schaute zum Fenster auf die Garage, wo der Wagen stand. Er huschte zu ihr zurück.

Nancy saß rauchend auf der Brüstung. Er nahm ihr

die Zigarette aus der Hand. Eigentlich wollte er sie wegwerfen, aber dann bemerkte er ihren eigenartigen Blick, machte selbst einen tiefen Zug und reichte sie ihr wieder.

»Und?«

»Sie sind ganz in der Nähe und können jeden Moment zurückkommen.«

»Woher weißt du das?«

»Das weiß ich eben. Okay?«

Achselzuckend erhob sie sich. Er glaubte ein schwaches Lächeln zu erkennen, war sich aber in der Finsternis nicht ganz sicher. Gemeinsam überquerten sie wieder den Rasen und gingen zum Strand zurück.

»Wenn der Wagen dasteht, können sie nicht weit weg sein«, erklärte Ryan.

»Ich hab' mir was überlegt, Jackie. Wir wollen also wo reingehen, wenn wir genau wissen, daß keiner da ist, ja? Wo ist dann aber noch der Spaß?«

Ryan starrte sie entgeistert an. Er hatte wieder Leon Woody im Ohr: »Du gehst wo rein, wenn du weißt, daß sie nicht da sind. Wenn du es Schwarz auf Weiß hast, daß keiner da ist.«

Er starrte sie so lange schweigend an, bis sie den Mund aufmachte. Ehe sie aber etwas sagen konnte, schlug er vor: »Versuchen wir's woanders.« Erneut verschwanden sie in einem Wäldchen, bis sie vor einem anderen, diesmal einem beleuchteten Haus herauskamen. In gebückter Haltung – so wie sie es auch beim Steinewerfen getan hatten – huschten sie im Schatten der Bäume und Büsche bis unter ein Fenster. Lautlos zogen sie sich hoch und lugten hinein.

»Die spielen Karten«, flüsterte Ryan.

»Rommé. Sie hat abgelegt, und er ist stinksauer.«

»Los, komm.«

Zu sehen gab es nichts. Daran würde sich auch nichts ändern, dessen war Ryan sich ganz sicher. Es war wie beim Teppichreinigen, als er geglaubt hatte, die Frauen würden unbekleidet durch das Haus laufen. Am Rand der Böschung liefen sie weiter von einem Haus zum nächsten. Die einen spielten Karten, andere lasen, aßen, tranken, sahen fern, wieder andere unterhielten sich, und immer wieder wurde getrunken.

»Vielleicht erwischen wir welche im Bett«, meinte Nancy.

»Wenn sie im Bett sind, schalten sie das Licht aus.«

»Nicht alle.«

»Willst du denn Zuschauer dabei haben?«

»Daran hab' ich noch nie gedacht«, sagte Nancy.

Sie beobachteten Leute beim Bridgespielen und beim Herumsitzen. Eine Frau saß ganz allein da und las. Nancy fuhr mit dem Fingernagel über die Fensterscheibe. Die Frau zuckte sichtlich zusammen und starrte ängstlich auf das Fenster. Sie wagte nicht mehr, sich zu bewegen.

»Das hat Spaß gemacht!« rief Ryan, sobald sie wieder die Bäume erreicht hatten. »Vielleicht finden wir noch eine alte Schachtel mit einem schwachen Herz.«

Das braune Haus erkannte Ryan im ersten Augenblick nicht wieder. Er wußte nur, daß es hier irgendwo in der Gegend war und hatte es auch nicht gesucht. Als sie sich der Terrasse näherten, war es ein Haus wie alle anderen auch. Er hatte nur Augen für Nancy, die zur Garage lief, einen Blick hineinwarf und zu ihm zurückhuschte.

»Kein Wagen da«, zischelte sie. »Gehen wir rein?«

Obwohl Hinter- und Vordertür verriegelt waren, kamen sie problemlos hinein. Ryan brauchte nur einen Stein durch die Jalousie zu stoßen und eins von den Wohnzimmerfenstern zu zerschlagen. Danach ließ sich der Riegel umlegen und das Fenster öffnen. Er stieg als erster ein, Nancy folgte. Er ging voran bis zum Flur und entriegelte zuallererst die Hintertür. Gleich fühlte er sich viel wohler, weil er nun mehrere Fluchtwege hatte.

Ein plötzliches Licht an der Wand ließ ihn herumfahren.

Nancy hatte den Kühlschrank aufgemacht.

»Bier?« fragte sie und reichte blind eine Dose nach hinten. »Viel haben sie ja nicht gerade anzubieten.«

»Sie wußten ja nicht, daß wir kommen«, meinte Ryan. Er riß die Lasche ab und nahm einen langen Schluck.

»Salatdressing, Senf, Milch, Marmelade, noch mal Senf – Senf haben sie ja genug – ojeoje, vier Gläser! Und Ketchup – zwei... drei Flaschen! Die müssen ja von Senf und Ketchup leben.«

»Vielleicht haben sie eine Party gegeben.«

Er war bereits auf dem Weg zum Korridor. Noch mitten im Satz und bevor er die Treppe rechts und das matte Außenlicht auf dem ersten Absatz wiedererkannte, wußte er plötzlich, wo sie waren.

»Küchen sind auch nichts Besonderes«, verkündete Nancy. »Am liebsten mag ich ja Schlafzimmer.«

Das war ja witzig. Im ersten Augenblick fühlte er sich äußerst seltsam, irgendwie war er alarmiert, als ob etwas faul an der Sache wäre. Aber dazu gab es doch überhaupt keinen Grund. Dann war es eben dasselbe Haus – na und? Genausogut hätte es das daneben oder sonst irgendeins sein können. Es war ein Haus, nichts weiter. Daß er noch einmal hier einstieg, war vollkommen egal. Und Leon Woody hätte gesagt: »Genau, Mann, dann gehst du eben noch mal rein, was soll's? *Hey man*, du weißt es ja sowieso nicht mehr.« Aber er hätte sich natürlich nur einen Spaß erlaubt. So gemeint hätte er es bestimmt nicht.

Immer noch unter Ryans Führung stiegen sie die Treppe hinauf. Oben blieb er stehen und lauschte, dann ging er in das erste Schlafzimmer rechts, in dem er mit Billy Ruiz zusammen die Männersachen gefunden hatte. Ihm war alles noch vertraut, das Fenster über der Dachterrasse, die Kommode, das Doppelbett, das Nachtkästchen, auf das er seine Zigarre gelegt hatte. Ihm fiel nun auch wieder ein, daß er die Zigarre im Aschenbecher vergessen haben mußte. Er trat zwischen die Betten, um nachzusehen. Einfach aus Neugierde, denn daß sie noch dalag, war höchst unwahrscheinlich. Nancy beugte sich inzwischen über die Kommode und fing an, die Schubladen zu durchwühlen.

Ryan setzte sich mit seinem Bier aufs Bett und sah ihr zu. Sie hatte in der ersten Schublade nichts gefunden und machte die zweite auf. Sie schob die Finger unter die Kleider und tastete gründlich unter jedem Wäschestück herum. »Verstehst du, Leon, sie macht ihre Sache sehr gründlich, damit ihr auch ja kein verstecktes Schmuckstück entgeht.« »Klar, die Wertsachen. *Hey man*, sag mal, hast du ihr denn nicht gesagt, daß man die Schubladen einfach auf den Boden leeren kann, wenn man an den Schmuck ran will?«

Nein, davon hatte er ihr nichts gesagt. Er trank sein Bier leer und ging durch das Bad in das andere Schlafzimmer, das, in dem die Frauen ihre Sachen abgelegt hatten, und schaute dort in den Schubladen nach. Nichts. Am anderen Ende des Flurs waren noch zwei Zimmer. Er schaute in beiden nach, aber auch dort fand er nichts Lohnenswertes. Zumal Detroit hundertfünfzig Meilen weit weg war und er keinen Wagen hatte. Ihm kam ein anderer Gedanke. Er ging ins Bad zurück und schaute im Medizinkästchen nach. Das Jade East war noch da. Er rieb sich das Kinn mit ein paar Tropfen ein und suchte sein Ebenbild im Spiegel. In der Dunkelheit war kaum etwas zu erkennen.

Er ging in das erste Schlafzimmer zurück, wo er Nancy noch immer über die Schubladen gebeugt oder vor dem Wandschrank vermutete. Im ersten Moment konnte er sie nirgends sehen. Erst als er zur Tür blickte, registrierte er eine Bewegung auf dem Bett, nein *im* Bett, denn dort lag sie und hatte die Bettdecke bis zum

Kinn über sich gezogen. Sie hatte ihm zugeschaut und darauf gewartet, entdeckt zu werden. Schweigend beobachtete sie, wie er auf sie zukam und sich auf das Nachbarbett setzte.

»Ich gebe auf«, sagte Ryan. »Was hast du jetzt vor?«

Sie sah ihn spöttisch an. »Ich hab' auf dich gewartet. Rat mal, ob ich was anhabe.«

»Willst du dich über mich lustig machen?«

»Rate.«

Er fing an, langsam zu nicken. »Ich trau's dir zu.«

»Richtig!« rief sie. »Weißt du auch, was du gewonnen hast?«

»Hör mal, ich wüßte da einen besseren Ort.«

»Welchen?«

»Mein Zimmer.«

»Mm-mm. Hier, und nirgendwo sonst.«

»Warum?«

»Weil so was bestimmt noch nie gemacht worden ist.«

»Wetten daß?« widersprach Ryan.

»In fremden Häusern, in die man sich reingeschlichen hat? Das ist ein ganz neues Spiel. Irre.«

»Ich hab' mir sagen lassen, daß es nicht soviel Spaß macht, wenn man dauernd die Ohren spitzen muß, ob die Leute kommen.«

Nancy grinste ihn an. »Wäre das denn nichts? Stell dir nur ihr Gesicht vor, wenn sie reinkommen.«

»Sag mir doch bitte, warum«, knurrte Ryan.

»Warum! Warum! Ich höre nichts anderes von dir! Du bist wirklich ein entsetzlicher Langweiler, Jackie. Ich hatte geglaubt, mit dir macht es Spaß, aber jetzt weiß ich nicht mehr so recht...«

»Rutsch mal ein bißchen.«

»Erst mußt du dich ausziehen. So will es die Regel.«

»Die Schuhe auch?«

»Alles.«

Ohne den Blick von ihr zu wenden, knöpfte er langsam das Hemd auf und zog es aus der Hose.

»Alles«, befahl Nancy.

»Gleich.«

Ryan setzte sich neben sie. Sofort zog sie die Bettdecke fester an sich. »Erst mußt du alles ausziehen.«

Er beugte sich näher über sie. Mit den Händen stützte er sich auf dem Kissen ab. Ihr Kopf lag eingeklemmt dazwischen.

Sie schnüffelte. »Was ist denn das?«

»Riecht es gut?«

»Du hast zuviel draufgetan.«

»Willst du reden oder was?«

»Ich hab' dir doch die Regel erklärt...«

Er beugte sich noch weiter über sie, bis sein Mund fast auf dem ihren zu liegen kam. Plötzlich verharrte er regungslos.

»Was ist denn los?« fragte sie.

»Schsch.«

Keiner rührte sich. Im Zimmer, im ganzen Haus war kein Laut zu hören.

»Ich höre nichts.«

Ryan stemmte sich behutsam hoch. Er legte einen Finger auf ihre Lippen, stand ganz auf und huschte zur Tür. Mit einer Hand hielt er sich am Rahmen fest und lauschte in den Flur hinaus. Dann warf er ihr einen warnenden Blick zu, schloß die Tür sachte und lief ans Fenster. Dort sah er kurz hinaus, zögerte einen Moment und schwang sich schließlich hinaus auf das Terrassendach. Von draußen flüsterte er ihr zu: »Willst du auf sie warten?«

»Wo sind sie?«

Zur Antwort deutete er auf den Boden. »Mach schon.«

Im nächsten Augenblick hatte er sich schon vom Dach herabgelassen, hing kurz in der Luft und ließ sich fallen, um sofort zum Gebüsch am Rand des Grundstücks zu laufen. Von dort sah er Nancy in voller Montur aus dem Fenster klettern. Unschlüssig nach unten schauend, blieb sie stehen. Ryan grinste. Er wartete geduldig, weil er wußte, daß ihr nichts anderes übrig blieb, als zu springen. In ihrer Situation wurden aus Sekunden Minuten. Er sah zu, wie sie sich langsam auf die Knie niederließ, noch einmal zweifelnd nach unten schaute und sich dann über die Kante rollen ließ, bis ihre Füße in der Luft baumelten. Du wirst dir ganz schön die Beine aufkratzen, dachte Ryan, aber sie hatte keine andere Wahl. Schließlich ließ sie sich fallen und richtete sich sogleich wieder auf.

»Hey«, zischelte er ihr vom Gebüsch aus zu. Sobald sie ihn erreichte, nahm er sie bei der Hand und zog sie mit sich durch das Unterholz. Fast rannten sie. Kurz vor der hier sehr sanft abfallenden Böschung blieb er abrupt stehen und drehte sich zu ihr um, so daß sie auf ihn auflief. Die Wucht des Aufpralls riß sie beide um. Aneinander geklammert rollten sie die Böschung zum Sandstrand hinunter. Sie unten, Ryan oben, so kamen sie zum Halten. Mit den Armen stützte er sich ein wenig vom Boden ab, damit er ihr nicht zu schwer wurde. Ihre Augen waren geschlossen. Mit offenem Mund schnappte sie noch nach Luft. Den Hauch spürte er im Gesicht, so nahe lagen sie beieinander. Sie schlug die Augen auf. Er wartete noch, bis ihr Herz nicht mehr so heftig pochte.

»Du hast dich aber schnell angezogen.«

Gelassen sah sie ihm in die Augen. »Du hast ja gar niemand gehört«, sagte sie schließlich. »Das hast du nur erfunden.«

»Laß uns eine Minute mal nichts sagen, okay?« bat Ryan.

»Wenn wir nichts sagen sollen«, meinte Nancy, »dann würde ich lieber woanders nichts sagen.«

»Gefällt es dir nicht auf dem Sand?«

»Ich hab's im Freien nicht so furchtbar gern, Jackie. Das müßtest du allmählich wissen.«

»Ich weiß nicht, ob ich noch laufen kann.«

»Versuch's doch mal«, forderte Nancy ihn auf.

Bisweilen stand Ryan neben sich und sah sich selbst zu, wenn er zum Beispiel mit dem Schläger in der Hand in seinem Rechteck stand, sich die Mütze geradegerückt hatte und auf den Ball wartete, oder wenn er den Strand entlanglief, oder wenn er Auto fuhr. Meistens aber war das in der Gesellschaft von bestimmten Leuten der Fall. Mit Mr. Majestyk zusammen achtete er nicht auf sich. Mit Nancy zusammen dagegen stand er fast immer neben sich. Er sah sich, hörte sich und kam sich entsetzlich dumm vor. Ein großer, unbeholfener Dummkopf, der lauter blödes Zeug von sich gab und damit Eindruck zu schinden versuchte. In die richtige Verfassung, in der er sich seiner selbst sicher gefühlt hätte, kam er nie. Eine Rolle spielen, das konnte er. Er konnte den tollen Strahlemann markieren, und trotzdem spürte er, daß sie sich nicht beeindrucken ließ und ihn einfach beobachtete. Vielleicht lachte sie ihn sogar aus. Nie bekam er die Situation in den Griff. Er war sich ziemlich sicher, daß sie es genoß. Aber spielte sie nicht vielleicht auch? Hockte in ihr nicht vielleicht eine ganz andere – wie sie es von ihrer Mutter erzählt hatte, aus deren Augen nie sie selber schaute? Vielleicht war bei ihr auch alles Mache. Sie gab sich cool, und er gab sich cool, und jeder tat alles, um noch cooler zu sein als der andere. Irgendwann, sagte sich Ryan, konnten sie sich vor lauter Coolheit nicht mehr bewegen, weil dann alles, was sie noch taten, dumm aussehen mußte. Und zwar ausnahmslos. Was nutzte ihm dann noch das Coolsein, wenn er nicht mehr er selber war. Wer immer ich überhaupt bin, dachte Ryan.

Er saß hinter dem Steuer und gab sich natürlich, obwohl er sich wieder beobachtete. Wohin sie fuhren, sagte er nicht. Das war auch nicht nötig, denn das blau angestrahlte Bay Vista-Schild mit dem Hinweis ALLE ZIMMER BELEGT in kleinen roten Buchstaben leuchtete im Scheinwerferlicht auf. Der Wagen kam auf dem Parkplatz zum Stehen.

»Ich zeig' dir mal, wie ich wohne.«

Ryan stieg aus und wartete, bis sie sich hinausbequemte. Mit einiger Verzögerung folgte sie ihm durch die Anlage.

»Wow«, sagte sie auf halbem Weg zwischen dem dunkel daliegenden Swimming-pool und den Cabanas.

»Was ist?«

»Ich seh' schon direkt die Leute am Pool«, erklärte Nancy.

»Stell dir mal die ganzen Schlosser und Stempelmacher in ihrer Urlaubskluft vor!«

Ryan führte sie zu Nummer 7. Sie blieb mitten in der Tür stehen und schaute, so daß er sie beiseiteschieben mußte, um die Tür wieder zuzumachen. Dann stellte er sich neben sie.

»Ja, ganz nett.«

»Ich bin zufrieden«, meinte Ryan. »Das Bett ist bequem. Na ja, die Wände gehören vielleicht mal gestrichen, aber ich weiß nicht, ob ich mir die Mühe machen soll.«

»Häng doch einfach ein paar Bilder auf.«

»Das wär eine Möglichkeit. Wenigstens da, wo die Farbe abblättert.«

»Besorg dir am besten ein paar von den tollen Drukken im Kaufhaus.«

»Haben die so was?«

»Mein Gott, das Zeug würdest du wirklich kaufen?«

»Na ja, um die häßlichen Stellen zu überdecken.«

»Und was wolltest du mir noch zeigen?«

»Das war's schon. Ich wollte dir nur mal zeigen, wie ich so wohne.«

»Großartig!« rief Nancy und ging zur Tür.

»Ich dachte mir, wir könnten ein bißchen herumsitzen«, meinte Ryan.

»Oder herumliegen?«

Ryan lächelte sie an.

»Zeig mir erst alles andere«, forderte sie ihn auf.

Draußen ließ sie den Blick über das Schwimmbecken und die Bäume und die Cabanas schweifen.

»Hier ist ja die Hölle los«, sagte sie.

»Hier sind auch viele Familien mit Kindern.«

»Ach, mit Kindern? Das stelle ich mir aber aufregend vor.«

Sie ging zum Beckenrand. Ryan folgte ihr langsam. Wenige Schritte hinter ihr blieb er stehen und beobachtete sie. Gib ihr doch einen Tritt in den Arsch und hol dir ein Bier, schoß es ihm durch den Kopf.

Und was würde das beweisen?

Es bewies vielleicht gar nichts, aber den Gedanken war es wert. Aus Nummer 11 hörte er Geräusche. Die Biertrinker. Er drehte sich um. Ihr Wall aus Bierdosen zeichnete sich schemenhaft in der Dunkelheit ab. In Nummer 5 leuchtete hinter dem zugezogenen Vorhang Licht. Das war die Frau mit dem Fenster – oder was immer für ein Spielchen sie mit ihm treiben wollte. Er brauchte nur hinüberzugehen, anzuklopfen und zu sagen: »Schauen wir uns doch mal das Fenster an, Schätzchen.« Garantiert würde er sie vollkommen unvorbereitet erwischen, und sie würde fragen: »Was für ein Fenster?«

»Es tut mir leid«, sagte Nancy.

Er spürte sie dicht hinter sich und konnte sich ausmalen, wie sie nur darauf wartete, daß er sich zu ihr umdrehte. Zur Abwechslung versuchte sie, ihn mit der Tour vom sanften, geduldig wartenden Mädchen aus dem Konzept zu bringen.

»Was tut dir leid?« Er drehte sich nur halb zu ihr um.

»Ich weiß nicht. Aber aus irgendeinem Grund bist du sauer auf mich?«

»Ich bin nicht sauer.«

»Ich hatte nun mal keine Lust, drinnen zu bleiben.«

»Vorhin hast du aber gesagt, du willst reingehen.«

»Ich habe gesagt, ich hab's im Freien nicht so furchtbar gern. Im Moment habe ich einfach keine Lust. Später vielleicht, einverstanden?«

»Du weißt gar nicht, wie dankbar ich dir bin.«

»Sei doch nicht so griesgrämig. Machen wir lieber was.«

»Von mir aus. Aber du weißt, wer hier aufräumen muß, wenn du wieder Scheiben einschlägst.«

Sie lächelte ihn an. »Schon besser. Komm, schauen wir uns den Laden mal an.«

»Du meinst die dämlichen Familien mit ihren dämlichen Kleinen?«

Sie nahm sein Gesicht zwischen beide Hände, schmiegte sich an ihn, zog ihn langsam zu sich herunter und küßte ihn leicht auf den Mund. Als er ihr den Rücken streichelte, drückte sie sich fester an ihn.

Dann nahm sie ihn an der Hand. »Komm, zeig mir die Bay Villa.«

»Vista.«

»Dann zeigst du mir eben das Bay Vista.«

Hand in Hand liefen sie auf den Strand zu. Ryan war froh, daß es dunkel war und daß niemand sie sehen konnte.

»Das ist alles – vierzehn Cabanas...«

»Cabanas?«

»So nennt er die Bungalows. Und das Motel.«

»Wer ist er?«

»Mr. Majestyk.«

»Der, mit dem du in der ›Pier Bar‹ warst?«

»Genau.«

»Wo wohnt er?«

»In einem Haus. Neben Nummer 1.«

»Zeig's mir.«

»Es ist doch nur ein gewöhnliches Haus.«

Ein an einer Fichte angebrachter Scheinwerfer strahlte die säuberlich gestutzten Sträucher, die weiß gestrichenen Felsbrocken, die blassen Birkenstämme und die zwei futternden Flamingos in Mr. Majestyks Garten an.

»Herrlich«, flüsterte Nancy. Sie überquerten den Rasen im Schatten des Scheinwerferlichts.

»Er ist zu Hause«, sagte Ryan. »Wahrscheinlich sieht er fern.«

»Klar«, sagte Nancy. »Die Lampe im Fenster finde ich entzückend.«

»Seine Tochter hat das Haus für ihn eingerichtet.«

»Das will ich sehen.«

Sie lief auf die im Dunkel liegende Seite gegenüber dem ungenutzten Feld zu. Ein Fenster stand offen. Hinter der Jalousie war ein rosa Flimmern zu sehen.

Ryan packte sie beim Arm. »Die Tür ist auf der anderen Seite.«

»Ich will es ja nicht von innen sehen.«

Sie riß sich los, und so mußte er ihr wohl oder übel zum Fenster folgen. Gemeinsam schauten sie ins Wohnzimmer.

Mr. Majestyk saß in seinem Fernsehstuhl und sah sich einen Western an. Vor sich hatte er eine Bierdose stehen und eine Zigarre liegen. Zum Trinken beugte er sich hin und wieder nach vorne; die Sessellehne richtete sich dabei automatisch auf. Sein Blick blieb starr auf den Apparat gerichtet. Nach jedem Schluck machte er einen tiefen Zug an seiner Zigarre und warf sich dann mit dem ganzen Gewicht wieder in den Sessel. Mit ihm sank die Lehne nach unten.

»Wow«, sagte Nancy.

Ryan konnte verstehen, was im Film gesprochen wurde. Die Männerstimme kam ihm bekannt vor, die Frauenstimme nicht. Den Mann erkannte er gleich am singenden Tonfall. Er richtete sich zur vollen Größe auf und spähte vorbei an Mr. Majestyk auf den Bildschirm.

Ja, das war Randolph Scott mit seinem tollen Hut mit der gebogenen Krempe. An die Frau konnte er sich nicht mehr erinnern. Sah einigermaßen gut aus, war aber schon recht alt. Ihre Stimme klang müde, als hätte sie resigniert. Sie erklärte, ihr sei egal, was aus ihr würde, woraufhin Randolph Scott sagte: »Wenn du endlich dein Selbstmitleid bleiben läßt, will ich dir was verraten... Du lebst, und er ist tot, und das ist ein gewaltiger Unterschied.«

»Ich liebe Lila und Silber«, flüsterte Nancy. »Das Blaßlila hat's mir wirklich angetan.«

Er hatte den Film schon einmal gesehen. Es war ein ziemlich guter. Den Schurken spielte Richard Boone. Er und noch ein paar andere überfielen eine Postkutsche und nahmen Randolph, die Frau und ihren Mann als Geiseln. Weil ihr Vater reich war, wollten sie ein Lösegeld von ihm erpressen. Der Ehemann war ein Feigling und ließ sich abknallen. Es war abzusehen, daß sie auch Randolph und die Frau umbringen würden, wenn Randolph sich nichts einfallen ließ.

»Die Bilder, schau«, sagte Nancy. »Das sind die Drucke aus dem Kaufhaus, von denen ich dir erzählt habe.«

»Schsch.«

»Und die weißen Rahmen sehen wie echt antik aus. Spitze!«

Mr. Majestyk und die Lehne schossen hoch. Er wirbelte herum und schaute zum Fenster. Sie duckten sich.

Stille. Ryan stand in der Dunkelheit mit dem Rücken an der Wand. Von innen hörte er Pferdehufe trappeln. Musik oder Dialoge waren jetzt nicht zu hören. Etwas stand unmittelbar bevor. Vielleicht kam als nächstes die Szene, in der Randolph Scott diesem Billy Jack in die Höhle nachschlich. Das war der Höhepunkt. Der Typ wollte die Frau in der Höhle anmachen. Seine Kumpel waren fortgeritten, und er glaubte, er wäre allein mit ihr. Randolph Scott schlich sich an Billy Jack heran und wollte ihm gerade den Gürtel um die Kehle legen, da drehte Billy Jack sich plötzlich um. Man glaubte schon, es würde eine Schlägerei geben, aber nein, Randolph rammte Billy Jack eine abgesägte Schrotflinte unters Kinn, und – *wummm!* – sein Gesicht verschwand, ohne daß es zu einer von diesen gestellten Prügelszenen gekommen wäre.

Nancy schaute schon wieder zum Fenster hinein. »Herrlich«, kicherte sie.

»Komm, gehen wir«, sagte Ryan.

»Gleich.«

»Er hört dich noch.«

*Wummm!* Die Schrotflinte ging los, und nun schaute auch Ryan hinein. Genau, das war die Stelle. Randolph hatte die Schrotflinte noch in der Hand, und die Tussi hielt sich die Hand vor den Mund. Wahrscheinlich machte sie sich vor Angst in die Hosen.

»Menschenskinder, was meinst du, wo er sich die Möbel kauft?«

»Komm, gehen wir.«

»Unglaublich. Schau dir die Lampe im Fenster an.«

»Komm schon.«

»Da ist ja noch das Zellophan am Schirm. Hey, kennst du den mit der Miß-Wahl in Polen? Wer Schönheitskönigin geworden ist?«

Ryan schüttelte den Kopf. Er spielte den Geduldigen und ließ sie reden.

»Keine«, prustete Nancy.

Mr. Majestyk wirbelte in seinem Sessel herum. Noch ehe die Lehne nach oben kam, war er aufgesprungen. Erst rannte er in Richtung Fenster, machte dann aber auf halbem Wege abrupt kehrt und eilte auf die Veranda.

»Er kommt«, zischelte Ryan. Die Tür auf der anderen Seite fiel ins Schloß.

Nancy schaute noch einmal durch das Fenster. »Du hast recht. Wir sollten langsam abhauen.«

»Hey, wohin…«

Sie war schon über den schmalen Rasen gespurtet und verschwand hinter den Sträuchern in der Dunkelheit. Einen Augenblick noch hörte er ihre Schritte. Er wollte ihr nachrennen, zögerte dann aber. Als er sich endlich in Bewegung setzte, lief er in die entgegengesetzte Richtung zur Vorderseite des Hauses. Mr. Majestyk kam durch den angestrahlten Gartenweg auf ihn zu.

»Hey, warst du das?«

»Was?«

»Ich hab' jemand lachen hören.«

»Was meinen Sie?« fragte Ryan.

»Ich hab' jemand lachen hören. Bist du schwer von Begriff?«

»Vielleicht waren es Leute am Strand.«

»Herrgott noch mal, es klang wie direkt vor dem Fenster.«

Mr. Majestyk starrte ihn plötzlich durchdringend an. »Sag mal, du kommst doch von dort und hast nichts gehört?«

»Ich habe einen kleinen Spaziergang gemacht.«

»Und beim Spazierengehen bist du taub?«

»Ich habe nichts gehört. Wie oft soll ich Ihnen das noch sagen?«

»Und ein Mädchen hast du auch nicht gesehen? Die Lache hat sich nach Frau angehört.«

»Ich habe weder ein Mädchen noch sonst wen gesehen.«

»Ich weiß auch nicht«, meinte Mr. Majestyk. »Am Ende war ich es selbst. Vielleicht sollte ich mal zum Ohrenarzt gehen.« Damit schien das Thema erledigt zu sein. Mr. Majestyk wollte schon zurückgehen, doch dann zögerte er und sah Ryan noch einmal an. »Hey, willst du dir einen guten Film anschauen?«

»Ich kenn' ihn schon«, brummte Ryan.

Er hatte noch nicht zu Ende gesprochen, da sah er schon Mr. Majestyk die Stirn runzeln und hätte am liebsten gleich weitergeredet, aber jetzt konnte er es nicht mehr ausbügeln. Etwas hing in der Luft zwischen ihnen.

»Woher willst du denn wissen, daß du ihn schon gesehen hast?«

»Ich hab' den Fernseher im Vorbeigehen gehört. Die Stimme ist mir bekannt vorgekommen. Ein Western, nicht wahr? Mit Randolph Scott.«

»Du hörst den Fernseher in meinem Haus, aber du hörst keine Stimmen draußen, wo du bist?«

»Ich habe niemanden gehört. Menschenskinder, soll ich einen Eid drauf leisten?«

»Reg dich doch nicht auf.«

»Von wegen nicht aufregen! Glauben Sie mir, oder glauben Sie mir nicht?«

»Vergiß es.«

»Das kann ich nicht vergessen. Sie nennen mich einen Lügner, und das gefällt mir nicht.«

»Hey, jetzt mach aber halblang. Ich hab' dich überhaupt nichts genannt.«

Ryan baute sich vor ihm auf. »Glauben Sie mir, oder glauben Sie mir nicht?«

»Okay, ich glaub's dir ja. Soll ich jetzt dir einen Eid drauf leisten?«

»Vergessen wir's«, brummte Ryan und ließ Mr. Majestyk allein im Scheinwerferlicht stehen.

Wenn Jackie ihr nicht auf dem Uferweg nachlief, sagte Nancy sich, sprang er garantiert in den Wagen und raste zu ihrem Haus, um ihr zuvorzukommen und sie mit einer hämischen Bemerkung von der Art: »Wo hast du denn gesteckt?« empfangen zu können. Und von da an würde er nicht eher ruhen, als bis er sie im Bett hatte. Aber klar doch. Wenn ein Mädchen einen bat, mit ihr fünfzigtausend Dollar zu klauen, sprang sie auch gleich ins Bett mit ihm, keine Frage. Bestimmt sah Ryan es so. Das war ja natürlich. Für Nancy gehörte das zum Plan, zum romantischen Teil. Der Titel lautete ›Der Große Gurkengeldraub.‹ Oder auch ›Jackie und Nancy vom Strand‹. Wenn es auch eigentlich kein Strand war, sondern nur ein Seeufer. Vielleicht hieß das Stück aber auch: ›Zwei gestrandete Kids auf dem Weg zu neuen Ufern‹. Die würden sie auch finden, davon ging Nancy aus. Kam wider Erwarten doch etwas dazwischen, blieb Ryan allein mit den Lohntüten zurück, und sie würde alles leugnen, zur Not sogar, daß sie ihn je gesehen hatte. Sollte der Fall eintreten, würde sie das Ding ›Beiß die Zähne zusammen, Jackie‹ nennen, oder ›Wie gewonnen, so zerronnen‹.

Es wäre ein Jammer, denn sie mochte Jackie ganz gern. Er sah gut aus. Sein Gesicht gefiel ihr, genauso die Augen und der ganze schlanke Körper. Ihr gefiel, wie er mit in die Hüften gestemmten Händen dastand – ein bißchen angeberisch war das schon, aber nicht übermäßig. Ihr gefielen auch seine ruhige Art zu sprechen und auch die meisten seiner trockenen Bemerkungen. Nur zu schade, daß Jack nicht Ray war. Wenn Jack Ryan Ray Ritchie gewesen wäre, sähe die Sache für sie vollkommen anders aus. Das hieße noch lange nicht, daß sie dann für immer und ewig mit Ryan zusammenbliebe. Über die Zukunft müßte sie sich auch dann irgendwann Gedanken machen, aber die Gegenwart wäre auf alle Fälle nicht mehr so öde. Wirklich schade, daß Jack nicht Ray hieß. Überhaupt war es ein Jammer, daß die Jack Ryans und Ray Ritchies dieser Welt nicht miteinander tauschen konnten.

Sie beschloß, zu Hause als erstes für schummriges Licht zu sorgen und eine Platte aufzulegen. Dann konnte sie Jackie in aller Ruhe dabei zuschauen, wie er es anstellte. Wahrscheinlich würde er sich sehr gelassen geben und keine hastigen Bewegungen machen, aber allzuviel Zeit würde er auch nicht verschwenden wollen. Vielleicht schlug sie ein Bad im Pool vor – ohne Kleidung selbstverständlich. Da würde sich endgültig herausstellen, wie gelassen er denn nun war.

Nancy stieg die Stufen zum Rasen hinauf. Der Pool sah aufreizend aus. Im Licht der Bodenbeleuchtung schimmerte das Wasser grün. Wenn sie nur sicher wußte, daß er ihr zuschaute, konnte sie ihm gleich eine Vorschau auf das Hauptprogramm geben. Im Wohnzimmer brannte kein Licht. Klar, wenn er da war, saß er im Dunkeln auf der Couch, von wo er den Rasen und den Pool gut überschauen konnte, und probte schon seine hämische Bemerkung. Wahrscheinlich sah er sie schon.

Klar, er beobachtete sie, das spürte sie doch.

Nancy ging zum Beckenrand, zog die Turnschuhe aus und tauchte einen Fuß ins Wasser. Dann schlüpfte sie aus dem Sweater und schüttelte das Haar zurück. Sie knöpfte die Bluse auf und prüfte mit den Zehen noch einmal das Wasser. Dabei ließ sie sich natürlich viel Zeit. Inzwischen saß er wahrscheinlich auf der Sofakante. Wenn sie die Bluse ganz auszog, würde er sehen, daß sie keinen BH anhatte. Das würde ihn vollständig vom Hocker reißen. Okay, Jackie, sagte sie sich, mach dich auf was gefaßt. Sie knöpfte die Shorts auf und zog sie sich bis zum Schenkel herunter. Soll er ruhig ein bißchen zu sehen bekommen, dachte sie und drehte sich langsam, die Hände in die nackten Hüften gestemmt, zum Haus hin. Genauso aufreizend langsam drehte sie sich wieder um, zog sich ganz aus und hechtete ins Wasser.

Sie durchquerte den Pool unter Wasser der Breite nach, kam hoch und tauchte noch einmal bis zur Mitte. Dort kam sie wieder an die Oberfläche und schwamm mit lässigen Zügen zum anderen Ende, wo das Wasser tief war. Bis sie von dort zum flachen Ende geschwommen war, wäre er sicher schon an den Pool gerannt. Sie wendete und kraulte gemächlich auf das Sprungbrett zu. Tatsächlich, da erblickte sie schon eine Gestalt im Schatten der Veranda. Sie tauchte noch einmal unter, damit er unbeobachtet zum Pool kommen konnte. Als sie ohne Wellen zu schlagen wieder auftauchte, erblickte sie als erstes einen Bierkasten, den er mit sich schleppte und fragte sich, was er denn damit wollte, um im selben Augenblick zu merken, daß das gar nicht Jack Ryan war, sondern ein vollkommen Fremder, eine dunkle Gestalt, die sich jetzt am Beckenrand aufbaute und in deren Sonnenbrille sich das Licht aus dem Wasser spiegelte.

»Hey, komm da mal raus!« rief Frank Pizarro. »Ich hab' ne Überraschung für dich.«

Nancy starrte zu ihm hinauf. Eine Hand legte sie lässig auf den Beckenrand. »Verschwinden Sie hier«, sagte sie.

»Hör zu, und fang ja nicht zu kreischen an, okay?«

»Mr. Ritchie hat Privatpolizisten, die jede Nacht auf Streife gehen. Um die Zeit ungefähr...«

»Und dann sehen sie dich so schwimmen, hä? O Mann, verdenken kann ich's ihnen ja nicht.«

»Sagen Sie mir, was Sie loswerden wollen, und dann verschwinden Sie.«

»Ich hab' da was zu verkaufen.«

»Das ist Hausfriedensbruch«, sagte Nancy. »Sie verschwenden nur Ihre und meine Zeit. Wenn die Polizei kommt und wenn Sie dann immer noch da sind, wünsche ich Ihnen viel Spaß. Dann können Sie denen mal erklären, was Sie hier zu suchen haben. Die verhaften Sie auf der Stelle und stecken Sie ins Gefängnis. Daß Sie da sind, ist Beweis genug.«

Pizarro ließ sie geduldig ausreden. »Das da sind Geldbeutel«, sagte er schließlich.

»Was?«

»Geldbeutel. Und die verkaufe ich dir für fünfhundert Dollar.«

Nancy zögerte. Er konnte von irgendeinem Stoff high sein. Vielleicht war er ein Geistesgestörter. In ruhigem Tonfall sagte sie: »Ich brauche keine Geldbeutel. Verlassen Sie bitte das Grundstück.«

»Mir auch recht«, meinte Pizarro achselzuckend. »Wenn du die Geldbeutel nicht haben willst, gehe ich damit eben zu den Scheißbullen.« Er schob den Bierkasten nahe ans Wasser, kniete sich darauf, beugte sich zu ihr hinunter und flüsterte: »Diese Geldbeutel stammen von einem Einbruch, kapierst du's jetzt?«

Sie war zu dem Schluß gekommen, daß sie sich keine Mühe zu geben brauchte, sie würde ihn ohnehin nicht verstehen. Eines war ihr aber nicht klar – wie sie ihm drohen sollte, damit er endlich ging. »Tja, dann sollten Sie damit zur Polizei gehen. Die sind für jede Hilfe dankbar.«

»Klar«, meinte Pizarro. »Ich kann ihnen auch sagen, wer die Geldbeutel geklaut hat. Oder ich kann den Kasten irgendwo liegen lassen, damit die Bullen ihn auch finden. Und den Namen des Diebs schreib' ich auch mit rein.« Er starrte ihr in die Augen. »Weißt du jetzt, was ich meine?«

»Ich weiß, daß die Polizei jetzt jeden Augenblick kommen kann...«

»Hey!« rief Pizarro. »Laß den Scheiß mit der Privatpolizei, ja? Ich warte hier schon seit drei Stunden und hab' keinen von deinen Scheißpolizisten vorbeikommen sehen.« Mit einem breiten Grinsen beugte er sich noch weiter vor, um ihren Körper im Wasser etwas besser erkennen zu können. »Komm jetzt raus. Ich will mich mit dir unterhalten.«

# 12

Virginia Murray wünschte sich, der Draht, oder was da auch im Oberteil sein mochte, würde sich nicht so schrecklich tief in ihre Brust graben. Sie liebte den türkisgrünen Badeanzug. Die weißen Knöpfe entzückten sie immer wieder aufs neue, und sie sah richtig schlank in ihm aus. Wenn er nur nicht so verflixt unbequem wäre! Das elastische Band um das rechte Körbchen schnitt ihr derart tief in den Busen, daß sie den Striemen fühlen konnte. (Als sie das zum erstenmal gleich am Anfang ihres Urlaubs hier festgestellt hatte, war sie von Panik gepackt worden, sie hatte schon geglaubt, es wäre ein Geschwulst.) Das Schlimme an der Sache war nur, sie hatte nur noch einen einzigen anderen Badeanzug, einen grünen mit gelbem Aufdruck vorne, und der war unten wie ein Röckchen geschneidert. In dem mußte sie ja jeder für ausgeflippt halten.

Das Frühstück hatte sie bereits hinter sich. Ihren Eltern hatte sie auch schon geschrieben: »Nicht zu glauben, wir haben schon Donnerstag, und es geht bald wieder nach Hause. Puuh, die letzten zwei Wochen sind ja wie im Flug vergangen. Die Heimfahrt lasse ich gemächlich angehen. Samstag morgen breche ich gegen zehn auf und dürfte so um zwei bei euch eintreffen. Ich habe euch beide sehr vermißt. Bis bald.«

Danach hatte sie sich die Haar durchgebürstet, den türkisgrünen Badeanzug angezogen und sich noch einmal gekämmt. Sie hatte schließlich wieder ihre Position auf der Couch eingenommen, um das morgendliche Geschehen zu beobachten und dabei die neueste *Cosmopolitan* durchzublättern, die neuerdings für ihr Gefühl ganz schön gewagte Fotos brachte.

Zu ihrer Überraschung machte heute nicht Jack Ryan

das Schwimmbecken sauber, sondern Mr. Majestyk. Es war das erstemal diese Woche, daß er sich nicht zwischen 9.15 und 9.20 Uhr mit dem Aluminiumstab blikken ließ.

Wahrscheinlich erledigte er etwas anderes, am Strand vielleicht.

Sie konnte ja an den Strand gehen, aber dann mußte sie auch zumindest eine kurze Weile bleiben, und sie hatte etwas gegen Sand. Da half auch ein Strandtuch nichts. Außerdem war es zu heiß dort unten. Da schwitzte sie immer so. Komisch nur, daß sie sich ausgemalt hatte, wie sie Jack Ryan ausgerechnet am Strand traf: Sie und er allein. Es war spät am Nachmittag, und sie lag mit geschlossenen Augen in der Sonne. Ihre Haut war schon makellos braun. Den zwickenden Riemen hatte sie von den Schultern gestreift. Jemand war in ihrer Nähe, das ahnte, das spürte sie. Sie schlug die Augen auf und erblickte Jack Ryan. Er stand dicht vor ihr. Sie sah ganz ruhig zu ihm auf, ihr Blick streifte kurz seine entblößte, muskulöse Brust. Schließlich fragte er: »Darf ich mich zu Ihnen setzen?« – »Aber gern«, sagte sie. Er ließ sich auf die Knie sinken, und sie richtete sich auf. Natürlich preßte sie das Vorderteil an die Brust. Während sie sich über alles und nichts unterhielten, spürte sie immer mehr, daß er etwas loswerden mußte. Nach einer Weile schwammen sie in den Lake Huron hinaus, Seite an Seite, Zug um Zug. Eine knappe halbe Meile später ließen sie sich auf dem Rücken treiben und kehrten wieder um.

Mit ihrem Wagen fuhren sie in ein Restaurant mit Blick auf den See. Dort bekamen sie gegrillte Seeforelle und Weißwein und sahen den Sonnenuntergang. Auf dem Heimweg nahm er dann einen Anlauf. Es hörte sich ein bißchen unbeholfen an, weil er noch nie über seine persönlichen Gefühle gesprochen hatte. Er hatte auch noch nie ein Mädchen wie sie kennengelernt. Die Mädchen, die er kannte, nahmen wahllos das, was sie bekommen konnten. Sie war da ganz anders. Sie war... na ja... freundlich. Nett. Nein, mehr als das. Bei ihr fühlte er sich... wie sollte er sagen... einfach wohl. Virginia lachte nicht. Sie schenkte ihm ein warmes Lächeln und erwiderte: »Das ist wirklich sehr lieb von Ihnen, aber ich bin eine ganz normale Frau ohne besondere Begabungen oder Wünsche.« Darauf entgegnete er: »Aber irgend etwas Besonderes muß an Ihnen sein.« Und sie sagte: »Das Geheimnis liegt vielleicht darin, daß ich das Gute in den Menschen sehe, die Liebe Gottes. Aber das kann jeder einzelne in sich selbst entdecken, verstehen Sie?« Und mit einem etwas wehmütigen Lächeln fügte sie hinzu: »... wenn er nur hinsehen könnte.«

Was dann geschehen würde, das war ihr noch nicht klar.

Aber verflixt noch mal, eines war ihr klar – sie zog wieder das zwickende Band weg –, den türkisgrünen Badeanzug mußte sie ausziehen, auch wenn sie noch so ausgeflippt im grünen mit dem gelben Aufdruck aussah. Er war wenigstens bequem.

Sie ging ins Badezimmer. Der grüne Badeanzug hing neben dem Bademantel an der Haustür. Das mit der Tür war eine gute Idee. Von draußen konnte man direkt ins Bad gehen, ohne den Sand im ganzen Haus zu verteilen. Aber man mußte darauf achten, daß man absperrte.

Virginia stieg aus ihrem Badeanzug. Splitterfasernackt drehte sie sich zur Tür. Ganz kurz erblickte sie ihr Spiegelbild im verglasten Medizinschränkchen. Sie hatte ihren Lieblingsbadeanzug noch in der Hand und wollte gerade nach dem anderen greifen, da hörte sie es klopfen – mehrere Male kurz hintereinander – und das keinen halben Meter von ihr entfernt!

Ryan fuhr nach Geneva Beach frühstücken.

Nach der Auseinandersetzung mit Mr. Majestyk war

er in sein Zimmer gegangen und hatte auf Nancy gewartet. Er konnte sich nicht vorstellen, daß sie allein nach Hause gehen würde, zumal ja der Wagen noch da stand. Die Zeit vertrieb er sich mit einem Artikel im *True* über einen Sportangler aus dem englischen Norfolk, der in fünfzehn Jahren über zweitausend Hechte gefangen und dann wieder ausgesetzt hatte. Da Nancy nicht kam, spielte er kurz mit dem Gedanken, zu ihr zu fahren. Den verwarf er aber gleich wieder, denn Mr. Majestyk konnte sich noch draußen herumtreiben. Wenn er ihn in den Mustang steigen sah, wußte er gleich, daß er zu Nancy fahren würde. Und dann war es nicht weit zu dem Schluß, daß Nancy diejenige war, die vor dem Fenster gekichert hatte. Es war ein Riesenfehler gewesen, den Wagen direkt vor dem Bay Vista zu parken. Genausogut hätte er ihn bei ihr lassen und zurücklaufen können. Aber morgen war ja auch noch ein Tag, und er konnte sie treffen, so oft er wollte. Er entdeckte noch einen Artikel über Early Wynn, der einmal beim Trainieren mit einem besonders weiten Schlag seinen eigenen Sohn k.-o.-geschossen hatte. Mitten unterm Lesen schlief er ein.

Im ›Estelle‹ bestellte er nun Rührei mit Schinken und ein Glas Milch. Danach genehmigte er sich einen Kaffee und las die Sportseite in der *Free Press*. Die Tigers spielten heute gegen Washington. Es war das erste von insgesamt fünf Spielen. Morgen ging es weiter gegen Boston. Er hatte dieses Jahr noch kein einziges Spiel im Fernsehen gesehen. Vielleicht konnte er es sich heute bei Mr. Majestyk anschauen, vorausgesetzt, es wurde übertragen. Daß Nancy sich für Baseball interessierte, konnte er sich nicht vorstellen. Aber wahrscheinlich war es ihr egal, wenn er heute abend etwas anderes vorhatte.

Heute wollte er endlich zu Rays Jagdhaus hinausfahren und sich alles anschauen. In der Nacht konnten sie dann einsteigen und alles für Freitag abend vorbereiten. Lange konnte die Besichtigung ja nicht dauern. Ihm blieb also genug Zeit für Nancy. Mit Bier, Wein und ein paar Steaks konnten sie es sich bei ihr den ganzen Nachmittag gemütlich machen. Jetzt war es wohl noch zu früh. Sie schlief sicher sehr lange.

Nach der Rückkehr von Geneva Beach wußte Ryan nicht, was er mit dem Vormittag noch anfangen sollte. Herumhängen wollte er nicht. Am Ende lief er noch Mr. Majestyk über den Weg. Andererseits hatte er keine Lust, in seinem Zimmer zu bleiben und zu lesen. Da fiel ihm die Frau in Nummer 5 ein, dic mit dem angeblich klemmenden Fenster.

Virginia Murray rührte sich nicht vom Fleck. Sie wollte es zwar, sie wollte entweder zurückweichen oder den Bademantel von der Tür nehmen und anziehen..., aber wenn sie ein Geräusch dabei verursachte? Sie hätte sofort etwas sagen sollen. »Sekunde bitte«, zum Beispiel, oder »Hallo, wer ist das?« Dann hätte sie sich bewegen können. Jetzt freilich war es zu spät.

Sie fuhr zusammen. Wieder wurde in rascher Folge geklopft. Die Tür bebte sogar schon. Dann herrschte Stille. Allmählich beruhigte Virginia sich. Wie dumm sie doch war! Sie brauchte nur zu warten, bis diese Person draußen wieder ging. Ewig konnte sie ja nicht stehenbleiben. Aber plötzlich drehte sich der Türgriff. Sie zuckte zusammen und merkte erst dann, daß sie das war, als sie längst aufgeschrien hatte.

»Was wollen Sie?«

Der draußen zögerte kurz. »Ich wollte Ihr Fenster reparieren.«

Sie mußte etwas sagen. »Können Sie nicht später noch mal kommen?«

»Heute ist mein freier Tag. Nachher muß ich gleich weg.«

»Sekunde bitte, ja?«

Virginia Murray warf ihren Bademantel über. Sie

zwang sich zur Ruhe. Vor dem Spiegel zog sie den Gürtel zu und schnürte ihn sehr fest, aber als sie die Hand wegnahm, gingen die Aufschläge auseinander. Sie huschte ins Schlafzimmer und zog den Bademantel wieder aus. Sogleich bereute sie das jedoch, weil sie sich nackt fühlte und draußen jemand wartete. Aber wenn sie noch länger rummachte, würde er wissen, daß sie im Bademantel mit nichts darunter dagestanden hatte. Sie mußte sich beeilen. Und denken. (Heilige Maria, bitte hilf mir!) Irgend etwas mußte sie doch anziehen. Virginia griff blind in den Schrank und zog ein Kleid vom Bügel. Oje, das hellblaue. Das war ja viel zu dünn. Aber jetzt mußte sie es anziehen, weil sie es in der Hand hatte und sie nur hineinzusteigen brauchte. Gedacht, getan. Sie zog den Reißverschluß bis ganz oben hinauf zu, strich es über den Hüften glatt und schaute kurz in den Spiegel. Erstaunt stellte sie fest, daß sie gut darin aussah. Sie wirkte sogar ruhig.

Erst als sie die Tür aufmachte, merkte sie, daß sie keine Schuhe anhatte.

»Eins von ihren Fenstern klemmt, sagen Sie?«

»Ja, kommen Sie bitte herein.« Sie stockte. »Es ist im Schlafzimmer.«

Ryan hatte den Werkzeugkasten dabei. Beim Reinkommen bemerkte er den Badeanzug auf dem Boden. Ihm fiel auch auf, daß Sie zwar ein Kleid trug, aber barfuß war. Das gab ihm auf dem Weg ins Schlafzimmer zu denken. Dann sah er, wie sie sich vor dem Bett hastig bückte, um etwas aufzuheben. Das Kleid straffte sich am Rücken, aber den kleinen Wulst, der bei Büstenhaltern sonst sichtbar wird, erblickte er nicht. Ehe Virginia die Jalousie hochgezogen hatte, war Ryan bereits sonnenklar, daß sie nichts unter dem Kleid anhatte.

Er stellte den Werkzeugkasten auf den Boden. »Lassen Sie mich mal sehen.«

Virginia versuchte gerade das Fenster hochzustemmen, um ihm zu beweisen, daß es sich nicht bewegen ließ. Ryan drückte nun ebenfalls. Sie wich ihm hastig aus. Dabei stieß sie mit der Hand gegen das Fensterbrett, und das zusammengeknüllte Bündel, das sie bis dahin festgehalten hatte, fiel auf den Boden, ihm mitten auf den Schuh. Ryan schaute nach unten. Es war ihr Höschen.

Er sah wieder auf, ihr ins Gesicht. Nicht übel. Grüne Augen. Angenehmer Geruch – das Parfüm war nicht schlecht. Sauber kam sie ihm auch vor. In den Augen hatte sie einen komischen Ausdruck, als wäre sie ganz geil. Sie war ja schon seit zwei Wochen da – und immer allein. Sie mochte siebenundzwanzig sein. Verheiratet war sie wohl schon. Eine aufregende Schönheit war sie zwar nicht, aber sie war echt und hatte sich seinetwegen ja ganz schön Mühe gegeben.

Ryan legte die Arme um ihre Schultern und drehte sie behutsam weg vom Fenster. Sie starrte ihn aus weit aufgerissenen Augen an. Immer noch dieser komische Blick. Er zog sie näher an sich heran. Seine Hände glitten über ihre Arme, schlangen sich um ihre Taille. Er drückte sie fest an sich, preßte den Mund auf den ihren und warf sich mit ihr auf das Bett.

Am Anfang merkte er gar nicht, daß sie sich wehrte. Er küßte weiter, weil er dachte, das gehöre bei ihr dazu und sei nur gespielt. Aber als er die Augen aufmachte, sah er eines ihrer Augen. Geweitet war gar kein Ausdruck. Es war zu einem Riesenauge aufgerissen und bohrte sich in ihn hinein. Starr, allwissend – und von panischer Angst erfüllt.

Nein, das war es nicht. Es war ein gehetzter Blick. Sie wollte es.

Er fuhr mit den Lippen über ihren Mund, ihre Wange. Die bewährte Jack Ryan-Methode. Langsam glitt seine Hand ihre Flanke hinauf bis zur Achsel.

»Mach die Augen zu.« Er murmelte es fast in ihren Mund hinein und küßte ihre Wange. Ihre Augen fielen zu, gingen auf und fielen erneut zu. Er küßte ihre Augenlider, fuhr über ihre Nase wieder hinab zum Mund. Erst spielte er mit ihrem Mundwinkel herum, dann mit der Unterlippe. Seine rechte Hand kreiste routinemäßig über den Oberarm. Den Daumen spreizte er ein wenig, er kam ihrer Brust näher, ja, jetzt berührte er sie gleich – da fuhr sie zusammen und riß die Augen wieder weit auf.

Ryan löste sich nicht von ihr. »Was hast du denn?« flüsterte er zärtlich.

»Ich hab' da eine wunde Stelle«, murmelte Virginia. Es hörte sich ganz schlaftrunken an, als stünde sie unter Drogen. »Wie denn das?«

»Vom Badeanzug. Er reibt ständig.«

»Och, das tut mir leid.« Er streichelte sie am Rücken, fand den Reißverschluß und zog ihn behutsam auf. Langsam kam ihre bloße Haut zwischen seinen Fingern zum Vorschein. Das schien sie gar nicht zu merken, obwohl das Kleid nun bis zur Hüfte offen war. Seine Hand blieb auf der Rundung über ihrer Hüfte liegen. Mit einem Mal klappten ihre Augen Zentimeter unter den seinen auf.

»Nein.«

»Was, nein?«

Sie sagte nichts. Sie rührte sich nicht. Sie starrte ihn nur unentwegt an.

»Hab' ich dir wieder weh getan?«

Sie starrte ihn weiter an.

»Sag mir doch bitte, warum?« Er flüsterte es ganz zärtlich, geduldig.

Mit leiser, aber deutlicher Stimme antwortete sie: »Weil es eine Sünde ist.«

»Was soll das heißen, eine Sünde?«

»Es ist eine Sünde.«

»Das, was wir da machen?«

»Du weißt, was wir da machen«, sagte Virginia.

»Es ist doch was ganz Natürliches. So sind wir nun mal veranlagt...«

»Wenn man nicht verheiratet ist, ist es eine Sünde«, erklärte Virginia Murray.

Ryan lächelte sie an. »Wir spielen doch bloß ein bißchen.«

»Für mich ist es eine Sünde.« Virginia zögerte einen Moment. »Ich bin Katholikin«, erklärte sie mit gedämpfter Stimme.

»Ich doch auch«, meinte Ryan.

»Nein, du bist keiner.«

»Ich gebe dir mein Ehrenwort.«

»Sag das Glaubensbekenntnis.«

»Ach Unsinn, was soll denn das?«

»Wenn du Katholik bist, kannst du auch das Apostolische Glaubensbekenntnis sagen.«

»Ich bekenne Gott, dem Allmächtigen...«

»Das ist ja das Schuldbekenntnis!«

»Ich glaube an Gott, den Schöpfer des Himmels...«, brummelte Ryan. »Komm schon, was soll denn das?«

»Lassen Sie mich bitte los.«

»Herrgott noch mal, du hast doch damit angefangen!«

»Lassen Sie bitte den Namen des Herrn aus dem Spiel.«

»Du hast dir ja noch extra die Unterwäsche ausgezogen!«

Virginia entwand sich ihm und setzte sich auf. »Bitte gehen Sie«, stöhnte sie. Es klang seltsam gedämpft, sie verbarg das Gesicht unter den Händen.

»Was?«

»Gehen Sie.«

»Herrgott, glaubst du etwa, ich will jetzt noch bleiben?« Ryan sprang auf und zog sich die Hose gerade. »Meiner Meinung nach solltest du dir mal überlegen, was du willst.«

»Eigentlich habe ich gestern noch damit gerechnet, daß du nachkommst«, sagte Nancy.

Ryan fuhr den Mustang. Er warf ihr einen Blick zu und konzentrierte sich sofort wieder auf die Straße. Sie hatten Geneva Beach hinter sich gelassen und näherten sich dem Highway. »Ich hatte es vor«, erklärte Ryan, »aber das ging nicht wegen ihm.«

»Ja und?«

»Er hat die ganze Zeit draußen nachgeschaut.«

»Ja – und wenn schon.«

»Er hätte mir unangenehme Fragen gestellt.«

»Hast du Angst vor ihm?«

Ryan warf ihr wieder einen kurzen Blick zu. »Ich, und Angst? Wozu sollte ich Angst vor ihm haben?«

»Ich liebe sein Haus«, verkündete Nancy.

»Er mag es auch ganz gern.«

»Er ist hier Friedensrichter«, sagte Nancy. »Wußtest du das?«

»Er hat mir erzählt, daß du demnächst bei ihm zur Verhandlung mußt.«

»Ich kann's kaum erwarten.«

»Warum hast du eigentlich die zwei Typen von der Straße angefahren?«

»Sie haben's wohl so gewollt.«

»Sie hätten dabei draufgehen können.«

»Ich muß mir noch eine Strategie für deinen Freund überlegen«, sagte Nancy. »Soll ich das süße kleine Mädchen sein, oder soll ich Eindruck schinden?«

»Keine Ahnung«, brummte Ryan. »Ich hab' ihn noch nie bei einer Verhandlung erlebt. Besorgt Ray dir einen Anwalt?«

»Wahrscheinlich. Wir haben noch nicht darüber gesprochen.«

Sie bogen auf den Feldweg zum Wanderarbeitercamp ab. Der Mustang wirbelte eine Staubwolke auf, die sich nur langsam unter der heißen Sonne verlor. Auf beiden Seiten erstreckten sich flache, leere Felder. In der Ferne waren Bäume zu sehen.

»Hier ist alles schon gepflückt«, erklärte Ryan. »Jetzt

arbeiten sie bei Holden unten. Hoffentlich ist Bob junior auch dort.« In Schrittgeschwindigkeit fuhr er weiter. Von unten prasselten Kieselsteine gegen den Wagenboden.

»Siehst du, da hinten?« Ryan deutete in die Richtung. »Da sind noch Gurkenpflücker.« Er wartete, bis sie auf gleicher Höhe mit ihnen waren. »Siehst du, wie sie die Beine über die Furchen grätschen? Den ganzen Tag gebückt arbeiten, das schaffen die wenigsten.«

»Du hast es doch auch geschafft.«

»Nach dem ersten Tag hat mir der Rücken so weh getan, daß ich am liebsten aufgehört hätte. Wer in dem Job gut sein will, muß wohl hineingeboren werden. Schau dir nur diesen Billy Ruiz an. Er ist eine halbe Portion, aber beim Pflücken kann ihm keiner das Wasser reichen.«

Während sie am Rand der in der brütenden Augusthitze flimmernden Felder weiterfuhren, blinzelte Ryan unentwegt nach den Arbeitern. Langsam arbeiteten sie sich voran, doch es sah aus, als würden sie auf der Stelle treten.

»Sie müssen die Ernte unbedingt noch diese Woche einbringen«, erklärte Ryan. »Ein paar Tage mehr, und es sind Salatgurken. Dann sind sie zu groß für Essiggurken.«

»Ich liebe alles, was mit Essig zusammenhängt«, verkündete Nancy.

Ryan sah sie verständnislos an. »Hast du dir das schon mal überlegt?«

»Unaufhörlich, sag' ich dir.«

»Wenn so ein Farmer nicht genügend Pflücker auftreibt, also, gute Pflücker, die auch rechtzeitig fertig werden, dann geht er pleite. Drum brauchen sie ja die Wanderarbeiter.«

»Ich liebe auch alles, was mit Farmarbeit zusammenhängt.«

Die erste Scheune kam in Sicht, und bald die ganze

Straßenzeile mit ihren einstöckigen Flachdachhäusern. Überall herrschte das gleiche verwitterte Grau eines dem Verfall preisgegebenen Feldlagers. Im Näherkommen bemerkten sie jedoch Anzeichen von Leben. Auf Leinen hing Wäsche zum Trocknen, und spielende Kinder waren unüberhörbar.

Die Kinder vor der Scheune unterbrachen ihr Spiel und rannten plötzlich schreiend dem Mustang nach. Eine Frau in T-Shirt und Blue jeans stand vor ihrer Haustür, eine andere mit einem Männersombrero saß auf einem umgedrehten Waschzuber. Im Schatten des Waschhauses standen Frauen. Eine hängte gerade Wäsche auf. Regungslos verharrte sie mit nach oben gestrecktem Arm. Die verwaschenen Khaki- und Jeanshosen auf der Leine schien sie vergessen zu haben, sie blickte nur dem Mustang und den in seiner Staubwolke rennenden Kindern nach.

Ryan hörte das Gejohle der Kinder, und er spürte die Blicke all dieser Frauen. »Siehst du den Schuppen da?« fragte er Nancy. »Sieht aus wie ein Geräteschuppen, aber darin haben wir zu dritt gewohnt.«

»Hübsch.«

»Ich weiß auch nicht. So schlimm war es gar nicht«, meinte Ryan. »Es stimmt schon, was man über das schreckliche Leben der Wanderarbeiter hört. Aber wenn man hier so mit ihnen zusammenlebt, dann gewöhnt man sich daran und nimmt das Ganze nicht mehr so ernst. Am Abend haben wir Ball gespielt, oder einer hat seine Gitarre rausgeholt, und dann haben wir alle gesungen, weißt du?«

»Klingt ja aufregend«, sagte Nancy.

Ryan bedachte sie mit einem kritischen Blick. »Ja gut, aufregend war es natürlich nicht, aber schlimm war es auch wieder nicht.«

»Bist du soweit?« Sie schenkte sich Cold Duck in einen Sektkelch ein. Die Flasche hatte sie in einem Eimer voll Eis und mit zwei Gläsern mitgenommen.

»Im Augenblick nicht«, sagte Ryan.

Nach der nächsten Kurve war vom Camp nichts mehr zu sehen. Weiter vorne schien ein Wäldchen die Straße von beiden Seiten zu überwuchern. Nach hundert Metern erreichten sie Rays Häuschen. Es stand in einer Lichtung. Von beiden Seiten führte eine kreisförmige Auffahrt zur Veranda des einstöckigen Farmhauses, das zu einer Jagdhütte umgebaut worden war.

»Schon mal drinnen gewesen?« wollte Nancy wissen.

»Nein. Näher als heute bin ich nie rangefahren.«

»Er hat Hirschköpfe und Indianerdecken an den Wänden.«

»Na ja, schließlich ist es ein Jagdhaus«, meinte Ryan.

Im Heranfahren betrachtete er das Haus. Obwohl kein Wagen zu sehen war und es verlassen wirkte, fuhr er daran vorbei und wieder zurück auf die Straße.

Nancy sah ihn verständnislos an. »Besonders gründlich hast du es dir ja nicht gerade angeschaut.«

»Ich will nur wissen, ob wir auch von hinten ranfahren können«, erklärte Ryan.

Rechts erblickte er ein Schild. Er achtete nicht weiter darauf, doch dann las er den Namen ROGERS und ihm fiel Mr. Majestyks Beschreibung wieder ein. Hier also plante er seine Sennhüttensiedlung aus vorgefertigten Teilen und mit dem zentralen Heizungskeller.

Als er links abbog, fragte Nancy nur: »Wohin jetzt?«

»So müßten wir auch hinkommen«, erklärte er.

Es war ein schmaler, kurvenreicher Waldweg mit einer Unmenge tiefer Schlaglöcher. Die Federung ächzte, und die Haube hob und senkte sich in einem fort. Es ging steil bergauf. Durch die Baumkronen drang kaum ein Sonnenstrahl zu ihnen durch. Sie sprachen erst wieder, als sie oben angekommen waren, wo man die Bäume gefällt hatte und wo der Weg breiter wurde.

»Und? Wohin jetzt?« fragte Nancy.

Schweigen. Die Stille war fast zu greifen. Ryans Tür

fiel mit einem Knall zu. Zunächst blieb er regungslos neben dem Wagen stehen. Als er sich schließlich in Bewegung setzte, hörte er nur das Laub unter seinen Schuhen rascheln, sonst nichts. Eine Whiskyflasche und Papierschnipsel zeugten davon, daß Leute hier gewesen waren. Es war also nicht das Ende der Welt, aber still war es und abgeschieden. Die einzigen Wälder, die er bis dahin gesehen hatte, waren der Palmer Park und Belle Isle in Detroit. Und dort hörte man immer Ausflügler, die am Waldrand ein Picknick machten oder Baseball spielten.

»Und was jetzt?« fragte Nancy.

Er gab keine Antwort, sondern trat an den anderen Rand der Lichtung, von wo weiter unten inmitten von Bäumen ein schmaler, gekrümmter See zu sehen war. Immer am Waldrand entlang ging er weiter. Das Unterholz hier war so dicht, daß man ohne Machete nicht mehr hindurch kam, doch an einer Stelle war eine Schneise, und die gab den Blick frei auf Rays Jagdhaus, die Gurkenfelder und die Wanderarbeitersiedlung dahinter. Im Sonnenlicht sahen die Gebäude recht ordentlich aus. Hinter den Gebäuden machte er die Autos aus – und einen kleinen gelben Fleck: Luis Camachos Bus.

O Mann, und der hatte hundertzwanzigtausend Meilen auf dem Buckel.

»Man kann das Lager sehen!« rief Ryan.

Nancy saß noch immer im Wagen. »Ach wirklich?« sagte sie.

»Komm her, der Blick ist fantastisch. Ich zeig' dir den Bus, mit dem wir gekommen sind.«

»Ein andermal«, meinte Nancy.

»Es ist mir ein Rätsel, wie der Bus die Strecke schaffen konnte. Eine verrücktere Fahrt hab' ich nie mitgemacht. Weißt du, eine Busfahrt in dem Sinn war es nicht. Wir haben vier Tage lang in dem Bus richtig gelebt.« Ryan kam nun zu ihr zurück. »So, jetzt hätte ich gern ein Glas.«

Sie schenkte ihm Cold Duck ein und reichte ihm den Kelch. Ryan hielt ihn gegen die Sonne. Lächelnd schaute er auf die dunkelrote Flüssigkeit.

»Das erinnert mich an Billy Ruiz. Er hat immer Rock and Rye getrunken. Hast du das schon mal probiert? Grauenhaft, sag' ich dir.«

»Fusel?«

»Einfach grauenhaft. Es ist auch rot. Er hat es immer hochgehalten und hat nachgeschaut, wieviel noch übrig war. Dazu hat er Schaschlik oder so was gegessen. Er hat gekaut, einen Schluck getrunken, wieder abgebissen und getrunken. Am Ende hat er die Flasche hochgehalten und nachgeschaut. Er wollte immer gleichzeitig mit dem Essen und Trinken fertig werden.«

»Fahren wir weiter«, sagte Nancy.

Ryan hatte sich schon wieder abgewandt und blickte noch einmal auf das Camp.

»Ich weiß auch nicht«, meinte er. »Irgendwie kommen die eigentlich ganz gut zurecht. So schlicht ihr Leben auch ist, sie haben etwas, was nicht viele Leute haben.«

»Ich weiß schon«, sagte Nancy. »Würde.«

»Vergiß es.«

»Wie wär's mit Stolz?«

Ryan trank sein Glas leer. Er bemühte sich, ruhig dabei zu wirken.

»Sag schon. Ich will es wissen.«

»Leck mich doch am Arsch!« rief Ryan.

Sie grinste erst, dann brach sie in schallendes Lachen aus. Sie warf den Kopf zurück und lachte immer lauter. Ryan sah sie erstaunt an. Er starrte sie solange an, bis er wußte, was ihm sonderbar vorkam. In den drei Tagen, die er sie kannte, hatte er sie noch nie lachen hören.

Ein A. J. Banks vom Agrarverband rief bei Bob junior an und erkundigte sich nach den Kosten für das Einreißen des Wanderarbeitercamps. Wenn der Boden umgepflügt würde, ließe sich die Anbaufläche im nächsten Jahr doch um einiges vergrößern. Bob junior wollte wissen, warum er ihn das fragte, er sei ja bei keiner Abrißfirma. Verdammt noch mal, rief A. J. Banks, wenn er das Ding bauen könne, dann könne er auch die Abrißkosten schätzen. Bob junior versprach, sich die Sache einmal durch den Kopf gehen zu lassen. Aus diesem Grund fuhr er heute zum Lager hinaus und hätte schwören können, daß das Nancys Mustang war, den er da die Straße hinauffahren sah, als er in den Feldweg zum Camp abbog. Vielleicht war er es aber doch nicht.

Vielleicht war es aber ihr Wagen ... Nachdem er sich die Baracken kurz angesehen und sich in etwa eine Idee davon gemacht hatte, wie viele Lastwagen für den Abtransport des Abrißguts benötigt würden, fuhr er weiter zu Mr. Ritchies Jagdhaus. Ihren Wagen fand er dort nicht. Hinter dem Haus führte die Straße nicht viel weiter. Zwischen Weidenland und Wäldern endete sie fünfzehn Meilen hinter Geneva Beach am Seeufer. Bob junior war seit dem Frühjahr nicht mehr hier gewesen. Damals hatten sie beschlossen, das Waldgebiet zu verkaufen, und er hatte ein Verkaufsschild aufgestellt. Abgesehen von gelegentlichen Besuchen Mr. Majestyks, der sich das mit dem Grundstück noch überlegte, kamen nur noch Jugendliche hierher, weil sie hier niemand störte. Die Reifenspuren konnten also von jedermann stammen und mußten nicht frisch sein. Aber dann fiel ihm ein, daß es vorgestern geregnet hatte.

Beim Anblick des sauberen Reifenabdrucks auf der Privatstraße wurde ihm klar, daß jemand vor kurzer Zeit dagewesen sein mußte. An Nancy dachte er jetzt nicht mehr. Er mußte wohl doch einen anderen Wagen gesehen haben. Andererseits weckten die Reifenspuren seine Neugierde, darum schaltete er auf den ersten Gang herunter und steuerte den Laster durch den privaten Waldweg.

Ryan wurde durch das Motorenbrummen alarmiert.

Den Laster hatte er noch nicht richtig gesehen, da wußte er schon, wer das war. Er stellte das Glas auf die Kühlerhaube und schaute sich um. Auf dem Boden erblickte er einen heruntergefallenen Ast. Er brach sich ein besengroßes Stück ab und empfing Bob junior in der Pose eines Speerwerfers, der sich auf seine Waffe stützt.

»Hi Bob!« rief Nancy aus dem Wagen. Ein Arm baumelte lässig zum Fenster heraus, mit der anderen Hand hielt sie ihr Glas. Sie wartete alles weitere einfach ab.

Mit einem Blick erfaßte Bob junior die Situation. Er sah Nancy im Wagen, sah das Glas auf der Motorhaube und er sah Ryan mit seinem Stock, Schläger oder was das auch sein mochte. Beide warteten sie seine Reaktion ab, als ob der nächste Zug von ihm kommen müßte. Ryan wollte es anscheinend nicht anders – der Teil stand also schon einmal fest. Er hatte Ryan zum Verschwinden aufgefordert. Ryan war trotzdem noch da. Also mußte er ihm eine Lektion erteilen. Nun schaute aber Nancy zu. Da mußte es ganz locker aussehen, so als hätte er von dem komischen Vogel überhaupt keine Schwierigkeiten zu erwarten. Bob junior nahm den Cowboyhut und die Sonnenbrille ab und warf beides durch das Fenster in den Laster.

»Willst du einen Cold Duck, Bob?« rief Nancy.

»Im Augenblick nicht«, sagte Bob junior. Er warf ihr einen fragenden Blick zu. »Was machst du eigentlich hier?«

»Keine Ahnung. Er hat mich hierhergeschleift.«

»Hat er dich vielleicht belästigt?«

»Laß mich mal nachdenken... Nein, belästigt hat er mich eigentlich nicht.« Sie schien die Situation auszukosten.

Bob junior starrte wieder Ryan an. »Einen Ball oder einen Stock – etwas mußt du wohl immer in der Hand haben, wie?«

Ryan gab keine Antwort.

»Hältst dich für einen richtigen Mann mit dem Schläger in der Hand, was? Hey, Kleiner, willst du nicht mal anständig kämpfen?«

»Seit wann sind Sie denn anständig?« fauchte Ryan zurück. »Sind wir bei einem Schönheitswettbewerb oder was?«

»Ein Mann kämpft mit seinen Fäusten«, sagte Bob junior.

»Von mir aus, Kumpel. Aber wenn Sie einen Schritt näher kommen, zieh' ich Ihnen eins über.«

»Ich habe einen Wagenheber im Laster hinten!« rief Bob junior. »Soll ich den holen?«

»Ich habe nichts dagegen«, sagte Ryan. »Aber bevor wir unsere Keulen schwingen, könnten Sie mir vorher vielleicht den Grund verraten.«

»Weil du dich für einen harten Burschen hältst und dich auf Teufel komm raus mit mir anlegen willst.«

»Hab' ich Ihnen so was je gesagt?«

»Das war nicht nötig. Klugscheißer von deiner Sorte rieche ich auf tausend Meter gegen den Wind.«

Ryan ließ ihn nicht aus den Augen. »Sie wollen also wirklich eine Schlägerei, hm?«

»Mach dich schon mal auf was gefaßt«, drohte Bob junior.

Ryan warf Nancy einen Blick zu. »Sag du ihm doch, worauf er sich da einläßt.«

»Mich geht das nichts an.«

»Sag's ihm trotzdem.«

»Sie läßt du gefälligst aus dem Spiel«, knurrte Bob junior.

Ryan schüttelte den Kopf. »Bob!« rief er. »Wie dumm sind Sie denn noch? Merken Sie nicht, daß sie eine Schlägerei sehen will?«

»Und du willst dich wohl drücken!« rief Bob junior.

Jetzt wurde es gleich ernst. Ryan kannte diese Situation; seit seiner Kindheit hatte er sie bei jedem Kampf erlebt. Er spürte einen Druck in der Magengegend und las in den Augen seines Gegners, daß es nun kein Zurück mehr gab. Oft hatte er über diesen Augenblick gegrübelt – und er war zu dem Schluß gekommen, daß es dem anderen genauso erging wie ihm. Egal wie groß er war, er hatte wahrscheinlich die gleiche Angst, das gleiche flaue Gefühl in der Magengrube, denn er konnte seiner Sache nie hundertprozentig sicher sein. Und genau in diesem Moment, in dem sie beide noch nicht richtig bereit waren, mußte er zuschlagen. Er mußte als erster zuschlagen und so fest wie möglich. Vielleicht war damit dann auch schon alles ausgestanden.

Bob junior machte es ihm leicht. Er wich ein paar Schritte zurück, als Ryan auf ihn losgehen wollte und drehte sich halb zur Ladefläche. Er hätte im Traum nicht daran gedacht, daß jemand so schnell sein konnte. Noch während er nach dem Wagenheber oder einer Eisenstange schaute, stürmte Ryan heran, und dieser dämliche Schläger oder Stock oder was das auch sein mochte sauste auf ihn nieder.

Bob junior konnte sich nur noch zur Seite werfen und den Kopf einziehen. Der erste Hieb krachte mit voller Wucht gegen seinen Arm, den er gerade noch vor den Kopf brachte.

Der Arm fühlte sich ganz taub an. Er mußte wohl auch die Augen für einen Augenblick zugemacht haben, denn er sah den nächsten Schlag nicht kommen. Er hielt nur die Arme über den Kopf, und das Ding prallte gegen sein Knie. Jetzt blieb ihm nichts anderes übrig, als blind auf den Dreckskerl loszustürmen. Schon wieder bekam er einen mächtigen Hieb ab, an der Schulter diesmal. Endlich bekam er das Ding zu fassen – ein schwerer Ast war es also, er spürte die rauhe Rinde zwischen den Fingern. Mit aller Kraft riß er daran, und dann sah er Ryans Gesicht vor sich. Bis ins Letzte angespannt war es, der Kerl stierte ihm direkt in die Augen.

»Jetzt hast du dein Pulver verschossen, Kleiner«, knurrte Bob junior. Er hatte den Mund noch nicht wieder zugemacht, da schoß ihm Ryans linke Faust mitten ins Gesicht.

Und das war die Chance für Ryan. Bob junior taumelte zurück. Sein Gesicht war nicht mehr gedeckt. Er brauchte nur noch nachzusetzen. Mit der Linken traf er ihn noch einmal, und er ließ nicht locker, versetzte ihm einen rechten Haken und schickte einen linken hinterher. Und gleich noch einmal! Er holte mit der Linken weit aus und jagte sie ihm mit aller Kraft ins Gesicht. Der Typ taumelte nach hinten, und das Blut spritzte ihm aus der Nase – aber was war denn das? Ryan bekam ein Mordsschreck – das Schlimmste, was einem in einer Schlägerei passieren konnte: der Typ ging nicht zu Boden!

Er ließ den Ast los und blieb einfach stehen. Keuchend stand er mit seinem blutverschmierten Gesicht vor Ryan, starrte ihn an, kam wieder zu Atem, wischte sich einmal mit der Hand über den Mund und ging auf ihn los. Ryan riß die Hände schützend hoch. Seine Arme waren bereits schwer und müde.

Nancy schenkte sich gemächlich noch ein bißchen Cold Duck nach und nippte genüßlich daran, während die zwei aufeinander eindroschen. Bob junior war der Größere und Stärkere, eigentlich sah Ryan neben ihm geradezu zerbrechlich aus. Aber er hatte den anderen schon blutig geschlagen, und Bob junior war vom Gesicht bis zum Hemd vollkommen besudelt. Das schien ihm aber nichts auszumachen. Nancy sah zu, wie er in den Infight ging und Ryans Schläge gegen die Schulter einfach wegsteckte und sogar noch einmal einen voll in den Mund bekam. Wow! Aber diesmal ließ er nicht lokker. Er schwang einfach seine riesige Faust und drosch sie Ryan voll ins Gesicht. Das mußte ihn doch umhauen. Er schwankte, und Bob traf gleich wieder und noch einmal. Ryan sackte in die Knie.

Das war's denn wohl, dachte Nancy. Nicht schlecht, schade nur, daß es so kurz war. Aber... Ryan richtete sich auf, langsam erst, doch ehe Bob junior sich's versah, holte er aus und traf ihn voll ins Gesicht. Beide standen sich noch einmal mit kreisenden Fäusten gegenüber und legten alles in den nächsten Schlag. Und dann ging Ryan zu Boden.

Den Kopf eingezogen, landete er auf Händen und Füßen. Diesmal versuchte er nicht mehr aufzustehen. O Mann, taten ihm der Mund und die Hände weh! Er wollte sich den Kiefer und die Lippen betasten, fürchtete aber, aufs Gesicht zu fallen, wenn er auch nur eine Hand vom Boden nahm. Der Typ da konnte ja stehenbleiben, wenn er wollte. Ryan beschloß zu bleiben, wo er war. Aber der Typ stand auch nicht mehr da. Ryan wandte den Kopf ein wenig zur Seite und sah, daß er sich höchstens einen Meter vor ihm ebenfalls hinsetzte. Den Kopf ließ er nach hinten sinken und schaute mit geschlossenen Augen zum Himmel. Mit einem Taschentuch hielt er sich die Nase zu.

Ryan schaffte es irgendwie, sich hinzusetzen. O Gott, die Schulter tat ihm ja auch weh! Eine Weile saß er stumm da und starrte den Typen nur an. Schließlich murmelte er: »So geht das nicht.«

Bob junior schlug die Augen auf.

»So hört das nie auf«, sagte Ryan.

»Doch«, brummte Bob junior in sein Taschentuch hinein. »Man muß den Kopf zurücklegen.«

»Das ist totaler Unsinn«, meinte Ryan. »Du mußt dich schneuzen, die Nase zuhalten und nach unten schauen.«

»Du spinnst.«

»Das meinen alle, daß man den Kopf nach hinten halten soll«, sagte Ryan. »Aber so geht es nicht. Du mußt nach unten schauen. Mach doch mal.«

Bob junior beugte sich vor und ließ das Blut auf den Boden tropfen.

»Mach doch, schneuz dich!« rief Ryan. Er schaute genau hin, ob Bob junior es auch richtig machte.

Nach einer knappen Minute brummelte Bob junior mit näselnder und vom Taschentuch gedämpfter Stimme: »So viel Blut hab' ich seit einem Jahr nicht mehr gesehen. Das war letzten Herbst. Da hab' ich einen Rehbock genau an der Stelle hier geschossen.«

»Gibt es in den Wäldern hier viel Wild?«

»Ob es viel gibt? Du kannst die Spuren schon hier sehen. Sie saufen am See unten.«

»Ich war noch nie jagen.«

»Dieser Bock damals hat einfach auf der Straße gestanden und auf mich gewartet.«

»Womit hast du geschossen?«

»Ich habe mehr als ein Gewehr. Damals hatte ich einen alten Null-Dreier dabei. Und wenn ich einen alten sage, dann meine ich einen alten. Mit dem Ding konnte ich bis nach Holden rüber schießen.«

»Dieser Walter Majestyk hat was von ein paar Hütten hier gesagt...«

»Du kennst ihn näher?«

»Ich arbeite für ihn.«

»Hey!« rief Nancy, die immer noch im Wagen saß. »Soll das eine Pause sein oder was?«

»Ich steig' jetzt in den Wagen«, erklärte Ryan. »Was dagegen, wenn ich wegfahre?«

»Mir doch egal, was du machst«, brummte Bob junior.

Er sah nicht auf, als sie davonfuhren.

Lange Zeit fiel kein Wort zwischen ihnen. Erst als sie sich dem Wanderarbeitercamp näherten und er ihre Blicke auf sich spürte, machte er den Mund wieder auf: »Jetzt hast du ja gekriegt, was du wolltest.«

»Das ist nicht sehr nett von dir, daß du mir die Schuld in die Schuhe schieben willst. Wie geht es dir jetzt?«

»Wie wenn mir einer ins Gesicht geschlagen hätte.«

»So schlimm siehst du gar nicht aus. Da.« Sie reichte

ihm ihr Glas und sah zu, wie er den Mund mit dem Drink ausspülte und nur langsam herunterschluckte. Die Zähne taten ihm weh und fühlten sich ganz wakkelig an. Als er den Kiefer hin und her schob, gab es unter dem Ohr ein lautes Knacken. Die Hände taten ihm auch weh, zudem waren sie über und über mit Bob juniors Blut verschmiert. Nancy nahm ihm das Glas wieder aus der Hand. Trotzdem steuerte er weiter mit nur einer Hand. Vorne sah er Gurkenpflücker vom Feld kommen. Nebeneinander liefen einige andere am Straßenrand und drehten sich nach dem Wagen um.

»Eines steht jedenfalls fest«, sagte Ryan.

»Was?«

»In das Jagdhaus gehe ich nicht mehr, und wenn noch soviel Geld drin ist.«

Nancy starrte geradeaus nach vorne. Sie wollte nicht sofort antworten. Mit einem Seitenblick auf Ryan meinte sie schließlich: »Ich wußte schon, daß du das irgendwann sagen würdest. Es war nur eine Frage der Zeit, wann du damit rausrückst.«

»Tja«, meinte Ryan. »Dann bist du gewiefter als ich. Ich habe es nämlich gerade erst rausgefunden.«

»Hast du nicht. Du hast vielleicht wirklich an den Einbruch geglaubt, aber für mich stand gleich fest, daß mit dir nichts darauf wird. Du bist nun mal eine kleine Nummer, Jackie. Aber was Richtiges ist bei dir nicht drin. Träum ruhig von fünfzigtausend Dollar, aber kriegen wirst du sie nie.«

»Überleg doch mal!« rief Ryan. »Er hat uns da oben entdeckt. Jetzt fragt ihn die Polizei: ›Haben Sie in der letzten Zeit jemand um das Haus rum gesehen?‹ Und spätestens dann denkt er an uns. An mich erinnert er sich auf alle Fälle, und dann geht ihm ein Licht auf.«

»Du bist jetzt nur ein bißchen aufgeregt«, meinte Nancy.

»Und wie ich aufgeregt bin!«

»Du bist sauer, weil du meinst, ich wäre schuld an eurer Schlägerei.«

»Das hat damit nichts zu tun«, erwiderte Ryan.

»Aber daß Bob uns gesehen hat, das beweist doch überhaupt nichts!«

»Ich werde es nicht darauf ankommen lassen«, sagte Ryan.

»Wir unterhalten uns später noch einmal darüber. Erst einmal verarzte ich dich. Was hältst du davon?«

»Ich weiß nicht, worüber wir uns da noch unterhalten sollen.«

Sie waren jetzt unmittelbar hinter den Pflückern, die an den Straßenrand auswichen, um den Wagen vorbeizulassen.

»Stell das Glas auf den Boden«, sagte Ryan.

Frank Pizarro stand vor dem Schuppen und schaute der Staubwolke hinter dem vorbeifahrenden Wagen nach. Von der anderen Straßenseite gesellte sich Billy Ruiz zu ihm.

»Sah ganz nach Jack aus«, meinte er.

»Klar war er das!« rief Pizarro. »Der hat uns unbedingt seinen Wagen und die Mieze zeigen müssen.«

»Ich hab' ihm gewunken, aber hat mich wohl nicht gesehen.«

»Und wie er dich gesehen hat!«

»Das kann ich mir nicht vorstellen.«

»Er hat dich gesehen!« rief Pizarro. »Er hat uns alle gesehen.«

»Warum hat er dann nicht gewunken?«

»Weil er jetzt der feine Mr. Jack Ryan mit Wagen ist.«

Billy Ruiz schüttelte den Kopf. »Nein, nein, er hat uns nicht gesehen. Sonst hätte er gewunken.«

»Herrgott, was hast du denn dauernd mit deinem Scheißgewinke? So was wie dich kennt er jetzt nicht mehr.«

Pizarro trat in den Schuppen. Im Halbdunkel fand er

eine Zigarette, zündete sie sich an und legte sich damit auf seine Decke. Ungestört von Billy Ruiz und den anderen wollte er in aller Ruhe über Ryan und das nackte Mädchen nachdenken und das alles endlich einmal auf die Reihe kriegen.

Die Sache mit dem Mädchen gestern abend ging ihm nicht mehr aus dem Kopf. Okay, er hatte ihr den Bierkasten mit den Geldbeuteln verkauft. Splitternackt war sie aus dem Swimmingpool gekommen und hatte sich vor seinen Augen abgetrocknet. Und hatte auch gar nicht versucht, ihre Blöße zu bedecken. Und dabei hatten sie über Jack Ryan und die Geldbeutel verhandelt. Während sie ihre Bluse und die Shorts anzog, hatte er es ihr noch mal erklärt: fünfhundert Dollar, darunter ging er nicht. Dann war sie im Haus verschwunden und gleich wieder mit immer noch offener Bluse herausgekommen. Achtzig Dollar hatte sie ihm in die Hand gedrückt. Er hätte den Bierkasten behalten sollen, bis sie mit mehr Geld kam, aber die achtzig hatte er wenigstens. Besser der Spatz in der Hand als die Taube auf dem Dach.

Trotzdem hätte er ihr jeden Geldbeutel extra verkaufen müssen. Einen pro Woche, und jedesmal hätte sie ihm das Geld nackt geben müssen.

Er hätte mit ihr im Haus verschwinden oder sie aufs Gras legen sollen. Sie hatte es doch nicht anders gewollt! Das wäre doch was... Mit Mr. Ritchies Freundin... Aber eben weil sie Mr. Ritchies Freundin war, hatte er sie nicht angerührt. Unglaublich! Sie hatte rein gar nichts angehabt, und er hatte sich nicht getraut, sie anzurühren. Wenn er sie angefaßt hätte, wäre bestimmt etwas geschehen. Was, das wußte er nicht. Irgend etwas eben.

Also gut, er hätte eine ganze Menge tun können, aber jetzt war es zu spät. Aber einen Joker hatte er noch im Ärmel. Er mußte sich nur überlegen, wie er es ihr sagte, damit sie es auch glaubte. Immerhin wußte er ja das mit Ryan. Damit brauchte er nur zur Polizei zu gehen und ihnen erzählen, daß Ryan am Sonntag in das Haus eingebrochen war.

Also mußte er sie in der Nacht besuchen, wenn Ryan nicht da war und ihr sagen, wieviel sie zu berappen hatte, damit er nicht zur Polizei ging. Und diesmal ging er von den fünfhundert Bucks keinen Cent runter.

Er legte sich schon die Worte zurecht. Wie wär's mit: »Wenn du die fünfhundert nicht hast, dann soll sie dir doch dein Freund stehlen. Woher du sie kriegst, ist mir scheißegal.«

Die entscheidenden Worte waren: »Her mit den fünfhundert, oder ich geh' zur Polizei.«

Aber während er rauchend in diesem düsteren, modrig stinkenden Brutkasten unter der Wellblechdecke lag, fiel Frank Pizarro noch etwas ganz anderes ein: Moment mal, was redest du da von der Polizei? Was willst du denn mit denen? Menschenskinder, da gibt es doch was viel besseres als die Polizei!

Sag ihr doch, wenn sie nicht mit dem Geld rausrückt, kriegt Mr. Ritchie einen netten Brief zu lesen.

## 13

Als er die Augen aufschlug, wußte Ryan zunächst nicht, wo er war. Er spürte nur wahnsinnige Schmerzen in der Schulter. Nach und nach kehrte die Orientierung zurück. Er streckte die Beine durch und betastete die kühlen Aluminiumlehnen des Liegestuhls. Trotz der Schmerzen hatte er ein gutes Gefühl. Er hatte etwas geleistet. Er war froh, daß er sich mit dem Typen geschlagen hatte und daß die Sache jetzt ausgestanden war. Es war gut so, daß der Typ sie zusammen gesehen hatte.

Vielleicht wäre er sowieso nie in das Jagdhaus eingestiegen. Das Gerede wäre dann nichts als heiße Luft gewesen. Vielleicht hätte er sich eine andere Ausrede einfallen lassen, wenn Bob junior nicht gekommen wäre. Vielleicht wäre er aber auch im letzten Moment einfach getürmt. Er war sich nicht sicher.

Vielleicht war er aber einfach zu müde. Halt, nein, das stimmte nicht. Sicher, er war müde und hatte Schmerzen am ganzen Leib, aber das hatte mit der anderen Sache absolut nichts zu tun.

Es war etwas ganz anderes: ein Gefühl der Erleichterung. Jetzt war das Ganze ausgestanden. Er konnte sich sagen, du brauchst dort nicht mehr einzubrechen. Du brauchst das Geld nicht mitzunehmen, und den ganzen Ärger kannst du dir auch sparen. Und Sorgen, daß sie damit herumprahlt, brauchst du dir auch keine zu machen. Du mußt mit keiner unliebsamen Überraschung mehr rechnen. Und – du brauchst auch nicht mehr daran zu denken.

Ihm war nach einer Zigarette. Er tastete nach der Schachtel, aber die Brusttasche war leer. Ob auf dem Tisch Zigaretten lagen, konnte er nicht sehen. Dafür war es zu dunkel. Da er sich nun schon aufgerichtet hatte, drehte er sich zum Haus um. Das Wohnzimmer war bis auf einen matten Schimmer am hinteren Ende dunkel. Im ersten Stock oben brannte nirgendwo Licht. Er fragte sich, ob sie schon zu Bett gegangen war. Wie spät mochte es überhaupt sein? Auf alle Fälle nach zehn. Da hatte er ja mindestens drei Stunden geschlafen. Kurz überlegte er, ob er schwimmen gehen sollte, um die Muskeln etwas zu lockern, doch dann entschied er, daß das den Aufwand nicht lohnte. Wenn er morgen aufwachte, würde ihm sowieso jede Bewegung weh tun. Daran ließ sich nun nichts mehr ändern. Er fragte sich nur, warum sie kein Licht hatte brennen lassen.

Nancy saß im abgedunkelten Wohnzimmer auf dem Sessel. Sie hörte ihn draußen herumpoltern und sah ihn wenig später durch die Schiebetür hereinkommen. Ihr entging nicht, wie er zögerte und sich dann in Richtung Büro vorantastete. Als er unmittelbar vor ihr war, sagte sie: »Hi.«

Er antwortete nicht gleich. Es dauerte ein paar Sekunden, bis er sich von dem Schreck erholt und sie entdeckt hatte.

»Ich wollte dich überraschen«, sagte Ryan schließlich.

»Ich schlafe hier nie.«

Ryan beugte sich über ihren Sessel und schaltete die Lampe ein.

»Wo schläfst du dann?«

»Oben.«

»Zeig's mir.«

»Später. Was wir brauchen, habe ich hier unten.«

»Als da wäre?«

»Ich hab's aus der Bar.« Den Kopf leicht gesenkt, die Augenbrauen hochgezogen, musterte sie ihn streng. Ryan erwiderte den Blick. Von ihrer Gouvernantenmiene wollte er sich nicht beeindrucken lassen.

»Das Bier ist im Kühlschrank«, meinte Nancy, ohne ihre Haltung zu ändern.

»Ich glaube, ich hab' im Moment auf nichts Appetit.«

»Aber ich«, sagte Nancy.

»Seit wann trinkst du Bier?«

»Manchmal schon. Holst du mir eins?«

Er verschwand in der Küche. Aus den Augenwinkeln sah sie ihn das Licht einschalten. Dann hörte sie den Kühlschrank auf- und wenig später wieder zugehen.

»Kein Bier da!« rief er.

Nancy starrte auf die Glastür zur Veranda. Sie konnte ihr Spiegelbild sehen. »Dann schau im Schrank neben dem Kühlschrank nach. Unterstes Fach.«

»Machst du's wie die Engländer, daß du warmes Bier trinkst?«

»Leg zwei Flaschen in die Gefriertruhe. Das dauert nur ein paar Minuten.«

»Wollen wir nicht lieber was anderes trinken?«

»Ich will aber nichts anderes. Ich will Bier.«

Sie wartete und hörte, wie er den Schrank aufmachte und davor herumhantierte. Dann war Stille. Sie zählte – tausendeins, tausendzwei, tausenddrei, tausendvier...

»Du hast kein Bier!« rief Ryan.

Über die Schulter riskierte sie einen Blick in die Küche.

Ryan stand in der Tür. »Du hast einen Haufen alte Geldbeutel, aber Bier hast du keins.«

Nancy wirbelte herum. »Erkennst du sie nicht?«

Er musterte sie mit nachdenklicher Miene. Schließlich kam er ganz ins Wohnzimmer und setzte sich auf den Polsterschemel vor ihrem Sessel.

»Ich bin noch nie fies zu einem Mädchen gewesen«,

sagte Ryan. »Ich habe noch nie eine angeschrien oder gar geschlagen.«

»Unten haben wir Bier«, sagte Nancy.

»Ich kann ja auch was anderes trinken.«

»Nimm, was du brauchst. In der Bar hinter der Theke haben wir genug. Das Bier ist im Kühlschrank unten.«

Ryan erhob sich und ging die Wendeltreppe zur Hausbar hinunter. Die Lampe am Ende der Theke verbreitete ein mattes rosa Licht. Er fand eine Flasche Bourbon und goß ein Glas voll. Aus dem Kühlschrank nahm er zwei Flaschen Bier und zwei Eiswürfel für den Bourbon. Dann machte er die Bierflaschen auf. Auf der Theke lagen Filterzigaretten. Er zündete sich eine an, stieß langsam den Rauch in die Luft und nippte am Bourbon.

Nancy rührte sich nicht in ihrem Sessel. Sie wartete, bis Ryan nach oben kam, die Getränke vor ihr abstellte und sich wieder auf den Schemel setzte.

»Also«, sagte Ryan. »Willst du mir jetzt verraten, wie das Spiel heißt?«

»Du hörst dich jedesmal anders an«, meinte Nancy. »Wetten, daß du launisch bist?«

»Sag mir, wie das Spiel heißt, okay?«

»Dabei finde ich es gar nicht so schlimm, wenn Leute launisch sind. Nur tun die meisten so als ob, und dann ist es nichts als eine Pose.«

Ryan trank seinen Bourbon aus und stand auf. »Bis später, irgendwann mal.«

»Das Spiel«, sagte Nancy, »heißt: Wenn du nicht ein lieber Junge bist und das machst, was ich dir sage, gehe ich mit den Geldbeuteln zur Polizei. Für ein Spiel ist das ein recht langer Name, aber dafür macht es Spaß.«

»Der Name ist wirklich sehr lang«, gab Ryan zu. »Aber wie kommst du darauf, daß ich was damit zu tun habe?«

»Weil mir dein Freund alles gesagt hat. Frank irgendwas. Er war gestern nacht da und hat mir damit gedroht, zur Polizei zu gehen, wenn er keine fünfhundert Dollar für die Geldbeutel bekommt.«

»Fünfhundert?«

»Ich hab' ihn auf achtzig runtergehandelt.«

»Und wie kam er darauf, daß du anbeißt?«

»Wahrscheinlich hat er dich in meinem Wagen gesehen. Und da hat er sich wohl gesagt, daß wir was miteinander haben.«

»Tja«, meinte Ryan. »Das ist seine Geschichte.«

»Nein«, widersprach Nancy. »Jetzt ist es die meine. Ich brauche nur zu sagen, daß ich euch aus dem Haus habe rennen sehen. Ich bin euch gefolgt und habe den Bierkasten gefunden.«

»Du machst dir ja ganz schön viel Mühe.«

»Nur, weil ich dich brauche.«

Ryan schüttelte den Kopf. »Ich fürchte, du hast dir den Falschen ausgesucht.«

»Und ich fürchte, daß dein Freund dich hinhängt, wenn sie ihn verhaften.«

Ryan setzte sich wieder und goß noch einmal Bourbon über das schmelzende Eis. Während er in kleinen Zügen trank, stellte er sich Frank Pizarro im Verhörzimmer vor und ihm gegenüber den Polizeibeamten J. R. Coleman.

»Tja, nicht ganz von der Hand zu weisen«, gab Ryan zu.

»Sehr schön. Ich dachte schon, du würdest durchdrehen, aber jetzt nimmst du es wie ein richtiger kleiner Mann.«

»Jetzt noch einmal langsam, damit ich dich nicht mißverstehe«, sagte Ryan. »Wenn ich also aus unserem Ding aussteige, gehst du zur Polizei und setzt sie auf Frank Pizarro an.«

»Richtig.«

»Und daß Bob junior uns gesehen hat, ist dir egal.«

»Vollkommen.«

»Ich brauche noch ein bißchen Zeit zum Nachdenken.« Er hob sein Glas hoch. »Kann ich mir noch ein paar Eiswürfel holen?«

»Bedien dich.«

»Das eine Bier reicht dir, nehme ich an.«

»Ich kann Bier nicht ausstehen.«

Er holte sich aus der Küche Eis und kam mit dem Bierkasten zurück. Nancy sah stumm zu, wie er ihn auf den Schemel stellte.

»Ich hab's mir durch den Kopf gehen lassen«, verkündete Ryan. »Die Antwort ist Nein.«

Nancys Antwort kam nicht sofort. »Von mir aus.«

»Das Ding da nehme ich besser mit.«

»Nur zu. Ich brauche es nicht.«

Er setzte sich so nahe vor ihr auf die Schemelkante, daß er ihre Füße mit den Knien berührte. »Mach lieber keine Dummheit«, warnte er sie. »Wenn die Sache auffliegt, verpfeift jeder jeden. Dann stellt die Polizei dir bloß dumme Fragen, und du kommst mit in die Zeitung. Ob es dir paßt oder nicht, jeder weiß dann über dich Bescheid. Das willst du doch auch nicht, oder? Hier hast du es doch nicht schlecht. Wozu willst du dir das bequeme Leben kaputtmachen?«

»Mir ist gerade was eingefallen«, erwiderte Nancy. »Über deinen kleinen Job steht dann auch was in der Zeitung. Morgen bist du *das* Tagesgespräch in Geneva Beach.«

»Vielleicht sogar noch übermorgen.«

»Und alle verrammeln ihre Häuser.«

»Unter anderem«, meinte Ryan. »Aber Bob junior wird es auch lesen und doppelt aufpassen. Ich will dir nur sagen, daß wir uns einen denkbar ungünstigen Zeitpunkt ausgesucht haben.«

»Sei doch nicht so entsetzlich ernst!« rief Nancy. Sie nahm ihm die Zigarette aus dem Mund und machte einen tiefen Zug. Dann lehnte sie sich wieder zurück und schenkte Ryan ihr entzückendes Lächeln mitsamt einem feuchten Blick.

»Ich hab' doch nur Spaß gemacht«, meinte sie dann. »Traust du mir wirklich zu, ich würde zur Polizei gehen?«

»Wenn du das für Spaß hältst...«

»Jackie...« Es klang ganz enttäuscht und verletzt.

»Vielleicht hast du wirklich geglaubt, du würdest nicht mit reingezogen«, fuhr Ryan fort. »Aber das geht eben nicht. Dein Bild kommt mit in die Zeitung. In deinem Leben kramen sie auch rum, und die Leute zerreißen sich das Maul über dich. Was meinst du, wie schnell Ray dir dann den Laufpaß gibt?«

Nancy rutschte näher an die Lehne heran und klopfte auf die freigewordene Stelle. »Setz dich doch zu mir.« Dazu zog sie einen liebevollen Schmollmund. »Komm schon, seien wir doch wieder gut miteinander.«

Sein Instinkt sagte ihm, daß er lieber nicht zu schnell darauf eingehen sollte. Es war wie bei einem Tier, das man nur vorsichtig streicheln durfte, sonst biß es. Im Bierkasten waren noch die ganzen verräterischen Geldbeutel. Vor einer Minute noch wäre sie damit zur Polizei gegangen. Und plötzlich sollte sie ein liebes Mädchen sein, und nichts als ein Mädchen, das ihn mit der uralten Masche lockte und sich ziemlich sicher war, daß ihr das auch gelang? Aber selbst wenn das nur Mache war, sie sah besser aus als jedes andere Mädchen, das er je gesehen hatte.

Was also machte Ryan? Er rutschte neben sie, stützte sich auf die Lehne und drückte den Mund auf den ihren. Langsam glitten seine Hände über ihre Schultern. Sie erwiderte den Kuß. Ihre Hände schlossen sich um seinen Hals und spielten mit seinem Haar. Nach einer Weile löste sie sich von ihm und flüsterte: »Komm, gehen wir nach oben.«

Mit dem Bierkasten in der Hand lief er am Wasser entlang nach Hause. Die Nachtbrise strich ihm um das Gesicht. Das Kinn und die Schultern taten wieder weh. Er konnte sich dabei zuschauen, wie er durch die Dunkelheit marschierte. Noch einmal sah er sich aus ihrem Bett steigen, das Hemd zuknöpfen und in die Hose schlüpfen. Nancy hob sich wie ein weicher, dunkler Schatten vom weißen Laken ab. Regungslos lag sie auf dem Rücken. Eine Hand hatte sie auf dem Bauch liegen, die Beine waren etwas gespreizt. Mit ruhigen, ausdruckslosen Augen folgte sie seinen Bewegungen. Er hatte sich schon oft vor den Augen eines Mädchens angezogen. Dabei hatte er sie gerne mit witzigen Sachen zum Lachen, Kichern oder wenigstens Lächeln gebracht, er hatte noch einmal nach ihr gegrapscht und mit ihr gerauft, bis sie zusammen aus dem Bett gepurzelt waren und hatte sich dann mit einem Klaps auf den nackten Hintern und einem ›Bis bald‹ verabschiedet.

Einige hatte er tatsächlich wiedergesehen, andere nicht. Mit Mädchen verstand er sich immer prächtig. Er hatte nie eine gezwungen, mit ihm ins Bett zu gehen, wenn sie nicht wollte. Sachen wie ›Du liebst mich doch, dann mußt du auch dazu bereit sein‹, hatte er nie nötig gehabt. Ihm hatte es Spaß gemacht, und sie hatten ihren Spaß dabei gehabt. Das hatte er auch bei Nancy so gesehen, aber jetzt war er nicht mehr so sicher. Hatte ihm das Zusammensein mit ihr Spaß gemacht, oder hatte er nur seinen Spaß gehabt, weil sie sämtliche Bewegungen beherrschte und die Bewegungen eben Spaß machten?

Soweit er sich erinnern konnte, waren sämtliche Mädchen lebendige Menschen gewesen. Die Frage war nur: War Nancy das auch? Ihm war ein einziges Rätsel, was sie allein machte. Daß sie zum Beispiel gähnte, ohne daß jemand ihr zuschaute, konnte er sich gar nicht vorstellen. Das Mädchen auf dem Rücksitz des Kombi, das Zehndollarmädchen mit den zwei Makkern, die pro Bier einen Dollar verlangten, war auch so gewesen. Die konnte er sich genausowenig als lebendigen Menschen vorstellen. Aber dieses Herumspekulieren brachte ihm auch nichts. Schon wieder war er sich seiner selbst bewußt. Er stellte den Bierkasten auf den Sand und zündete sich eine Zigarette an. In den Händen sah er den Widerschein der Flamme. Einmal mehr stand er neben sich und sah einen tollen Hecht namens Jack Ryan, der gerade wieder eine Frau aufgerissen hatte und sich jetzt eine Zigarette gönnte.

Und was sagte Leon Woody dazu?

Leon Woody sagte gar nichts. Jack Ryan sagte etwas. Und zwar, daß der tolle Hecht namens Jack Ryan nur glaubte, er hätte eine aufgerissen. Das tun ja alle, die sich für einen tollen Hecht halten. Aber tatsächlich hatte doch sie ihn aufgerissen. Aufgerissen, gevögelt und verarscht.

Wie dem auch sei, zuallererst mußte er den Bierkasten loswerden. Das Bay Vista war nicht mehr weit entfernt, da fiel ihm das brachliegende Feld neben Mr. Majestyks Haus ein.

Genaugenommen war Ryan nicht unbedingt das, was Nancy sich unter einem Traummann vorstellte. Nichts Außergewöhnliches, aber wenigstens nicht langweilig. Und ausdauernd. Eine Art Naturbursche. Gut gebaut – muskulös und kein überflüssiges Gramm Fett. Und im Bett stellte er sich geschickt an! Daran arbeitete er wahrscheinlich, seit er von der Existenz von Mädchen gehört hatte. Danach hatte er sich beim Anziehen unbedingt in Pose werfen müssen, aber damit hatte sie von Anfang an gerechnet.

Jackie war schon in Ordnung. Es würde ihr Spaß machen, sich mit ihm das Geld zu schnappen und ihn in Detroit noch einmal zu treffen. Dann könnten sie eine Woche in Florida oder auf den Bahamas Urlaub genießen, und bevor sie Schluß mit ihm machte, würde sie ihn mit nach Hause schleppen und ihrer Mutter vorstellen.

Während sie noch auf dem Bett lag, eine Hand auf dem Bauch, die andere mit einer Haarsträhne spielend, hörte sie sich sagen: »Mutter, das ist Jack Ryan.« Sie sah ihre Mutter im Schatten der Palme, vor ihr auf dem Glastisch das Zigarettenetui, das Feuerzeug und Wodka und Tonic. Sie sah, wie ihre Mutter ihren dicken Roman in den Schoß legte, ihre Lesebrille abnahm und Ryan mit der Andeutung eines Lächelns musterte. Den Kopf hielt sie ganz leicht schief – damit drückte sie Wachsamkeit aus. Sie deutete ein freundliches Nicken an, aber eine persönliche Regung gab sie nicht preis. Die Zurückhaltung in Reinkultur. Die kleinen braunen Steine in ihren Augenhöhlen schätzten ihn ab. Wenn etwas an ihm nicht stimmte, meldeten sie es gleich weiter.

»Jack ist aus Detroit, Mutter.«

Auf die Augen, diese kleinen braunen Steine, mußte sie achten. Und auch auf Jack. Er sah jetzt weg. Für ihre vierundvierzig Jahre sah Mutter gar nicht schlecht aus. Todschick, wie die weißen Perlen ihre braungebrannte Haut noch akzentuierten. Aber Ryan wußte nicht so recht. Daß sie noch nichts gesagt hatte, verunsicherte ihn. Die liebe Mama brachte ihn mit ihrem coolen Gehabe ganz aus dem Konzept. Er sah sich erst mal das Grundstück an. Jetzt steckte er die Hand in die Hosentasche. Wollte wohl zeigen, wie locker er war. Er sah zum Swimmingpool hinüber und dann auf die weiße, reich verzierte Fassade und überlegte sich immer noch, was er sagen sollte. Das wäre doch was, wenn sie ihn zu Hause losließe! Es wäre ein Heidenspaß, Mutter dabei zuzuschauen, wie sie ihn beobachtete, weil sie Angst hatte, er könnte etwas anfassen oder gar auf sie zugehen. Sie würde ihn ganz ruhig beobachten, aber sie würde wie gelähmt dasitzen und hoffen, daß er bald wieder ginge.

»Mutter, das ist Jack Ryan. Er bricht in Häuser ein

und hätte mal fast jemanden totgeschlagen.« Das müßte sie ein bißchen aus der Fassung bringen.

Vielleicht. Die Sache mit den zwei Jungen hatte sie ja anscheinend nicht umgeworfen. Nancy hatte sie in Bahia Mar kennengelernt und mit nach Hause geschleppt, weil ihre Mutter ausgegangen war und nur Loretta, das Zimmermädchen, das Haus hütete.

Sie war damals fünfzehn gewesen. Sie hatte die zwei Jungen noch genau vor Augen. Mit in die Hüften gestemmten Händen standen sie in Turnhosen und Footballtrikots mit den Rückennummern 30 und ein paar Zerquetschte vor ihr. Sie waren beide über einsachtzig groß und konnten eine Dose Bier in Null Komma nichts hinunterschlucken. Groß und schlacksig waren sie, aber trotz der Machopose nichts als Bubis. In derselben Klasse wie Jack Ryan sah sie sie jetzt nicht mehr. Die Größe zählte nicht. Wer unter einundzwanzig oder unverheiratet war (ein neuer Bewertungsmaßstab), oder noch nie wegen grober Körperverletzung verhaftet worden war, galt bei ihr jetzt als minderjährig.

Mit drei Sechserpacks und einem Transistorradio saßen sie am Swimming-pool in Mutters Garten. Wenn die Jungen kein Bier schluckten, schlugen sie den Takt zur Musik auf die Stuhllehnen. Alle Augenblicke erschienen Lorettas schwarzes Gesicht und weiße Schürze auf der Veranda, und sie versuchte Nancy durch Stirnrunzeln auf sich aufmerksam zu machen. »Dein Zimmermädchen will was von dir«, meinte einer der Jungen, aber Nancy tat immer so, als hätte sie nichts mitbekommen, bis die zwei schließlich kapierten.

»Echt schade, daß wir hier bespitzelt werden«, erklärte Nancy. »Allein hätten wir garantiert mehr Spaß hier.« – »Sowieso«, meinte der eine, und der andere fragte. »Was würden wir denn zum Beispiel machen?« – »Zum Beispiel könnten wir schwimmen gehen«, sagte Nancy. »Aber wir haben keine Badehosen dabei.« – »Ach so?« sagte Nancy darauf.

Sie sah ihnen weiter beim Biertrinken zu. Fieberhaft überlegten sie, wie sie Loretta loswerden könnten. Für Nancy stand dagegen von vornherein fest, wie sie es anstellen würden. In ihr Zimmer konnten sie Loretta nicht sperren, sie hatte den Schlüssel.

Also verbarrikadierten sie Lorettas Zimmer mit Nancys Lattenrost und Federnkernmatratzen, ohne daß sie etwas davon mitbekam. Als sie dann aufsah, war es zu spät. Ihr Protest hörte sich seltsam gedämpft durch die vielen Matratzen an. Nancy warf sich gegen den Lattenrost und lachte, bis ihr die Tränen kamen. Die Jungen schleppten in der Zeit Stühle heran und klemmten sie zwischen die Matratzen und die Wand. Dann rannten sie hinaus, zogen sich aus und sprangen ins Wasser. Nancy blieb fürs erste im Haus und zog in ihrem Zimmer den knappen Badeanzug an, der fast wie ein Bikini aussah. Anschließend drehte sie sämtliche Lichter aus, auch die Poolbeleuchtung. Natürlich kam sofort lautes Protestgeheul von draußen. Aber als sie sich ihnen zeigte, grinsten sie von einem Ohr bis zum anderen. Der eine pfiff durch die Zähne, und der andere rief: »Hey! Wow! Waaahnsinn!« Und was bekam sie zu sehen? Zwei patschnasse junge Athleten in ihren triefenden Boxerhosen.

Sie spielten unter Wasser Fangen, was natürlich nicht ohne jede Menge Körperkontakte und Begrapschen abging. Alle paar Minuten legten sie eine kleine Bierpause ein. Irgendwann hatte Nancy genug, plumpste keuchend in den Liegestuhl und ließ sie ihre Brust sehen, die sich rhythmisch hob und senkte. Den Bauch zog sie selbstverständlich ein. Nachdem sie sie lange genug angestarrt hatten, erhob sie sich, streckte sich, nicht ohne ihnen noch einmal einen Blick auf ihren Vorbau zu gönnen, und erklärte, sie müsse sich jetzt umziehen.

Aber vielleicht wäre einer von ihnen so nett und würde ihr das Oberteil hinten aufmachen, die Dinger seien ja so verflixt schwer zu erreichen.

Beide sprangen sie auf. Während sie sie sich gegenseitig um das Recht zum Helfen rauften, griff Nancy nach hinten, löste die Riemen und stolzierte auf das Haus zu. Sie brauchte sich nicht umzudrehen, um zu wissen, daß sie ihr nachgafften. Sie verschwand innen, machte die Glastür zu und sperrte ab. Dann nahm sie das Oberteil ab und stellte sich mit dem Rücken zur Tür, bis sie davor standen und am Griff rüttelten. Sie drehte sich um.

»Hey, was soll denn das?« rief der eine. »Komm schon, mach die Tür auf.«

Nancy sah von einem gutgebauten Modellathleten zum anderen. Schwer zu sagen, wer von den beiden sich mehr Mühe gab, in seiner tropfnassen Boxerhose locker zu wirken. Sie steckte die Daumen unter ihr Höschen und lächelte sie an.

»Was gebt ihr mir denn dafür?« wollte sie wissen.

»Das weißt du genau.« Darüber brachen beide in Lachen aus.

»Mach schon«, drängte der andere wieder.

»Ich geh' jetzt ins Bett«, verkündete Nancy.

»Mach die Tür auf, wir gehen mit.«

»Was gebt ihr mir dafür?« fragte sie noch einmal.

Sie starrten sie jetzt beide schweigend an. Langsam dämmerte ihnen, daß sie es ernst gemeint hatte. »Was verlangst du denn?« fragte der andere nach einer Weile.

»Fünfzig Bucks, Bubi, und zwar von jedem von euch.«

Die entgeisterten Gesichter konnte sie heute noch sehen.

Und auch den Gesichtsausdruck ihrer Mutter, die Maske, die nichts verraten wollte.

»Stimmt das, Nancy?«

Ihre Mutter hatte die Sache mit den zwei Jungen erfahren, weil der eine zufällig eine Kumpelbeziehung mit seinem Vater hatte. Der kleine Kumpel erzählte es dem großen Kumpel. Der große Kumpel erzählte es seiner Frau, die es gleich einer Freundin auftischte, und die ging mit der Geschichte zu Nancys Mutter, der sie versicherte, daß sie natürlich kein Wort davon glaubte, aber vielleicht wollte sie der Sache nachgehen. Und dann die Szene – ihre Mutter saß im Wohnzimmer, Loretta stand ein paar Meter dahinter.

»Stimmt das, Nancy?«

Die braunen Steinchen in den Augenhöhlen ihrer Mutter bohrten sich in sie hinein. Sie ihrerseits musterte die Augen ihrer Mutter und sagte: »Ja, es stimmt.«

Die braunen Augen zeigten keine Regung. »Ist dir klar, was du da sagst? Du willst uns also weismachen, daß du dich den zwei Jungen angeboten hast?«

»Mmhmm.«

»Komm mir jetzt mit keinen Mmhmm. Sag Ja oder Nein.«

»Ja.«

»Na schön. Sag mir auch, warum.«

»Ich weiß nicht.«

»Du hältst das wohl für besonders witzig? Hast du dir auch schon über die Folgen Gedanken gemacht?«

»Was für Folgen?«

»Daß das anderen zu Ohren kommt«, sagte ihre Mutter leise.

Nancy mußte unwillkürlich grinsen. »Mutter, du bist zu köstlich.«

»Ich finde das ganz und gar nicht zum Lachen«, sagte ihre Mutter. »Ich will wissen, was los war.«

Nancy sah Loretta an, die zu ihrer Mutter blickte. »Es wird wohl stimmen, was du gehört hast.«

»Loretta sagt, sie sind noch vor Mitternacht gegangen.«

»Wie lange, glaubst du denn, dauert so was?«

Ihre Mutter sah sie mit ernster Miene an. »Du gibst jetzt sofort zu, daß das nichts als ein schlechter Witz ist.«

»Ich hab' sie wirklich dazu aufgefordert, Mutter.«

»Also gut.« Ihre Mutter stand auf und strich sich das Kleid glatt. »Diskussionen mit dir sind im Augenblick anscheinend zwecklos.«

»Es stimmt aber wirklich, Mutter.«

»Überleg's dir noch einmal«, erklärte ihre Mutter. »Aber solange du nicht die Wahrheit sagst und dich einem vernünftigen Gespräch verweigerst, darfst du das Haus nicht mehr verlassen.« Sie wandte sich ab und schritt aus dem Zimmer.

»Ich erzähl' dir jedes Detail!« rief Nancy ihr nach. »Willst du es hören?«

Ihre Mutter wollte nichts hören. Ein paar Tage später sagte sie ihr, daß von der Geschichte nur ein Teil stimmte, nämlich das mit der Blockadeaktion. Dann hätten die Jungs sich also einen grausamen Scherz erlaubt und den Rest einfach erfunden? fragte ihre Mutter. Genau, sagte Nancy und durfte von da an wieder draußen spielen.

Das war ja nicht schlecht gewesen, aber doch ziemlich bescheiden. Nun, damals war sie ein kleines Mädchen – jetzt war sie ein großes. Alles war eben relativ. Es wurde automatisch relativ, wenn man die Sache mit anderen Augen sah und zu immer größeren und heißeren Nummern überging.

Ihre Spielerei mit den Jungen hatte Spaß gemacht.

Ihr Spielchen mit den Vätern, die sie heimgebracht hatten, hatte Spaß gemacht.

Wie sie Bob junior an der Nase herumgeführt hatte, das hatte Spaß gemacht.

Das Techtelmechtel mit Jack Ryan und die Vorstellung, sie würden Ray um die fünfzigtausend erleichtern, hatte Spaß gemacht. Aber selbst das waren Kinkerlitzchen im Vergleich zu dem, was ihr jetzt vorschwebte.

Ja, wenn sie das hinkriegte... Und wenn das Timing stimmte, dann wurde daraus eine ganz, ganz heiße Nummer.

# 14

Ryan machte wieder das Schwimmbecken sauber. Die zwei kleinen Fishers schauten zu und fragten, ob sie hineinspringen und nach dem Netz tauchen dürften. Ryan hatte es diesmal aber eilig und verbot es ihnen. Zum Spielen war er heute wirklich nicht aufgelegt. Als nächstes holte er den Rechen und einen Pappkarton aus dem Schuppen und ging damit an den Strand. Der war noch menschenleer, was ihm nur recht sein konnte, denn er brauchte Ruhe zum Nachdenken.

Erste Frage: Gab es überhaupt einen Grund zur Unruhe?

Gründe zur Unruhe gab es immer, wenn andere Bescheid wußten.

Nancy hätte ihm den Bierkasten gar nicht präsentieren brauchen. Schon vorher hatte er sich nicht ganz wohl in seiner Haut gefühlt. Wenigstens war er den Bierkasten jetzt los. Er hatte ihn eineinhalb Meter tief im verwilderten Grundstück vergraben. Aber Nancy war er damit nicht losgeworden. Und Billy Ruiz und Frank Pizarro auch nicht. Die hingen immer noch über ihm und konnten jederzeit auf ihn herabstürzen. Vielleicht gab es da keinen anderen Ausweg, als die Beine in die Hand zu nehmen und zu verschwinden.

Das mit Rays Jagdhaus hatte er sich andererseits noch nicht verbaut. Die Sache konnte er immer noch durchziehen, wenn er Lust hatte.

Komisch, er konnte sich gut in dem Haus rumgeistern sehen, aber irgend etwas stimmte nicht daran. Er sah sich auch mit Nancy als das kommende Einbrecherpaar in alle möglichen Häuser einsteigen – aber auch daran war etwas faul. Er kam sich einfach dumm vor, denn er tat etwas, nur weil sie es wollte. Es war ein

Spiel und hatte absolut nichts mit der Wirklichkeit zu tun. Sie führte zwar das wirkliche Leben im Mund, aber das war weit von der Wirklichkeit entfernt. Kein Vergleich zu seinen Touren mit Leon Woody! Die waren ein Stück Wirklichkeit gewesen! Aber jetzt lagen sie schon eine halbe Ewigkeit zurück, und es sah so aus, als würden sie sich nie wiederholen. Genau wie die Sache damals, als er sich vom Dach hatte hängen lassen. Das war auch vorbei. Manchmal kramte er es hervor und schaute es sich an, aber er wußte genau, daß er es nie wieder tun würde. In seinen rechten Turnschuh war Sand gekommen. Er hatte ihn ausgezogen und schüttete gerade den Sand aus, da sah er Mr. Majestyk auf sich zusteuern. Seit Mittwoch abend, als sie durch sein Fenster gelugt hatten, war er ihm nicht mehr über den Weg gelaufen. Er bekam ein leicht mulmiges Gefühl. Zum Teufel, was soll's? munterte er sich auf und sah Mr. Majestyk fest in die Augen.

Mr. Majestyk blinzelte leicht, weil ihn die Sonne blendete. Sein Blick ging vorbei an Ryan auf den Strand. »Was machst du denn da?« wollte er wissen.

»Was ich mache? Ich mache den Strand sauber.«

Mr. Majestyks Blick blieb kritisch auf Ryan haften. »Was ist denn mit dir passiert?«

»Nichts.«

»Das kann ich sehen.«

»Ich hatte eine Auseinandersetzung mit so einem dämlichen Typen.«

»Menschenskinder, fängst du bei jeder Auseinandersetzung gleich das Schlägern an?«

»Ich hab' nicht damit angefangen.«

»Hör zu. In Nummer 5 muß noch gestrichen werden. Das meiste hab' ich im Frühling erledigt, aber die Küche hab' ich nicht mehr geschafft.«

»Und was ist mit dem Strand?« Ryan blinzelte in die Richtung, aus der Nancy kommen mußte, wenn sie kam.

»Der ist nicht so wichtig«, meinte Mr. Majestyk.

»Die Leute kommen aber bald.«

»Das macht nichts, es ist ja kaum Dreck da.«

»Ich weiß nicht«, meinte Ryan. »Von hier bis zur Treppe sehe ich jede Menge Abfall.«

»Also gut, dann erledige das noch schnell. Danach gebe ich dir die Farbe. Du brauchst die Küche bloß dort zu streichen, wo die Wand total versaut ist. Nummer 5, okay?«

Erst jetzt merkte Ryan, daß Mr. Majestyk das vorher schon gesagt hatte. »Nummer 5? Wo die Frau wohnt?«

»Genau. Sie ist gestern abgereist. Eine gute Gelegenheit zum Renovieren. Morgen kommen die nächsten Gäste.«

»Nummer 5?«

»Nummer 5. Wie oft soll ich das noch sagen?«

»Wann ist sie gefahren?«

»Am Nachmittag.«

»Warum? Hat sie was gesagt?«

»Woher soll ich den Grund wissen? Wenn sie sagt, sie reist ab, dann reist sie ab. Ich frage nie nach dem Grund. Ich sage nur, hoffentlich hat es Ihnen bei uns gefallen und Sie kommen wieder, mehr nicht. Also, du beseitigst den gröbsten Schmutz, dann kommst du zu mir die Farbe holen.« Er setzte sich schon wieder in Bewegung, doch er hielt noch einmal inne. »Ach ja, warum hast du denn heute früh so einen Höllenlärm gemacht?«

»Was für einen Lärm?«

»Mit dem Bulldozer. Menschenskinder, es war ja noch nicht einmal halb acht!«

»Ich wollte es hinter mich bringen. Sonst werde ich heute nie fertig.«

»Um halb acht, Herrgott noch mal! Ich wollte schon rauskommen, aber da hatte der Krach Gott sei Dank ein Ende.«

»Jetzt ist es ja vorbei«, meinte Ryan.

Er trödelte absichtlich am Strand herum, bis Mr. Majestyk erneut herauskam und ihm »Mittagspause!« zuschrie. Er sah noch einmal in ihre Richtung – immer noch kein Zeichen von Nancy. Mach dir doch nicht ins Hemd, sagte er sich. Wenn sie etwas von ihm wollte, mußte sie schon selber kommen.

Es gab Thunfischsalat mit Zwiebeln, Tomaten, Paprika, Mais und selbstgebackenes Brot dazu. Sie tranken je zwei Bier. Dabei diskutierten sie, ob nun Flaschen- oder Dosenbier besser sei und ob es einen Unterschied zwischen Faß- und Flaschenbier gebe. Übereinstimmend kamen sie zu dem Schluß, daß es scheißegal war, woraus Bier kam, Hauptsache es war kalt.

»Übrigens«, rief Mr. Majestyk, »am Abend steigt das Spiel Boston gegen Detroit! Das große Duell zwischen McLain und McDermott. Es geht so gegen acht oder halb neun los.«

»Mal sehen«, brummte Ryan.

Den Beruf des Malers schloß Ryan kategorisch für sich aus. Mußte er andererseits nur gelegentlich streichen, störte es ihn nicht. Heute hatte er ja außerdem seine Ruhe dabei.

Die erste Schranktür war fertig, und Ryan legte eine Zigarettenpause ein. Er ging ins Schlafzimmer und versuchte mit der Zigarette im Mund das klemmende Fenster hochzustemmen. Vergeblich. Er drückte mit aller Kraft, er hämmerte mit den Handballen gegen den Rahmen – das Fenster ließ sich nicht bewegen. Bei eingehender Betrachtung stellte er fest, daß die Farbe am Rahmen und Fensterbrett angetrocknet war. Wahrscheinlich war das Fenster seit dem Frühjahr nicht mehr aufgemacht worden.

Er sah wieder ihr Gesicht vor sich, ganz nah, ihre Augen weit aufgerissen. Der große Liebhaber hatte das für leidenschaftliche Begierde gehalten. Jetzt, im nachhinein, wurde ihm klar, daß das nichts als Panik gewesen war. Die arme Frau hatte nur ihr Fenster aufmachen wollen, und er hätte sie fast vergewaltigt.

Gerne hätte er sie jetzt noch einmal getroffen, und sei es auch nur für eine Minute. »Hören Sie«, hätte er gesagt, »das Mißverständnis gestern tut mir furchtbar leid. Ich dachte nämlich…« Vielleicht doch lieber nicht genau so. Aber sagen mußte er etwas.

Ach was, er würde sie sowieso nie wieder sehen.

Aber beim Streichen tauchte sie immer wieder vor seinem geistigen Auge auf. Und jedesmal klatschte er die Farbe etwas heftiger an die Wand.

Sie hätte einen Tag länger bleiben sollen. Wie freundlich wäre er dann zu ihr gewesen! Er hätte sie zum Essen eingeladen, hätte ihr einen Drink spendiert, und wahrscheinlich wäre das der Höhepunkt ihres Lebens gewesen.

Neulich hätte er Billy Ruiz durchaus auch besser behandeln können.

Billy Ruiz kam ihm in den Sinn, und all die anderen. Wie kamen sie denn nun heim, wenn sie Camacho nicht das Geld für die Heimfahrt geben konnten?

Wenn es überhaupt stimmte, daß Camacho fünfhundert pro Mann und Nase verlangte.

Und Pizarro wollte fünfhundert für die Geldbeutel haben. Was sollte denn das? Plötzlich kostete alles fünfhundert Dollar! Vielleicht sollte er mal rausfahren und sich mit Frank Pizarro über die Geldbeutel unterhalten. Vielleicht klärte sich dabei auch die Sache mit dem Bus.

Mr. Majestyk kam herein und begutachtete die frische hellgrüne Farbe an den Wänden. »In den Schränken auch«, sagte er.

»Innen? Wer schaut denn schon innen nach?«

»Hast du noch genügend Farbe?«

»Ich denke schon.«

»Ich habe einen Anruf für dich«, erklärte Mr. Majestyk unvermittelt.

»Ja? Von wem?«

»Von wem wohl?«

Ryan folgte Mr. Majestyk in dessen Haus. Als erstes wischte er sich die Hände an einem mit Terpentin getränkten Lappen ab. Dann steckte er den Lappen in die Tasche und nahm den Hörer mit den Fingerspitzen auf. Mr. Majestyk ging zu seinem Schreibtisch hinüber, machte alle möglichen Schubladen auf und zu und wühlte in einem Haufen Post herum.

»Hallo.«

»Hi, ich hab' heute früh verschlafen«, rief Nancy. »Ging gestern ja ziemlich heiß her.«

»Ich hatte mir schon Gedanken gemacht, weil du dich nicht hast blicken lassen«, erwiderte Ryan.

»Kommst du heute abend rüber?«

»Tja, kann ich schon machen.«

»Halb zehn.«

»So spät?«

»Ich hab' eine Überraschung für dich.«

»Hast du nicht«, widersprach Ryan. »Damit ist es vorbei.«

»Es stimmt aber. Du mußt pünktlich sein.«

»Von mir aus.«

»Kommst du wirklich?«

»Ja, ja.«

»Hört jemand mit?«

»Mmhmm.«

»Der, der vorhin abgenommen hat?«

»Mmhmm.«

»Der war sicher sauer, weil er dich extra holen mußte. Ich hab' ihm gesagt, es ist dringend.«

»Mmhmm.«

»Er meint bestimmt, ich bin ganz heiß auf dich.«

»Okay, bis heute abend dann.«

»Punkt halb zehn. Komm die Treppe rauf. Ich lasse die Tür für dich auf.«

»Okay«, sagte Ryan.

Sie legte auf.

»Wenn du schon mal da bist«, rief Mr. Majestyk und erhob sich von seinem Schreibtisch, »könntest du gleich frische Farbe mitnehmen!«

»Ich hab' noch genug.«

»Vielleicht brauchst du doch frische.«

»Ich hab' wirklich mehr als genug.«

»Hör mal«, sagte Mr. Majestyk. »Das Mädchen am Telefon...«

»Ja?«

Mr. Majestyk grinste ihn verlegen an. »Na ja«, meinte er achselzuckend, »was soll ich da schon sagen? Du bist ja alt genug.«

»Genau das wollte ich auch gerade sagen«, brummte Ryan und ging. In der Tür blieb er noch einmal stehen. »Sagen Sie, wie hieß eigentlich die Frau in Nummer 5?«

Nach der Arbeit fragte er Mr. Majestyk, ob er seinen Wagen ausleihen könne, um sich in der Stadt etwas zu essen zu holen. Mr. Majestyk bot ihm an, er könne mit ihm essen, kalten Braten mit Kartoffelsalat. Danke, sagte Ryan, aber er müsse ohnehin etwas in der Drogerie kaufen, und bei der Gelegenheit könne er auch wo einkehren.

Er hielt aber nicht in Geneva Beach, sondern fuhr durch zum Wanderarbeitercamp. Billy Ruiz, der allein im Schuppen saß, bekam vor Staunen den Mund kaum noch zu, als Ryan bei ihm eintrat.

Ryan sah sich im Zimmer um. »Warum habt ihr den Bierkasten nicht auf den Abfallhaufen hinter dem Supermarkt geworfen, wie ich es euch gesagt habe?«

Billy Ruiz starrte ihn nur noch erstaunter an.

»Wo ist er jetzt?« wollte Ryan wissen.

»Frank hat gesagt, er wollte ihn in der Nacht wegschaffen, da wäre es sicherer.«

»Wo steckt Frank überhaupt?«

»Ich hab' dir doch gesagt, sie haben ihn gefeuert.«

»Ich habe gehört, er sollte für Camacho den Bus zurückfahren.«

»Warum denn das?« rief Billy Ruiz. »Er hat doch seinen eigenen Laster.«

»Ich habe gehört, er ist kaputtgegangen.«

»Der ist doch in einem fort kaputt, aber er kriegt ihn immer wieder flott. Meinst du etwa, er läßt ihn hier?«

»Wer fährt dann den Bus?«

»Keine Ahnung. Wir haben einen neuen Kolonnenführer. Der wird schon einen Fahrer auftreiben.«

»Dann seid ihr ja alle versorgt«, sagte Ryan.

»Klar. Morgen kriegen wir das Geld, und dann geht es ab nach Hause. Komm doch nächstes Jahr auch wieder. Vielleicht sehen wir uns dann.«

»Vielleicht«, meinte Ryan. »Man kann ja nie wissen.«

Auf dem Heimweg beschloß er, doch noch einen Happen zu sich zu nehmen und ging ins ›Estelle‹. Danach wechselte er in die ›Pier Bar‹ und schaute sich bei zwei Gläsern Bier den Sonnenuntergang an. Die Kneipe war wirklich nicht schlecht.

# 15

Kurz vor neun schlüpfte Nancy in ihren Pyjama und ging nach unten. Die Schlafzimmerlampe ließ sie an. Im Erdgeschoß schaltete sie jedes Licht aus, auch in der Küche, und vergewisserte sich, daß sie sämtliche Türen abgesperrt hatte. Die einzige nicht verriegelte Tür war die vom Wohnzimmer zur Terrasse. Sie machte sie noch einmal auf und zu.

Als nächstes kam der Ohrensessel an die Reihe. Sie schob ihn etwas näher an die Tür heran, bis er ihr genau gegenüber, doch weiterhin noch im Schatten stand. Mit dem Polsterschemel mußte sie sich gehörig abmühen. Er war zu schwer zum Tragen und hatte keine Rollen an den Füßen. Aber dafür konnte sie die Füße auf die Kanten stellen, ohne daß er davonrutschte.

Sie setzte sich. Blind legte sie die Hand auf den kleinen Beistelltisch, hob die Hand, ließ sie erneut sinken und verrückte die Tischlampe um ein paar Zentimeter. Er konnte jederzeit kommen. Halb zehn, hatte sie gesagt. Möglicherweise kam er zu spät, wenn er nach der Arbeit in die ›Pier Bar‹ gegangen war und den Wagen nicht bekommen hatte. Für wahrscheinlicher hielt sie allerdings, daß er zu früh kam. Weil er es vor Spannung nicht mehr aushielt. Daß er kommen würde, daran hatte sie keinen Zweifel. Seit Dienstag war er jeden Abend hier gewesen, und seit gestern nacht hatte sie ihn wohl endgültig im Sack. Mochte er sich in Positur werfen und von seiner Unabhängigkeit faseln, im Grunde war er ganz genauso wie all die anderen. Sie konnte sich nicht vorstellen, daß er eine so sichere Gelegenheit ausließ.

Wie es morgen wohl sein würde? Sie versuchte sich schon vorzustellen, wie Ray der Kinnladen herunterfiel, wenn er hörte, was geschehen war. Seine strenge Miene, die er beim Reinkommen ziehen würde, sah sie schon jetzt. Es würde ihr schwerfallen, sich das Lachen oder selbst ein Grinsen zu verkneifen.

Jetzt aber hieß es wachbleiben und sich voll auf die Schatten hinter dem Swimmingpool konzentrieren. Das einzige Licht draußen kam von der orangefarbenen Lampe bei den Stufen. Von dort mußte er kommen.

»Hey, wohin gehst du denn?« Mr. Majestyk stand eine Zigarre rauchend am Rand seiner Wiese. Der Scheinwerfer tauchte die Flamingos und die weißbemalten Steine hinter ihm in grelles Licht.

Ryan kam zu ihm herüber. »Ich wollte ein bißchen an den See«, sagte er.

»Das Baseballspiel läuft schon. Ich hab' mir die erste halbe Stunde bei den Fishers angeschaut, aber jetzt bringen sie die Kinder ins Bett.«

»Wer spielt? Baltimore?«

»Boston.«

»Ach ja, richtig. MacLaine will es diesmal wissen. Vielleicht schau' ich später kurz rein.«

»Bis jetzt ist noch nicht viel passiert«, meinte Mr. Majestyk und fügte ohne Übergang hinzu: »Dein Freund war vorhin hier.«

»Wer ist das denn?«

»Bob junior.« Mr. Majestyk musterte Ryan durch den Zigarrenqualm hindurch. »Er hat gesagt, du hättest dich auf dem Jagdgelände verdächtig gemacht.«

»Ach wirklich?«

»Und dann hat er nicht glauben können, daß du hier arbeitest. Das wollte er überprüfen.«

»Und? Haben Sie es bestätigt?«

»Du arbeitest hier doch, oder? Ich hab' ihm geraten, ihr solltet euch mal auf ein paar Bierchen zusammensetzen und den ganzen Quatsch aus der Welt schaffen.«

»Schon möglich, daß wir das mal machen.«

»Auf seine Weise ist er schon in Ordnung.« Ryan schwieg dazu. Nach einer Pause wollte Mr. Majestyk wissen: »Was hältst du nun von dem Grundstück?«

»Sieht ganz nett aus.«

»Meinst du, damit läßt sich was anfangen?«

»Na ja, er hat gesagt, daß er dort mit einem Null-Dreier einen Bock abgeschossen hat. Von daher läßt sich wohl was damit anfangen.«

Mr. Majestyk kniff die Augen zusammen. »Menschenskinder, habt ihr euch dort jetzt geschlagen oder unterhalten?«

»Schwer zu sagen. Es war eine ganz komische Situation.«

»Hört sich ganz danach an. So, ich schau' mir jetzt das Spiel an. Wenn du Lust hast, kannst du reinkommen.« Er paffte noch zweimal in die Luft. Durch den Qualm sah er Ryan nach, bis er in der Dunkelheit verschwunden war. Schließlich trottete er in sein Haus zurück.

Ryan hatte das Grundstück noch nicht verlassen, da war ihm schon klar, was er wollte. Er blieb stehen und schaute auf den See hinaus, wo in der Ferne stecknadelkopfgroße Lichter tanzten. Er blickte zurück zu Mr. Majestyks Haus mit dem Garten und den Flamingos im Scheinwerferlicht. Das Fenster, durch das er mit Nancy zusammen Mr. Majestyk beobachtet hatte, sah von dieser Warte aus wie ein leuchtendes Quadrat. Heute gab es also keinen Western, sondern ein Baseballspiel. Der Typ saß sicher mit einem Bier auf dem Tisch da und nahm keine Sekunde die Augen vom Fernseher.

Ryan wartete noch eine Weile, dann ging er auf dem kürzesten Weg über den Rasen zu Mr. Majestyks Haus. Durch das offene Fenster hörte er den Fernseher. Er erkannte gleich den Reporter, George Kell, und sah auch schon Mr. Majestyk mit hochgelegten kurzen Beinchen vor dem Apparat sitzen.

Boston war mit dem Abschlagen dran. McLain warf für Detroit – er kniff die Augen zusammen, holte kurz aus und warf einen angeschnittenen Ball derart hoch, daß der Schlagmann erst gar nicht versuchte, ihn zu erreichen. George Kell erklärte in seiner lässigen Art, daß McLains ungültige Versuche sich häuften, gegen den Youngster im Team der Bostoner sei anscheinend kein Kraut gewachsen. Tatenlos mußten die Detroiter zuschauen, wie die Bostoner in aller Ruhe zum nächsten Base vorrücken durften. Ryan beschloß, Nancy ein bißchen warten zu lassen. Zwei Durchgänge konnte er sich doch anschauen. Zur Hektik bestand keinerlei Anlaß.

Seit fünf Uhr hatte Frank Pizarro zwei Flaschen Rotwein und eine halbe Flasche Wodka leergemacht – Wodka, weil es in diesem verfluchten Laden keinen Tequila mehr gab. Was hatte der Typ gesagt? »Kein Wunder, ihr habt mir ja alles weggekauft.« So ein Arschloch! Aber der würde sich schon noch umschauen. Wenn sie in ein paar Tagen abdampften, konnte er seinen Fusel selber saufen. Den Wodka hatte er sich eigentlich für später aufheben wollen, aber nach dem Scheißwein hatte er sich so schlapp gefühlt, daß er etwas zum Aufmuntern brauchte. Jetzt ging es ihm wieder besser. Vor seinen Augen verschwamm auch nichts mehr. Die Häuser mit den erleuchteten Fenstern konnte er durch die Bäume gut erkennen. Er fühlte sich fit, nur eines ärgerte ihn noch – er hatte keine Zigaretten dabei.

Aber das Mädchen hatte sicher eine. Eine? Ganze Schachteln! Vielleicht war Ryan gerade bei ihr. Dann mußte er warten. Das störte ihn nun auch nicht mehr. Irgendwann mußte Ryan ja gehen, und dann war Ryans und Mr. Ritchies Freundin ganz allein. Warum nicht die Freundin von Ryan, Mr. Ritchie und Mr. Pizarro? Er konnte ihr einige Sachen zeigen, die sie weder bei Mr. Ritchie noch bei diesem erbärmlichen Wicht von Jack Ryan erlebt hatte.

Noch mußte er sich gedulden. Aber wenn sie erst mal allein war, was konnte sie dann noch gegen ihn ausrichten? Trotzdem wäre ihm lieber, er müßte nicht warten.

Er würde aus dem Schatten der Bäume treten und das Mädchen im Swimming-pool sehen. Ihre Figur würde er auch unter Wasser gut erkennen. Mit dem Wodka würde er sich an den Tisch setzen und ihr zuprosten, sobald sie aus dem Wasser kam.

Halt, nein, den Wodka hob er sich lieber auf. Besser, er schnappte sich ihr Handtuch. Wenn sie mit in die Hüften gestemmten Händen auf ihn zukam, würde er sie damit empfangen. Er würde aufstehen und sagen: »Komm, ich trockne dich ab«, und das Scheißhandtuch wie ein Torero von sich weg halten.

O Mann, dachte Frank Pizarro. Er spürte sie schon in seinen Armen.

Richtig schön und bequem sollte sie es darin haben. Er würde beim Abtrocknen ein bißchen rumblödeln, bis sie lachend den Kopf an seine Schulter legte. Dann würde er damit rausrücken: »Ich will fünfhundert Dollar von dir.« Sie würde sagen: »Wozu soll ich dir denn fünfhundert Dollar geben?« – »Weil ich sonst jemand bestimmtem sage, was du mit Jack Ryan getrieben hast.« – »Und wer soll dieser jemand sein?« – »Mr. Ray Ritchie zum Beispiel.«

Aber dieses verfluchte Haus sah ja total dunkel aus, als ob gar niemand da wäre! Er hatte weiter unten auf der Uferstraße geparkt und näherte sich dem Haus von der Landseite. Er war sich ganz sicher, daß er sich nicht geirrt hatte. Aber irgendwo brannte ein Licht. Dann gehst du eben um den Bunker rum, sagte er sich.

Aber wenn Ryan am Pool saß und ihn hörte? Das letztemal hatte er ja Glück gehabt, weil Ryan nicht dagewesen war. Vielleicht ging er doch zum Strand und schlich sich von dort heran. Klar, dann konnte er das Haus auch viel besser überblicken. Wenn sie nicht da war, dann machte das auch nichts. Er konnte warten und sich in aller Ruhe umsehen.

Aber klar doch. Vielleicht hatte Mr. Ritchie sogar irgendwo Tequila.

»Fertig?« fragte Mr. Majestyk.

Ryan, der vorne auf der Sofakante saß, ließ das Bier in seiner Dose hin- und herschwappen. »Noch nicht ganz«, sagte er.

»Du weißt ja, wo welches ist«, sagte Mr. Majestyk und ließ sich in seinen Fernsehsessel zurückplumpsen.

Gebannt folgte er wieder dem Spiel und schwieg einen Augenblick.

»Wie steht es?«

»Die Tigers führen noch.«

»Ah ja, zwei Mann sind draußen, einer ist beim zweiten Base!« rief Mr. Majestyk. »Wie würdest du den nächsten Ball werfen?«

»Flach und mit Links- oder Rechtsdrall.«

Der nächste Ball ging an Freund und Feind vorbei, und der Bostoner, der noch im Spiel war, lief einen Base weiter.

»Den nächsten wird er nicht treffen«, meinte Mr. Majestyk.

Ryan starrte gebannt auf den Fernseher. »Ich weiß nicht. Das Feld ist so klein... Wenn er da den Ball ordentlich wegdrischt, haben sie den Punkt.«

Aus dem Off meldete sich wieder George Kell: »In dem kleinen Stadion kann man ja jeden Zuschauer treffen.«

»Knapp am Körper vorbei muß er werfen!« rief Mr. Majestyk. »Wenn der den Schläger so schwingt, bringt er den Ball nicht weit genug weg.«

»Er muß ihn unbedingt flach halten«, meinte Ryan.

»Hab' ich's nicht gleich gesagt?« triumphierte Mr. Majestyk, als der nächste Gegenspieler den Abpraller fing.

Und George Kell kommentierte: »Zwei Läufe Vorsprung für die Tigers, und sie können jetzt angreifen. Mal schauen, was sie noch in Petto haben. Gegen ein paar Punkte dürfte Denny McLaine sicher nichts einzuwenden haben.«

»Das ist ein ganz guter«, meinte Mr. Majestyk.

»Der Kell? Der war auch ein super Spieler.«

»Wußtest du schon, daß er bei Punktspielen in der Major League über zweitausend Homeruns geschafft hat?«

»Zweitausendzweiundfünfzig«, erklärte Ryan.

»Und wußtest du auch, daß sie in seiner Heimatstadt ein Schild angebracht haben? ›Swifton, Arkansas – George Kells Heimatstadt?‹«

Ryan trank einen Schluck Bier. »Ich weiß nicht, ob ich so ein Schild haben möchte. Stellen Sie sich vor, jemand kommt, der weiß, daß er ein Auswärtsspiel hat. Sonst ist auch keiner daheim, da nimmt er mit, was er gerade gebrauchen kann. Oder er hat ein Formtief. Da schmeißt ihm einer gleich einen Stein durchs Fenster.«

»Schon möglich«, gab Mr. Majestyk zu. »Aber wenn einer erst mal so gut ist wie der Kell, kann er sich einige Durchhänger leisten, bis sie ihm ans Leder gehen. Was macht es ihm schon, wenn sie ihm das Fenster zerschmeißen. Dann läßt er es eben reparieren. Ich will dir was sagen: Wenn einer wie der Kell mal wirklich eine Partie nach der anderen vergeigt, dann ist das viel schlimmer für ihn als zerschmissene Fenster. Baseball ist nämlich sein Lebensinhalt. Wenn einer mit seinem Schläger dasteht und auf den Ball wartet, dann gibt's nur eins: das Ding wegdreschen.«

»Oder ihn ins Aus gehen lassen.«

»Von mir aus. Aber du stehst ganz allein da...« Mr.

Majestyk verstummte. »Wenn du weitergemacht hättest«, sinnierte er nach einer Weile, »vielleicht hätten sie später irgendwann auch ein Schild für dich aufgestellt.«

»Klar.«

»Ich meine, wenn dir das mit dem Rücken nicht dazwischengekommen wäre.«

»Soll ich Ihnen was sagen?« rief Ryan. »Ich hatte das Zeug nicht dazu. Die angeschnittenen Bälle hab' ich ums Verrecken nie getroffen.«

Am anderen Ende des Rasens bewegte sich etwas. Nancy sah eine Gestalt durch das orangefarbene Laternenlicht huschen, im Schatten verschwinden, jetzt wieder auftauchen und über den Rasen zu den Kiefern laufen.

Die ganze Zeit streichelte sie sich unentwegt die Ponys bis hinunter zu den Augenbrauen. Sie hatte es sich im Sessel bequem gemacht. Die Füße ruhten angewinkelt auf dem Schemel. Regungslos starrte sie weiter auf die Schatten draußen. Einen Moment wunderte sie sich über seine Heimlichtuerei. Er brauchte doch nur durch die Verandatür hereinzuspazieren. Dann sah sie ihn wieder beim Swimmingpool auftauchen. Sie ließ die Hand auf den Tisch sinken.

Sie mußte nicht erst herumtasten.

Ihre Hand umschloß sofort den harten, glatten Pistolengriff.

Nancy wartete. Allmählich fragte sie sich, ob er tatsächlich um das Haus herumschlich. Dazu hatte er doch gar keinen Grund! Es sei denn, er wollte auf Nummer Sicher gehen und zuerst in der Garage nachsehen. Kein Laut war zu hören, weder im Haus, noch draußen.

Sie wartete, denn für sie stand fest, daß er wieder auftauchen würde. Genauso klar stand ihr vor Augen – während sie sechs Meter vor der Glastür saß und gebannt auf die Veranda hinausstarrte –, was sie als nächstes tun würde.

Immer noch kein Laut. Dann hörte sie ganz leise etwas – ein Kratzgeräusch auf der Holztreppe zur Terrasse. Sie sah seinen Kopf auftauchen, eine dunkle Gestalt vor dunklem Hintergrund, seine Schultern, seinen ganzen Körper. Einen Moment blieb er stehen und schaute sich um. Als er sich wieder zum Haus umwandte, hob Nancy die Pistole hoch und legte den Lauf auf die angezogenen Knie. Er drehte am Knauf, zog die Tür leise auf und kam herein. »Hi, Jackie«, sagte Nancy.

Sie hörte ihn »Ist...« oder so etwas stammeln, mehr aber nicht.

Sie brachte die Pistole auf Augenhöhe und richtete sie genau auf die Mitte der Tür. Viermal drückte Nancy ab. Er taumelte zurück auf die Terrasse und sank zu Boden.

Nancy schoß weiter.

Sie war überzeugt, irgendwo Glas zu Bruch gehen zu hören, aber nicht lauter, als hätte jemand eine Flasche oder ein Glas fallen lassen.

Nach einer Stunde Warten auf dem Sessel erhob sie sich und ging hinauf auf die Terrasse.

Sie fragte sich, ob seine Augen offen oder geschlossen sein würden.

»Warum nehmen die denn jetzt McLain raus? Menschenskinder, das kann doch jedem passieren, daß der andere zweimal hintereinander trifft.«

»Die waren aber beide selten gut geschlagen«, bemerkte Ryan.

»Na gut, dann haben sie eben zwei Punkte geholt...«

»Recht viel mehr kann sich Detroit aber nicht mehr leisten«, warf Ryan ein. »Können Sie mir sagen, wie spät es jetzt ist?«

Mr. Majestyk sah auf die Uhr. »Viertel vor zehn. Ich würde ihn ja nicht rausnehmen.«

Sie sahen, wie der Trainer zu seiner Bank zurückkehrte.

McLain blieb auf dem Feld und warf den Ball in seinen Handschuh.

George Kell kommentierte: »Sieht ganz so aus, als würde Denny weitermachen. Na gut, er weiß, was ihm bevorsteht. Wenn er jetzt keine tolle Serie hinlegt, holt Boston gleich den nächsten Punkt.«

Mr. Majestyk setzte sich auf. »Jetzt, wo es spannend wird, muß ich aufs Klo. Soll ich dir ein Bier mitbringen?«

»Ich hab' noch was, danke.«

»Oder einen Highball? Du mußt nur was sagen.«

»Eigentlich hatte ich ja für halb zehn eine Verabredung.«

»Ich dachte, du hättest sie heute schon gesehen.«

»Nein, nein, das kommt erst noch. Aber vorher wollte ich mir noch ein, zwei Durchgänge anschauen.«

»Wird sie dir nicht böse sein?«

»Keine Ahnung.«

»Ist dir das denn egal?«

»Irgendwann werde ich mit ihr darüber reden müssen.«

»Da halte ich mich wohl lieber raus.«

»Tja«, seufzte Ryan. »Dann bringe ich es mal hinter mich.«

Für Nancys Begriffe gehörte Jack Ryans Geschichte unbedingt in den *Reader's Digest*. Der Titel: ›Mehr Glück als Verstand.‹

Als sie draußen gestanden und auf Frank Pizarro hinabgeschaut hatte, war sie erst verwirrt, enttäuscht und zum Schluß furchtbar wütend gewesen. Dann hatte sie Frank ins Wohnzimmer geschleift. So schlimm war es nun auch wieder nicht, tröstete sie sich jetzt beim Zuziehen der Tür.

Der da hatte es mindestens genauso verdient wie Jack. Sie mußte es eben philosophisch sehen und kleinere Enttäuschungen einstecken wie ein großes Mädchen. Das mit Ryan hatte zwar nicht geklappt, aber dafür hatte sie seinen Kumpel erwischt, und der erfüllte durchaus auch seinen Zweck. Er war tot, und zwar durch ihre Hand.

Das Blöde war nur, sie wußte nicht so recht, ob Fenster nicht doch mehr Spaß machten.

Sie knipste sämtliche Lichter im Wohnzimmer, in der Küche und im Büro an. Dann nahm sie den Hörer in die Hand, legte ihn aber gleich wieder auf und huschte hinüber zum Wohnzimmertisch. Das Wichtigste hätte sie ja fast vergessen.

Sie nahm ihre Geldbörse, eine Uhr, eine Perlenkette und ein paar Ohrringe aus der Schublade und stopfte sie in Pizarros Taschen. Sie hörte schon einen Polizeibeamten fragen: »War er in Ihrem Zimmer?« und die eigene Stimme antwortete: »Ich habe ihn gehört, aber ich bin mucksmäuschenstill geblieben. Ich habe oben gewartet, bis ich geglaubt habe, er ist weg. Ich weiß auch nicht, wie die Pistole in meine Hand kam. Eigentlich hatte ich sie für meinen Boß als Geschenk gekauft. Mr. Ritchie heißt er.« Bei dem Einfall mußte sie grinsen. Großartig.

Vor allem wenn das mit ihrem ›Boß‹ in die Zeitungen kam. Oder wäre ›mein Onkel Ray‹ vielleicht noch ein bißchen besser?

Nancy war wieder ins Büro geeilt, um die Polizei zu rufen.

Noch einmal ließ sie den Blick über das Wohnzimmer schweifen und trat gerade noch rechtzeitig zurück in den Schatten.

Wow! Jackie kam durch die Terrassentür herein.

Sie ließ ihm genügend Zeit, sich die Leiche gut anzuschauen, holte tief Luft und ließ sie langsam wieder ausströmen.

Ehe sie ins Wohnzimmer ging, zupfte sie sich den V-Ausschnitt ihres Hemdchens zurecht. Ryan richtete sich gerade auf. Sie schauten sich an, wie er über die Leiche stieg und sein Blick plötzlich auf sie fiel.

»Du kommst wieder mal zu spät«, sagte Nancy.

»Da hast du wohl recht«, erwiderte Ryan. »Ist dir klar, daß er tot ist?«

Sie nickte. »Er wollte noch mehr Geld von mir«, erklärte sie.

Sie spürte Ryans Blicke auf sich ruhen. »Er hat gesagt, er hängt dich bei der Polizei hin, wenn ich es ihm nicht gebe.«

»Ihr habt miteinander geredet, und du hast ihn dann erschossen?«

»Erst als er auf mich losgegangen ist.«

»Du hattest die Pistole wohl rein zufällig in der Hand?«

»Als es geklopft hat, wußte ich ja nicht, wer das sein würde. Also hab' ich mir schnell die Pistole geschnappt.«

»Hast du schon die Polizei geholt?«

»Noch nicht.«

»Was willst du denen erzählen?«

Sie erwiderte seinen Blick. »Daß ich auf einen Penner geschossen habe.«

»Dann ist dein Foto doch morgen in allen Zeitungen.«

»Daran hatte ich noch gar nicht gedacht.«

»Vielleicht kommst du sogar noch in die Zeitschriften.«

»Meinst du wirklich?«

»Dann mußt du überall eine Sonnenbrille tragen. Aber die Leute zeigen trotzdem mit dem Finger auf dich und schreien: ›Hey, das da ist sie!‹«

»Echt?«

»Vielleicht sieht auch einer in Hollywood das Foto von dem hübschen kleinen Mädchen mit dem hübschen kleinen Hintern und den langen Haaren, das einen Mann in der Wohnung seines reichen Mackers erschossen hat. Dann hättest du's geschafft.«

»Hey, super!«

»Ray steckt natürlich in der Scheiße, weil seine Frau und alle anderen plötzlich Bescheid wissen, aber der kann dir jetzt ja egal sein.«

»So ist es«, meinte Nancy.

»Die fünfzigtausend hättest du auch nicht mehr nötig. Du brauchst nur einen Gurkenpflücker zu erschießen, und dein Glück ist gemacht.«

»Klingt nach Aschenputtel!« rief Nancy. »Die Geschichte gefällt mir.« Sie schien sich in der Rolle wohl zu fühlen.

Huldvoll ging sie zum Sessel und ließ sich langsam hineinsinken.

»Wie oft hast du abgedrückt?«

»Keine Ahnung. Ich hab' nicht gezählt.«

»Hast du geschossen, als er reinkam?«

»Nein, ich hab' ihn gehört. Aber ich hab' mich erst aus meinem Zimmer gewagt, als ich dachte, er ist weg. Dann bin ich runter, und er hat auf mich gewartet.«

»Du hast auf ihn geschossen, als er durch die Tür kam!« rief Ryan. »Siebenmal. Er ist ohne anzuklopfen reingekommen.«

Nancy setzte ihre überraschte Miene auf. »Ach ja, stimmt. Ich hatte nämlich die Tür für dich offenstehen lassen. Aber er hat geklopft.«

»Ich will auf etwas anderes hinaus. Du wolltest gar nicht Frank umbringen.«

»Natürlich wollte ich ihn nicht umbringen.«

»Du hast nämlich gemeint, *ich* würde reinkommen.«

»Klar.«

»Du hattest es auf mich abgesehen.«

Nancy blieb gelassen in ihrem Sessel sitzen. »Ach so? Und warum?«

»Du hattest wahrscheinlich eine ganze Menge Gründe. Aber vor allem hast du geglaubt, das würde richtig Spaß machen.« Er setzte sich ihr gegenüber auf den Schemel. »Und? Hat es Spaß gemacht?«

»Es geht.«

»Aber nicht soviel, wie du gedacht hattest.«

»Komisch, was?«

Er stand auf und machte Anstalten, ins Büro zu gehen.

Sie folgte ihm mit den Blicken.

»Was machst du?«

»Ich hol' die Polizei.«

»Das mache schon ich.«

»Und wenn du dich verwählst?«

»Wenn du mich verpetzt, Jackie, dann verpetz' ich dich auch.«

Ryan blieb in der Tür stehen. Langsam schüttelte er den Kopf.

Er fühlte sich müde. »Beruhige dich wieder, okay?« sagte er.

»Glaub mir, das ist mein voller Ernst. Ich sag' ihnen, daß du dabei warst. Ich sag' ihnen das mit den Geldbeuteln.«

»Von mir aus. Du sagst ihnen das mit den Geldbeuteln.«

Er ging ins Büro und nahm den Hörer in die Hand. Sie hörte ihn »Verbinden Sie mich bitte mit der Polizei« sagen, und wenig später: »Hier ist jemand erschossen worden.«

Stille. Dann kamen die Fetzen: »... auf der Pointe draußen ... das Haus von Ray Ritchie ... Was ...? Nein, kommen Sie, dann können Sie es selber feststellen.«

Als er ins Wohnzimmer kam, empfing sie ihn mit den Worten: »Also gut, Jackie. Dir werd' ich's zeigen.«

Mit dem Fuß schob Ryan den Schemel zum Fernseher mit der Nußbaumholzverkleidung hinüber, der beim Hehler hundertfünfzig Dollar einbringen würde, und schaltete solange herum, bis McLain klar und deutlich ins Bild kam und George Kell erklärte: »Zwei draußen, zwei noch im Spiel. Eine Vorentscheidung ist zum Greifen nahe.« Ryan ließ sich auf dem Schemel nieder.

Nancy beugte sich über die Lehne und beobachtete ihn.

Fast eine Minute geschah überhaupt nichts.

»Jackie?« sagte sie dann. »Hey, Mister Saubermann. Ich könnte ihnen doch sagen, daß du ihn auf frischer Tat ertappt hast. Und dann ist es zu einer Schlägerei gekommen. Was hältst du davon? Das kaufen die dir sofort ab, zerschlagen wie du aussiehst.«

Sie wartete.

»Ich sag' ihnen, daß du mir das Leben gerettet hast. Hör zu, er hat schon auf mir gelegen, da hast du ihn weggerissen, und während ihr miteinander gerungen habt, hab' ich die Pistole geholt. Ich hab' gesehen, wie er dich erschlagen wollte, mit dem Schürhaken oder so was, und da hab' ich abgedrückt. Mir blieb ja nichts anderes übrig.«

Ihre Augen weiteten sich. Sie machte ihr überraschtes Gesicht. »Hey, Jack, dann kommen wir beide in die Zeitung. Vielleicht sogar ins *Life*. Stell dir vor, ein Foto von uns mit so einer eleganten Sonnenbrille auf. Dann kommen wir zusammen ins Filmgeschäft. Das wär' doch was!«

Sie riß die Augen noch etwas weiter auf, und den Mund dazu.

Auch wenn sie zu dick auftrug, war sie dennoch von der Idee ganz hingerissen.

Ryan sah sie nur an. Als er sich ihrer Aufmerksamkeit sicher war, meinte er: »Ich war schon mal im Film.«

Er drehte sich wieder um und konzentrierte sich auf den Bildschirm.

McLain riß ein Bein hoch und schleuderte den Ball aus der Schulter. Ein Gegner stand lauernd auf dem ersten Base. Der Mann war verflucht gut, aber bei dem Ball konnte er nicht weiterrennen.

»Das ist mein voller Ernst!« rief Nancy. »Wenn es klappt, macht es zusammen mit einem anderen auch tausendmal mehr Spaß.«

Sie wartete auf seine Reaktion. »Hör mir doch zu! Schau mich an, verdammt noch mal! Das wär ein Riesending. Wir sagen ihnen alles, und in ein paar Tagen brausen wir mit dem Wagen davon – wohin, das kannst du bestimmen. Hauptsache, wir fahren. Jack! Hör mir zu!«

McLain fixierte den Spieler auf dem ersten Base, zögerte und warf.

»Guter Ball«, kommentierte George Kell. »Vielleicht ein bißchen hoch angesetzt.«

»Wir haben alle Möglichkeiten offen!« rief Nancy. Sie überlegte kurz und stemmte sich aus dem Sessel. »Wir sagen, daß er rabiat geworden ist. Er hat sich sogar« – sie griff sich an den Ausschnitt – »an mir vergriffen und mir das Hemdchen zerfetzt, ehe ich zur Waffe greifen konnte.« Mit einem kräftigen Ruck riß sie das Hemdchen von oben bis zum Saum durch und hielt die Teile auseinander. »Schau doch, was er angerichtet hat, Jakkie.«

Ryan sah kurz hin, nickte und wandte sich wieder dem Bildschirm zu.

Nancy überlegte wieder einen Moment. »Und urplötzlich ist er durchgedreht und hat die ganze Einrichtung demoliert!«

Sie riß den Schürhaken aus dem Kamin und drosch damit auf das Gemälde über dem Sims ein, bis es in Fetzen herunterhing. Als nächstes zerschlug sie ein Glasschränkchen.

Dann arbeitete sie sich zum Eßzimmer durch. Jede Kristallvase, jedes Glas und sämtliches Porzellan, das ihr im Weg lag, wurde zerschmettert. Aschenbecher, Figurinen, ein Spiegel, alles ein einziger Scherbenhaufen. Sie zerschlug die gesamte Fensterfront zur Terrasse.

Noch aus dem Rahmen ragende Splitter wurden mit dem Schürhaken weggefegt. Die Lampen hob sie sich für den Schluß auf, eine nach der anderen zertrümmerte sie. Im Zimmer wurde es immer dunkler. Schließlich war es ganz finster. Nur das matte Flimmern aus dem Fernsehapparat blieb.

Es wurde still im Raum. Nancy blieb wie erstarrt in ihrem zerfetzten Hemdchen neben dem großen Sessel stehen.

Die Stille hielt an, bis George Kell sich wieder meldete: »Auch nach der neunten Runde ist alles offen. Detroit kann jetzt wieder punkten. Die Chance...«

Ryan drehte den Ton aus und wandte sich zu Nancy um.

In seinem Rücken schwang Al Kaline stumm seinen Schläger.

»Bist du jetzt fertig?« fragte Ryan.

Sie schien zu nicken. »Ich glaube, ja.«

»Dann kannst du dich ja hinsetzen.«

»Jackie...«

»Jetzt ist Schluß, ja? Wenn du noch mal den Mund aufmachst, muß ich dir eine kleben. Und dazu hab' ich eigentlich keine Lust.«

Al Kaline bezog in seinem Rechteck Stellung. Mit dem Schläger maß er kurz die Außenlinien ab, dann grub er die Spikes etwas in den Boden, um sich besseren Stand zu verschaffen.

In der Ferne hörten sie das erste schwache Sirenenheulen.

»Setz dich und beruhige dich«, brummte Ryan. »Du brauchst dir um nichts mehr Gedanken zu machen.«

Nancy ließ sich langsam in den Sessel sinken und zog die Beine an. Den Ellbogen auf die Lehne, das Kinn auf die Handfläche gestützt, starrte sie hinaus auf den Swimming-pool, den weitläufigen Rasen und den orangefarben glühenden Stecknadelkopf der Lampe vor dem nächtlichen Himmel. Ein Finger fuhr hoch zu ihrer Stirn und streichelte die dunkelbraunen Ponys.